KB231436

정크
노트

정크
노트

명지현 장편소설

문학동네

1. 똥은 세상을 기름지게 한다

암만 봐도 칼을 댈 만큼 여문 놈이 없다. 고개를 숙인 씨방을 하나씩 눌러보면서 촉감에 집중한다. 크게 여문 놈을 골라 꽉 움켜쥔다. 딱딱하다. 솜털투성이 씨방 꼭지에서 야릇한 냄새가 난다. 꽃대가 한쪽으로 휘어질 정도로 씨방이 무거워야 한다는데 이건 팬티에 든 내 물건처럼 위로 곧추서 있다. 둥글게 부푼 씨방만 골라 꾹꾹 눌러본다. 이놈도 아니고 저놈도 아직 아냐. 돼지호박처럼 속이 뭉클해야 잘 여문 것이다. 그러니까 수액을 채취하려면 아직 멀었다. 무심하고 느려터진 꽃무리에게 성장호르몬 주사라도 맞히고 싶다. 커터칼을 뒷주머니에 도로 집어넣는다.

"칼 한번 대봐. 마냥 놔뒀다가 다 말라버리면 어쩔래?" 아저씨는 빨리 아편을 만들라고 성화다. 그러다가 나오는 게 없으면 무조건 내 잘못이라고 하겠지. 푸른 것들은 잊어버리고 있다가 한번씩 들여다봐야 성큼 자란 맛을 볼 수가 있는데. 손을 자꾸 대면 더디 자라는 걸 알면서도 씨방 꼬투리만 보면 나도 모르게 조급해진다. 답답하다. 어쩌면 아저씨보다 내가 더 안달을 내는지 모른다.

둘, 넷, 여섯, 여덟…… 여든아홉, 아흔, 백이십, 백사십…… 비닐하우스 안에는 초록색 씨방보다 하늘거리는 꽃이 훨씬 많다. 장딴지가 저려 쪼그린 다리를 한쪽씩 펴가며 양귀비 주변의 아네모네와 백일홍 새순을 솎아준다. 키 큰 양귀비를 숨기려고 비슷하게 생겨먹은 꽃으로 씨앗을 뿌렸는데 쓸모도 없는 것들이 더 기승을 떤다. 누렇게 바랜 양귀비 이파리도 살살 뜯어준다.

잡초는 나날이 풍년이다. 바닥에 무릎을 꿇고 앉아 괭이밥과 달개비풀을 힘껏 잡아뽑는다. 민들레나 씀바귀처럼 뿌리가 질긴 것도 있지만 대부분의 잡초들은 힘이 없다. 시시한 야생초 뿌리들은 내 손아귀의 완력에 잠깐 저항을 하다가 몽글몽글한 흙덩어리를 달고 지상으로 뽑혀나온다. 흙물이 든 청바지 위로 누런 흙이 후드득 떨어진다. 잡초란 게 태어날 때부터 잡스러운 풀은 아니었을 것이다. 우리가 그 쓸모를 모를 뿐이지. 양귀비 사이사이로 낮게 번진 애기똥풀을 잡아뜯자 설사 같은 노란 진액이 배어나온다. 사람 피가 이런 색깔이라면 좋겠다. 그러면

덜 무서울 텐데. 손에 묻은 노란 얼룩을 바지 뒷주머니에 문질러 닦는다.

흙투성이 손바닥은 끈적거리고 이마에서 흐른 땀이 속눈썹에 맺혀 시야가 흐리다. 양쪽 문을 꽉 닫아놓은 비닐하우스 안은 그대로 사우나탕. 덥다, 징그럽게 더워. 윗옷을 잡아올려 땀으로 흥건해진 얼굴을 훔친다. 머리가 띵하다. 비닐하우스 안의 붉고 푸른 보색의 찬란한 대비가 흐린 눈 속으로 뿌옇게 들어찬다. 얼마나 풍성한가. 내가 이만큼이나 한 것이다. 뭘 해도 신통치 않았는데 이 꽃밭만은 대단한 것을 이루었다는 기분이 든다.

"그 조그만 씨앗에서 어떻게 이런 너른 꽃밭이 만들어진 걸까? 푸른 줄기는 무슨 힘으로 꽃을 피워냈나." 아저씨 노트에 적힌 글이 떠오른다. 뭐긴 뭐야, 바로 내가 해낸 거잖아. 나는 그 노트에 정답을 적어주고 싶다. 내 이름 석 자를 당당하게 적고 '내가 해냈다'라고 도장을 쾅 찍고 싶다.

동그란 양귀비 씨방을 다시 센다. 둘, 넷, 여섯, 여덟…… 중간에 꼭 까먹는다. 한참을 세다 까먹고, 세다 까먹다가, 열 개씩 묶어서 센 다음 곱하기를 한다. 어쨌든 초록색 씨방보다 붉거나 하얀 꽃이 더 많다. 앞으로도 내가 해야 할 일이 많다는 뜻이다.

비닐하우스 밖으로 나와 땀을 식힌 다음 공책부터 펼친다. 전체 씨방의 숫자와 크기를 분류해서 기록한다.

5월 27일

잡초 제거, 골마다 호스를 대고 물을 지나게 해줌.

쉰세 개의 씨방이 맺히다. 누렇게 썩은 놈을 제거할까 말까……

열두 개는 팥알 크기, 세 개는 달걀 모양, 나머지는 그럭저럭.

크기 일 미터가 넘는 것 일곱 개. 수액 채취는 아직 멀었다.

(작업 시간―오후 두시에서 다섯시 반)

더 쓸 것이 없나 곰곰이 생각한 다음 마지막으로 사인을 한
다. 사인을 할 때만은 망설임 없이 재빠르게 휘갈겨버린다. 노트
를 뒤적거리며 바로 지난주에 쓴 것을 다시 본다. 한 주 사이에
스물네 개의 씨방이 맺혔음을 확인한다.

내 공책은 아저씨의 것에 비해 형편없이 부실하다. 아저씨가
기록하는 노트가 제대로 된 정크노트라면 내 것은 아직 흔해빠
진 식물일지에 지나지 않는다. 그래도 빠짐없이 기록을 채워나
간다. 노트만 보면 내가 여태 해낸 일들이며 양귀비의 싹이 나
던 날의 느낌까지 세세하게 기억이 난다. 그래서 가끔 빈칸에
꽃을 그려보거나 일기체로 써보기도 한다. 꽃의 변화를 사진으
로 보면 더 확실하게 비교할 수 있을 텐데. 이번 봄소풍에 카메
라를 가져왔던 녀석이 누구였더라. 돼지녀석하고 몇 명이서 '디
카' 들고 설쳤었지. 카메라가 달린 휴대전화라도 있으면 얼마나
좋아. 빌어먹을, 장비가 부실하니 뭘 제대로 할 수가 있나. 동네

슈퍼에서 일회용 카메라라도 구입해야겠다.

"쿤사야, 쿤사!"

아저씨가 나를 부른다. 시원한 집 안에서 하릴없이 빈둥거리는 악마가 나를 부른다. 빌어먹을, 돈 줄 생각은 않고 뭘 또 부려먹으려고 저러나. 흙 묻은 손등으로 이마를 훔친다. 누르스름한 땀이 손등에 흥건하다. 땀에 찌든 속옷은 몸통에 들러붙어버렸다. 남방을 벗어 바지에 묻은 흙을 쳐낸다. 아저씨는 쿵쾅거리는 드럼 소리에 맞춰 쿤사야, 어쩌고 하며 계속해서 악을 쓴다. 오늘은 안에 들어가서 잔심부름을 할 시간이 없다. 바로 축구하러 가야 한다.

"쿤사야, 쿤사!"

이럴 때는 하늘의 음성이 동시에 들린다. '쌩까라!' 바로 공터로 떠나라는 하늘의 계시다. 악에 받쳐 나를 부르는 아저씨의 목소리를 뒤로하고 마당을 가로질러 냅다 달린다. 언덕을 내려가 찔레꽃 덤불에 숨겨둔 자전거를 꺼낸다. 찔레꽃 향기를 맡으며 자전거 바퀴에 걸어둔 자물쇠를 푼다. 녹이 슬어 뻑뻑해진 자물쇠를 돌리는 동안 땀방울이 뚝 떨어진다. 등산로의 바깥쪽 비탈로 자전거를 끌고 내려간다. 지금쯤이면 정면으로 내리쪼이던 해가 옆으로 비켜나 공터에는 절반의 그늘이 생겼을 것이다. 그러면 축구하기 딱 좋게 된다.

어디선가 검은 물체가 나타나 내 옆을 휙 스쳐 지나간다. 우리 동네의 미친개, 커다란 셰퍼드이다. 놈은 콧등에 주름을 지으며 으르렁거린다. "미친놈, 네 갈 길이나 가라." 미친개는 킁킁거리며 콧구멍을 벌름거린다. 내가 개고기를 먹었는지 판독을 하는 중이다. 신통한 능력 때문에 삶이 고단해진 방랑자, 미친개. 자전거에 올라타 바위 더미를 지나자 미친개는 따라오지 않는다. 내가 태연하게 언덕을 내려가자 미친개도 소나무 그늘로 획 들어간다.

비트가 강한 신시사이저 기타음 사이로 아코디언 멜로디가 섞여 있다. 저런 걸 슬픈 곡이라고 해야 하나. 아저씨가 듣는 음악들은 시끄럽고 따분해도 가끔은 강렬하게 귀에 꽂히는 것들이 있다. 그런 멜로디는 이상하게 내 속에 들어 있다가 오줌을 지리듯이 살짝 새어나오곤 한다. 멜로디가 입에 붙으면 싫어도 하루 종일 흥얼거리게 된다.

"저기 냄비에 커피 끓인 물 좀 데워봐. 새끼손가락 넣어봐서 미지근하면 된 거야."

퀭한 아저씨의 두 눈은 수챗구멍처럼 검다. 붕대로 처매고 있는 오른쪽 귀 때문에 고흐가 생각난다. 미쳐서 자살했다지.

"커피 관장이요?"

"그럼 뭐겠냐. 똥 눈 지 나흘이 넘으니까 뱃속에 벽돌이 들어 있는 것 같아."

12

똥파리 서너 마리가 소파 주위를 빙빙 날고 있다. 똥파리들의 제왕이라고 할까. 파리새끼들은 아저씨 귀에서 나오는 고름 냄새를 사랑한다. 마치 팬클럽 회원들처럼 극성스럽게 따라다닌다. 아저씨는 과장되게 인상을 쓰면서 거슨 관장 요법을 하면 담즙 분비가 잘되니까 피로 회복이 빠르다는 얘기를 두어 번 반복한다. 이런 날씨에 두꺼운 모포를 뒤집어쓰고 잘도 나불거린다. 귀찮아도 관장을 해야 한다는 걸 스스로에게 납득시키는 말이지, 나 들으라는 말이 아니다.

링거 약병에서 맑은 액체가 보일 듯 말 듯 고요하게 움직인다. 주변이 시끄럽거나 말거나 투명한 관을 따라 방울방울 떨어진다. 아저씨는 몸이 어지간히 힘들면 저놈의 링거에 의지한다. 이사올 때 두 박스나 들고 온 포도당이 이제 거의 바닥이 났다고 안달복달을 하더니.

아저씨가 시키는 대로 가스레인지에 불을 켠다. 닥닥닥 소리를 내며 파란 불꽃이 냄비 밑바닥에서 일어선다. 밥은 안 먹고 독한 약이나 주워먹으니 똥 눌 힘이 없지. 서랍에 든 관장약을 꺼내 커피가 든 냄비에 짜넣는다. 언제나 한 방울, 딱 한 방울만 넣으라고 했는데 손에 힘을 주다보니 반 넘게 쏟아버렸다. 용량이 중요하네 마네, 그런 잔소리가 듣기 싫어 비닐용기를 주머니에 넣어버린다.

"가스 그만 꺼. 너, 지난번에도 내 똥구멍 익혀먹으려고 했잖아."

먹을 게 암만 없어도 그런 걸 먹을까봐.

"얼마나 뜨거운 줄 알아? 여기는 성감대가 퍼져 있어서 온도에 무지 민감하다구."

"이번주에 돈 찾는 거 잊지 말아요. 내 일당 밀렸잖아요."

아저씨는 건성으로 고개를 까딱거리며 뭐라고 웅얼거린다. 긍정도 부정도 안 하는 저 애매모호한 태도. 오래된 중이염 때문인지 아저씨는 음악을 너무 크게 듣는다.

"아, 시끄러워! 귀때기 찢어지겠네, 좀 줄여욧!"

아저씨도 지지 않고 뭐라고 악을 쓰다가 리모컨을 머리 위로 치켜들고 버튼을 두어 번 누른다. 그에 환호하듯 파리새끼들이 일제히 난리를 친다. 비싼 것이 틀림없는 고급 오디오 턴테이블은 저 멀리에서도 리모컨의 명령에 따른다. 둥그런 버튼이 서서히 움직인다. 소리는 약간 잦아들었지만 거친 음악은 여전히 내 신경을 긁는다.

아저씨는 이왕 해주는 김에 관장까지만 부탁한다고 말한다. 전처럼 미안해하는 기색이나 약간의 쪽팔려하는 태도도 없이 대놓고 뻔뻔하다. 이 분만 있으면 내가 정해놓은 십 분이 된다. 시간 없어요, 축구하러 가야 해요, 라고 말하는 내 앞에서 아저씨는 한 손으로 바지춤을 슬금슬금 내린다. 옷걸이에 매달린 투명한 약병이 위태롭게 흔들린다.

"쿤사, 네 포지션이 뭐라고 했더라? 수비수라고 했던 것 같은데."

수비수만 주력으로 하는 게 아니라 가끔은 골키퍼도 맡는다고 대답한다. 나 없이는 경기가 안 된다고! 알고 보면 나도 꽤 중요한 선수야! 속으로만 생각을 하고 머뭇거리는 사이 "골키퍼를 한다고? 대단하구나!" 아저씨의 얄팍한 아첨에 나도 모르게 주황색 고무 관장기를 꺼내든다. 생각해보면 내가 돌아가겠다고 마음먹은 시간에 돌아간 적이 한 번도 없다. 앞으로는 시간을 정하지 말자고 결심해놓고는 매번 내 속으로 시간을 정하고 또다시 시간을 어겨버린다.

아저씨의 궁둥이에는 불그스름한 부스럼이 군데군데 번져 있다. 매운탕 냄비에 뜬 거품 같다. 얼마나 긁어댔던지 여기저기에 빗살무늬의 생채기가 나 있다. 살점이 없어 경박해 보이는 엉덩이 사이로 검은 항문은 제법 묵직하게 보인다. 자신의 항문을 내가 이렇게 맹렬하게 보고 있는 걸 아저씨는 모를 것이다. 은근슬쩍 축구 얘기를 꺼낸다.

"프로축구단 사람이 눈여겨보고 가는 형이 있는데, 그 형 발에서는 공이 떠나질 않아요."

"운동화에 본드를 바르고 오는 거겠지. 별거 아냐. 너도 할 수 있어."

동네 축구지만 스무 명가량 모여서 시합을 한다고 하자 아저씨는 오호, 하며 맞장구를 치듯 엉덩이를 쳐든다. 나는 오므려진 항문에 관장기구의 뾰족한 끄트머리를 집어넣는다. 관장기로 빨아들인 커피 원액을 펌프질해서 항문 속으로 밀어넣는다. 주황색 고무관의 동그란 공기흡축기를 눌러 커피를 빨아들이고 다시 눌러서 집어넣고, 또 빨아들이고 집어넣고. 항문은 오물오물 잘도 받아먹는다. 마치 시커먼 입술 같다.

소가 트림하는 것 같은 요란한 공기 소리가 주황색 관을 통해 아저씨의 뱃속으로 들어간다. 대장에서 꾸르륵거리는 소리가 턴테이블에서 나오는 노래에 박자를 맞춘다. "김미 어 리즌, 김미 어 리즌." 요들송처럼 뒤집히는 목소리가 느린 비트 사이에서 흐느적거린다. 저런 목소리로 어떻게 가수가 될 생각을 했을까. '김미 어 리즌, 김미 어 리즌.' 내게 이유를 말해, 이유가 뭐냐고.

파란 핏줄이 도드라진 아저씨의 손등으로는 포도당이 들어가고 항문으로는 커피가 들어간다. 마지막 방울까지 남김없이 항문으로 들어간다. 이제는 입에다 뭔가를 집어넣을 궁리를 한다. 아저씨는 황도 복숭아 통조림과 파인애플 통조림 중에 어느 것이 낫겠느냐고 묻는다. 당연히 둘 다 먹어야지.

"어? 이 새끼. 너 손 좀 내봐."

아저씨가 내 손을 보며 말한다. 손톱 사이에 새카만 흙이 끼어 있다. 아저씨는 내 손을 붙잡아 냄새부터 맡는다.

"냄새가 나는데. 너 아까 수액 받았지? 몇번째야? 몰래 채취한 거."

잡초를 뜯어서 손이 그런 거라고 해도 아저씨는 버럭 화부터 낸다.

"잡초에서 이런 색깔 물이 나온다고? 차라리 다른 걸 둘러대라."

아저씨의 대장이 꾸르륵하는 소리를 내며 같이 떠들어댄다. 아무리 미친 약쟁이지만 걸핏하면 의심을 해대니 정말 지겹다. 아저씨는 내 손에 묻은 노란 얼룩이 양귀비 수액이라고 덮어씌운다.

"아편은 하얀색이죠. 이게 하얀색이냐고. 애기똥풀 뜯으면 이런 설사똥 같은 게 나온다고요. 그래서 꽃 이름이."

"웃기지 마, 처음엔 그래도 산화되면 이런 똥색이 되는 거야! 이 도둑놈 새끼야!"

아저씨는 내 얘기는 듣지 않고 무작정 망할 새끼, 씨발놈의 새끼라며 악을 쓴다. 나도 지지 않는다.

"나가서 칼자국 난 게 있나 없나, 확인해요! 확인해보라고!"

아저씨는 들은 체도 않고 링거관에 달린 작은 버튼을 위로 돌린다. 격하게 흔들리는 링거병에서 맑은 액체가 빠르게 떨어지기 시작한다. 전자오르간과 전기기타 음이 엇갈리며 실내를 흐르고 '김미 어 리즌, 김미 어 리즌……' 알 수 없는 이유를 대라는 노랫소리는 끝도 없다. 아저씨 몰래 아편을 채취한 적은 없다. 그래도 아편을 맛볼 기회를 노리는 건 사실이다. 그걸 아저씨도 눈치챈 것 같다. 어떻게 알았을까. 아편을 받아 따로 챙기려던 계획을 들킨 건가.

노란 물이 든 손바닥 냄새를 맡는다. 그냥 흙냄새다. 희미하게 커피 냄새도 난다. 좀더 집중해서 맡으니 땀냄새와 흙냄새가 범벅이 되어 내 사타구니에서 나는 냄새 비슷하다.

"야, 이거 오늘 왜 이러냐. 링거 끝나려면 멀었는데."

아저씨는 바싹 마른 몸뚱이를 오그렸다가 폈다가 하며 방정을 떤다. 그러더니 이를 악물고 링거에서 똑똑 떨어지는 물방울을 노려본다. 둥근 병에는 아직 포도당이 반 넘게 남아 있다. 혹시 관장약을 넣었느냐고 묻자 나는 아차, 싶었다. 오늘은 약을 넣으라고 한 적이 없었는데 한 통을 다 짜넣었지. 그러거나 말거나 나는 비닐봉지에 과일 통조림을 꺼내들고 흐뭇한 미소를 짓는다.

"캔 따개 어디 있어요?"

대답이 없다. 캔 뚜껑에 달린 고리를 손가락으로 잡아당길 때 아저씨는 오디오 턴테이블을 꺼버리고 본격적으로 끙끙거린다. 먹음직하게 생긴 노란 복숭아들이 맑은 국물에 동그랗게 떠 있다. 향기가 좋다.

"으음, 냄새. 통조림 복숭아는 어떻게 껍질을 깠지? 일일이 손으로 했나. 어떻게 해서 모양이 다 똑같은 거야. 아저씨는 복숭아 먹을래요? 아님 파인애플?"

"너나 다 처먹어, 새끼야."

아저씨는 정통으로 소식이 왔는지 벌떡 일어난다. 손등의 주삿바늘을 빼려고 한다. 나는 젓가락으로 복숭아 두 개를 찍어 입속으로 밀어넣는다. 달콤하고 진한 향이 입안에 보드랍게 감긴다. 뭉클한 덩어리를 혀로 굴려가며 으깨자 끈끈한 과즙이 뿜어져나온다.

아저씨는 주사기를 뽑지 않은 채 링거병을 치켜들고 화장실로 향한다. 이거 좀 들어줘, 애처로운 목소리를 내면서. 나는 화장실로 뛰어가는 아저씨의 링거병을 넘겨받아 화장실과 반대방향으로 향한다. 아저씨는 긴 다리를 휘청거리며 링거줄을 따라 뛰듯이 걷는다. 줄에 매인 강아지를 끌고 가는 것 같다. 순식간에 퇴비를 모아놓은 뒤뜰로 아저씨를 끌고 간다. 우리는 둘 다 맨발이다.

"이 새끼야. 약병 도로 내놔. 똥 눠야 한다고!"

아저씨는 오만상을 찌푸리며 팔팔 뛰다가 발길질을 한다. 아저씨의 긴 다리가 휙휙 날아온다. 내가 불리하다. 발길질만은 올림픽에 나가도 될 정도라고 하더니 정말 세다. 아저씨는 장시간의 수술을 집도할 때면 옆에서 졸고 있는 레지던트나 말귀 못 알아듣는 간호사 들을 마구 가격했다고 말했다. 그러나 내 장딴지도 만만치 않다. 언덕을 오르내리며 힘을 기르고 축구로 단련한 무적의 다리통이다. 나는 링거병을 더 높이 치켜들어 악착같이 사수해낸다.

"여기서 뉘요. 퇴비 때문에 내가 얼마나 고생을 했는데."

똥만큼 좋은 비료는 없잖은가. 똥은 땅을 기름지게 하고 기름진 땅은 우리에게 먹을 것을 준다. 아저씨는 씩씩거리며 나를 따라오고 나는 링거병을 두 손으로 움켜쥐고 팔짝팔짝 뛴다. 우리는 게걸음처럼 옆으로 뛰면서 뒷마당을 휘젓고 다닌다. 뛰다보니 재미가 붙는다. 아저씨도 숨을 몰아쉬며 웃음을 깨물다가다시 울상을 짓는다.

아저씨는 내게 욕을 퍼부어대면서도 참기 힘들었는지 후닥닥 바지를 내린다. 시커먼 똥찌꺼기가 역한 냄새를 풍기며 쏟아진다. 뱃속으로 밀어넣었던 공기들도 요란한 소리를 내며 빠져나온다. 쳐다보지 말라고 신음소리를 내는 아저씨의 추한 몰골을 나는 느긋하게 봐준다. 큰 소리로 비웃어주는 것도 잊지않는다.

"약병이나 높이 들어, 새끼야."

아저씨 손등에 박혀 있는 주사의 튜브에 붉은 피가 번진다. 투명하던 튜브가 붉은 줄로 변하고 있다. 나는 꼼짝 않고 서서 피가 번지는 모양을 본다. 약간은 소름이 끼쳐도 피의 빛깔은 아름답다. 맑은 선홍색이 튜브를 타고 천천히 역류하고 있다. 똥을 싸는 아저씨의 몸뚱이를 내려다보니 한 줌도 안 된다. 다리는 길어도 앉은키는 형편없다. 지독한 새끼, 라고 퍼붓는 욕을 들으며 나는 시커먼 것들을 삽으로 휘적거려 퇴비 속에 섞어넣는다.

2. 아임 베리 프라우드 오브 유

살짝 잠에 빠졌다가 부산한 발소리에 깼다. 밭에 나갔던 할머니가 돌아온 모양이다. 아랫도리에 집어넣었던 손을 슬그머니 뺀다. 손은 끈적끈적하고 팬티는 축축하다. 할머니가 문을 벌컥 열 것 같아 조마조마하면서도 노곤해서 눈을 뜰 수가 없다. 방안에 정액 냄새가 가득할 텐데. 시큼하고 비린 냄새. 한자리에서 연이어 수음을 하면 몸속의 샘이 다 말라버린다. 물론 샘은 금세 채워지고 부담스러울 정도로 탱탱해진다. 지금은 그저 노곤할 뿐.

소쿠리를 내던지는 소리에 이어 툇마루에 오르는 급한 발소리, 텔레비전에서 광고 음악이 왈칵 쏟아진다.

"아이고, 한 발 늦었네. 아까워라."

할머니는 재방송을 보려고 부리나케 달려온 모양이다. 신경질적으로 채널 돌리는 소리를 들으며 슬슬 불안해진다. 드라마를 놓친 할머니가 짜증 부릴 대상은 나뿐이다. 눈이 번쩍 떠진다. 아니나 다를까.

"이놈의 새끼, 신발 한 짝은 저기 처박아두고! 빨래 좀 돌리라고 했더니. 더워 뒈지겠는데 방문은 꼭 닫고 뭐 하고 처자빠져 있어!"

쿵쿵거리는 발소리와 함께 할머니의 악다구니가 가까이 들렸다가 멀어졌다가 한다. 할머니가 마당에서 세탁기를 작동시킨다. 버튼을 땅땅 누르고 세제를 사르륵 쏟아붓는다. "교복바지가 아주 흙에 절었네, 절었어." 콸콸콸 수돗물 소리. 아저씨 집에서 일을 하고 오면 진흙이 묻어 골치다. 할머니가 애벌빨래를 하는 동안 부스스 일어나 서랍에 든 팬티를 꺼낸다.

달랑거리는 고추는 니스를 바른 것처럼 번들거린다. 예전보다 숱이 더 줄어든 것 같다. 친구들 사이에서는 음모가 무성할수록 지위가 올라간다. 각자의 물건의 크기와 분사력, 그것을 감싼 털의 무성함은 그 자체가 파워가 된다. 꼼꼼하게 살펴봐도 발모제의 효과가 나타나지 않았다. 정강이에도 아버지가 애용하는 발모제를 듬뿍 발랐지만 소식이 없다. 설마, 굴욕적인 무모증인가.

친가의 유전자를 물려받았다면 사십 전후로 휑한 머리통을 드러내게 될 것이다. 할아버지의 영정사진을 볼 때면 알전구가 떠오른다. 아버지는 얼마 전까지 칠 대 삼 가르마를 유지했는데 팔 대 이에서 순간적으로 구 대 일이 되어버렸다. 큰아버지가 새둥지 같은 가발을 벗고 땀을 훔칠 때면 등골이 서늘해진다. 수건은 큰아버지의 이마에서 뒤통수를 지나 뒷목까지 단번에 훑어내려갔다. 이마의 경계는 어디란 말인가. 이마는 없다. 이마는 번들거리는 머리꼭지가 먹어치웠다. 더듬더듬 내 머리통을 만진다. 무성한 숱이 손가락에 잡히자 당장은 안심이 되지만 획기적인 발모제가 등장하기 전에는 내 미래를 보장받을 수 없다.

새 팬티를 꿰어입는데 방문이 벌컥 열린다. 벗은 거 이리 내! 할머니는 방 안에 들어와 내가 벗은 팬티에 손을 뻗친다. 안간힘을 쓰다가 할머니의 우악스런 손아귀에 팬티를 빼앗기고 말았다.

"위도 벗어! 싹 갈아입으라. 방문을 이리 처닫아놓고 있으니 아이쿠 냄새야."

방금까지 내 손에 있던 팬티는 노골적으로 축축했다. 계란 흰자 같은 것을 한바탕 싸놨다. 할머니는 방바닥에 떨어져 있는 수건들을 주섬주섬 주워가며 말한다.

"반찬 싸놨으니, 저녁 먹기 전에 후딱 댕겨오자."

아버지 병문안을 가자고 재촉하는 것이다.

"뭐 하고 있어? 냉큼 옷 갈아입어."

"중간고사라니깐."

할머니는 시험기간이라는 말에 입이 샐쭉해진다. 할머니가 시험에 약하다는 걸 알게 된 뒤부터 우리 학교는 걸핏하면 시험기

24

간이 된다. 내 마음대로 중간고사, 일제고사, 모의고사, 학년고사, 전체고사, 온갖 고사를 다 동원한다.

할머니는 병원에 데려가지 않는 대신 사소한 일거리들을 내게 안겨준다. 병원 다녀올 동안 빨래 널고 밭에 나가 고추 모종 심을 '구녕'을 한 줄에 스무 개씩 뚫어놓으라고 한다. 모종 심을 철이 한참 지났는데 할머니는 뒤늦게 욕심을 낸다.

"비닐은 덮었어?"

"그것도 네가 해야지."

'구녕' 뚫는 것보다 더 어려운 게 비닐 덮는 일인데, 참으로 말이 쉽다. 그래도 병원에 가는 것보다는 밭일이 더 낫다.

"스무 개 말고 스물다섯 개씩 할래."

"지랄한다. 마니따 고추를 누가 그렇게 바투 붙여?"

할머니 말이 맞다. '마니따' 품종은 나무처럼 우람하게 자란다. 그래도 스물다섯. 왠지 스물다섯이 좋은 숫자인 것 같다. 아버지가 노상 스물다섯, 스물다섯 하며 노래를 부르니까 나도 모르게 그 숫자가 내 머리에 입력되었다. 얼마 전까지만 해도 아버지는 스물다섯 살 난 베트남 색시에게 장가들 생각에 신이 나 있었다. 아버지의 트럭이 삽다리 농협 건물을 때려박지 않았다면 우리 식구는 스물다섯 살 먹은 베트남 처녀가 해주는 밥을 얻어먹을 뻔했다. 아버지는 담장 수리비나 치료비가 아깝다든가, 음주운전으로 또 사고를 친 것에 대해 반성하는 게 아니라

아, 스물다섯이라고 했는데, 하필이면 스물다섯 살짜리 색시를 날려버리다니, 하며 병실에 누워 종일 그 숫자만을 부르짖었다.

할머니는 시내로 가는 버스를 놓칠까봐 서둘러 나가고 나는 툇마루에 앉아 텔레비전을 본다. 세탁기가 탈수를 하느라 몸을 떨어댄다. 들들들들. 잡초가 무성한 마당에서 혼자 진동하는 세탁기를 보면 어깨를 들썩이며 우는 사람이 연상된다. 외로움에 지쳐 우는 사람 말이다. 몸을 덜덜 떨며 허연 거품이 가득한 물을 쏟아낸다. 대량의 눈물을 흘린 뒤에는 반드시 요란하게 몸서리를 친다.

나도 저렇게 대놓고 울고 싶을 때가 있다. 남들 앞에서 숨김없이 펑펑 울면 속이 후련할까. 두고두고 쪽팔리겠지. 어릴 때는 걸핏하면 울어 '울보쨤보'라는 별명을 갖고 있었다. 어릴 때 사진이란 주로 온갖 인상을 쓰며 울고 있는 모습이 많다. 들들들들들. 세탁기가 또 운다. "넌 감수성이 예민한 아이라서 감이 떨어지는 걸 보고도 울었다니까." 엄마가 그렇게 얘기한 적이 있다. 믿을 수 없다. 감이 떨어져서 운 게 아니라 떨어진 감에 대갈통을 맞아서 울었겠지.

맑은 하늘 위로 새들이 후루룩 날아간다. 오늘따라 앞산이 불쑥 나왔다. 평소에는 안개에 가려 흐리멍덩하게 흩어져 있던 산세가 오늘따라 유난히 또렷하다. 툇마루에 드러누워 마당을 가로지르는 전깃줄을 본다. 저기 처마 정도까지 밥솥 뚜껑이 날았었는데. 둥그런 우주선처럼 공중에서 핑그르르 돌던 압력밥솥 뚜껑이 떠오른다.

할머니는 엄마가 쓰던 압력밥솥을 사용할 줄 몰라 매번 뚜껑을 날려보냈다. 치이익칙, 이유 없이 화를 내는 압력밥솥의 뚜껑을 열려면 무조건 마당 한복판에 솥을 내놓아야 했다. 아버지가 바닥에 포복을 한 채, 장대로 솥을 건드리면 꽝! 하면서 지붕 위까지 뚜껑이 솟구쳤다. '성미는 지랄맞아도 밥맛 하나는 기가 막히다'면서 할머니는 골이 난 압력밥솥을 미워하지 않았다.

하늘에는 밥솥 뚜껑이 날아다녀야 정상인 것 같았다. 나는 툇마루에 누워서 솟아오르는 뚜껑을 봤고 방 안에서 숙제를 하다가도 들창 너머로 날아가는 뚜껑을 올려다봤다. 밥솥 뚜껑은 널을 뛰는 여자애들처럼 남의 집 마당을 훑어보다가 툭 떨어졌다. 아버지가 밖에 나가고 없을 때면 내가 대신 포복을 해야 했다. 솟구쳐올랐다가 무서운 속도로 떨어지는 뚜껑에 맞을까봐 잽싸게 몸을 피할 때면 수류탄을 던져야만 밥을 먹을 수 있는 용병이 된 것 같았다.

김 배출구에 낀 콩조각을 빼낼 때까지 매번 그랬다. 밥솥을 고쳐준 기술자 아저씨는 할머니에게 "그저 기다리면 김이 빠져 뚜껑이 쉽게 열리는데 그걸 못 참으셨어요?"라고 말했다. "기다리면 된다고? 아하, 기다리면 김이 절로 빠지는구나. 야야, 기다리면 다 열리는 거란다" 하며 압력밥솥으로 그렇게 법석을 떤게 내 잘못이라도 되는 듯 할머니는 내 옆구리를 찌르며 몇 번이고 중얼거렸다. "기다리면 된다는데 그걸 못 참고 난리를 피웠구만. 안 그래?" 할머니의 혼잣말에 나는 그렇지 않다고 속으로 대답을 했다.

기다리는 일은 즐거울 수가 없다. 기다림은 고통이다. 차라리 뚜껑을 날려보내는 게 낫다. 우리는 속 시원하게 일을 처리했던 것이다. 하늘을 올려다보면 늘 밥솥 뚜껑이 떠오른다. 하늘을 가득 메운 수백 개의 밥솥 뚜껑을 생각한다. 스타워즈처럼 멋지지 않은가. 허공을 보면 버릇처럼 떠올리는 건 밥솥 뚜껑만이 아니다. 아임 베리 프라우드 오브 유. 나직하게 소리내본다. 아임 베리 프라우드 오브 유. 저 산을 보면 그 얼굴이 떠오른다. 오늘따라 유난히 또렷하게 나타난 산. 문득 그 얼굴이 떠오른다. 아니, 얼굴보다는 엄마가 입었던 표범무늬 몸뻬라든가 시뻘건 고무장갑이 먼저 떠오른다.

탈수를 마친 빨래를 세탁조에서 꺼낸다. 잔뜩 엉켜 있는 빨래들은 이 안에서 강강술래를 하며 빙글빙글 돌았을 것이다. 낡은 옷가지들은 서로가 서로를 붙들고 놔주질 않는다. 억세게 반항하는 것들을 단번에 꺼내려니 여간 힘든 게 아니다. 빨랫줄에 넌 옷가지들은 이상하게 형편없다. 꾸중을 듣고 난 애들처럼 후줄근하고 꾸깃꾸깃하다. 도무지 반듯하게 되질 않는다. 뭘 해도 나는 이 모양이다. 내가 넌 빨래들은 꼭 나 같다.

"난 네가 몹시 자랑스럽단다." 엄마가 보냈던 편지에는 이런 낯간지러운 문장이 맨 뒤에 적혀 있었다. 엄마와는 절대로, 절대로 어울리지 않는 말투다. 엄마의 첫번째 직장이 비디오방이었던 걸 생각하면 이해가 된다. 틈틈이 온갖 영화들을 열심히 봤던 모양이다. 아임 베리 프라우드 오브 유. 외국배우가 그렇게 말하면 '난 네가 몹시 자랑스럽단다'라는 자막이 화면에 적혀 있었겠지. 고작 그런 거겠지.

우표가 붙어 있는 엄마의 편지는 난생처음이었다. 편지 내용 전체를 암기하면서도 나는 읽고 또 읽었다. 달리 할 일도 없었다. 편지를 읽는 것 외에 내가 엄마를 위해 할 수 있는 것이 아무것도 없었기 때문이다. 편지를 암만 봐도 돌아온다는 말은 없었다. 잠자리에서 편지 내용을 떠올리다가 문득 돌아온다는 말이 있었던 것 같아 불을 켜고 다시 읽어보면 그런 대목은 사라지고 없었다.

오늘은 언덕집에 갈 수 없다. 낮잠을 잔 다음 슬슬 올라가보려 했는데 맡은 일이 너무 많다. 검정 비닐뭉치와 모종포대를 들고 텃밭으로 나간다. 어두워지기 전에 절반이라도 해놔야겠다. 아무것도 안 하고 빈둥거리고 있으면 공연히 울적해진다. 아버지가 신던 작업용 장화가 전처럼 헐렁하지 않다. 그사이에 발이 더 자란 모양이다. 몸만 자라면 뭐하나.

그때 나는 정말 얼빵하고 무던 놈이었다. 내가 받은 편지를 아버지와 할머니에게 마구 자랑을 했던 것이다. 둘 다 아무 대꾸가 없었는데 그때 나는 아무것도 모르고 있었다. 엄마가 우표 붙은 편지만 내게 보내고 아버지에게는 퀵서비스로 이혼서류를 보냈다는 사실을. 나는 그것도 모르고 무조건 기다렸다. 그렇게 성을 내던 압력밥솥 뚜껑도 기다리면 열린다는 룰이 있으니 기다리기만 하면 모든 일은 해결이 될 걸로 믿었다. 한 달 전의 나는 지금의 나보다 순진했었고 그 이전의 나는 훨씬 더 얼빵했던 것이다.

3. 스칼릿

꽃밭에 앉아 있으면 시간 가는 줄 모른다. 이것들은 내 시간을 잡아먹는 귀신이다. 그래도 미워할 수가 없다. 꽃이란 그런 거다. 도무지 미워할 수가 없다. 양귀비꽃의 빛깔은 흔해빠진 색이 아니다. 흐리멍텅한 하얀 빛깔도 있지만 선명한 붉은색, 바로 이 색깔이 스칼릿이다. 오, 열정의 스칼릿! 정확한 이름을 알기 전에는 양귀비꽃의 이런 빛깔을 뭐라고 해야 하는지 난감했었다. 그럴듯한 표현을 쓰고 싶은데 아는 게 없어서 멋진 빨간색이라고 노트에 적었다. 미술 선생에게 색상도감을 들이대며 물어봤다. 선생은 '스칼릿'이라는 명칭을 가르쳐줬다. 스칼릿, 스칼릿. 붉은 치마를 흔들며 탱고를 출 것 같은 여자의 이름. 선생은 내가 색상 이름을 까먹을까봐 이런 말을 했다.

"〈바람과 함께 사라지다〉에 나오는 스칼릿 오하라를 생각하면 될 거야. 그 여자, 정말 이런 색 같잖아."

스칼릿이란 단어를 외우려면 '스칼릿 오하라'를 외우라는 이상한 주문이었다. 그런데 여자들은 대개 이런 색이지 않나? '매력 있는 여자'의 색깔. 선생은 스칼릿은 우리말로 진홍색이라고 했다. 빨간색에 검은색을 아주 조금 넣고 흰색도 조금 첨가하면 바로 이런 빛깔이 되는 건가. 어째서 빨강에 검은 어둠과 하얀 빛을 넣어줘야 이러한 진홍빛깔이 되는 건가. 천사와 악마를 동시에 가진 붉은색이란 뜻이로구나.

비닐하우스 안은 꽃물결이 넘실거린다. 양귀비, 이 커다란 꽃은 선명한 빛깔만으로도 충분히 거만하다. 한 송이, 한 송이 자세히 들여다보다가 커다란 꽃잎 속으로 빨려들어간다. 보통 꽃이 아니다. 스치는 바람에 꽃들이 고분고분 흔들려도 마치 비명을 지르는 것처럼 자극적으로 보인다. 활짝 벌어진 꽃을 가까이서 보면 양다리를 벌리고 있는 음란한 여자의 몸 같다. 그럴 때면 꽃잎 가운데의 꽃술을, 발딱 서 있는 노란 꽃술을 헛바닥으로 핥고 싶어진다. 내가 얼굴을 들이대자 노란색 쌍말벌이 붕붕거리며 선수를 친다. 놈들은 능글맞게 노란 꽃술에 달라붙었다.

한들거리는 꽃의 움직임을 보면 내게 뭐라고 항변을 하는 것 같다. 때로 꽃은 내게 묻는다. 너도 나 같은 열정의 스칼릿이 될 것인가, 아니면 저항할 것인가. 나는 그 앞에 쪼그리고 앉아 꽃의 질책을 받는다. 애매모호한 태도를 질색하는 양귀비는 내게

결단을 내리라고 한다. 아, 모르겠다. 너희 빨간색 부류들은 언제나 소란스러웠어. 주장이 거칠고, 고집스럽고.

붉게 벌어진 꽃 가까이에 얼굴을 대고 냄새를 맡는다. 벌어진 꽃잎 사이의 샛노란 암꽃술이 나를 비웃는 것 같다. 꽃들을 가까이 들여다볼수록 뭔가가 고물고물 움직인다. 기다랗게 휘어져 있는 초록빛 꽃대가 신통치 않다. 나는 무릎을 구부리고 이파리와 꽃받침을 살핀다.

"이런, 빌어먹을 진딧물!"

볼따구니에서 짜낸 여드름 알갱이 같은 놈들이 부지런히 가지를 타고 오르내리는 중이다. 자세히 보니 가지마다 놈들이 바글바글하다. 빨간 딱정벌레들은 대체 어디로 간 걸까. 딱정벌레들이 진딧물을 먹어치워줘야 하는데. 통통하게 잘 부풀고 있는 씨방의 꼭대기도 진딧물이 장악하고 있다. 왕관처럼 생긴 씨방 꼭대기를 천지연인 줄 알고 기어들어간 것일까. 가만 보니 놈들이 씨방 안까지 파고들어가 있다. 진딧물에게 빨려 아편이 다 말라버리면 아저씨는 나를 죽이려 들 것이다.

나는 엉금엉금 기어서 양귀비 가지 사이를 헤집고 다닌다. 보이는 족족 진딧물을 손가락으로 뭉개 죽인다. 이파리를 훑어내기만 해도 기분 나쁜 물기가 손가락에 흥건하다. 나도 모르는 새 이렇게 많이 번졌다니. 도대체 놈들의 베이스캠프는 어디냐. 이러다가는 아편 농사를 완전히 망칠 수도 있다. 꽃들이 진딧물에게 공격당하면 씨방이고 뭐고 없는 거다. 약을 치기 전에 진 딧물이 번진 양귀비 이파리와 꽃받침 들을 카메라에 담는다. 나의 양귀비가 겪는 작은 시련도 정크노트는 빠짐없이 기록해야 한다.

아저씨가 약 치는 걸 질색하지만 진딧물의 피해가 이 정도라면 다른 방법이 없다. 방충망을 통해 안을 들여다본다. 아저씨가 갑자기 마당으로 튀어나올까봐 불안하다. 다행히 거실에는 아저씨와 '레드 제플린'만 있다. 오늘은 베스트앨범 '하우스 오브 홀리'만을 들으며 노닥거릴 모양이다.

시멘트벽의 옛날집이라 안은 천장이 낮고 어둡다. 감색 철대문 안쪽으로 제법 넓은 마당이 앞뒤로 나뉘어 있고 중앙에 현관문이 있다. 현관문 옆에는 진홍색 철쭉이 빽빽하게 심어져 있는데 가지치기를 해주지 않아 거실 창문을 절반이나 가리고 있다. 현관으로 들어서면 하얀 벽에 파리떼가 검은 깨처럼 잔뜩 붙어 있다. 진한 밤색의 마룻바닥을 걷다보면 발바닥으로 냉기가 올라온다. 겨울이 지나 봄이 되어도 발바닥을 시리게 하는 냉기는 여전하다.

안에서 울리는 음악을 멀찌감치 떨어져서 들으면 바람이 심하게 부는 날 전깃줄 우는 소리처럼 들린다. 난쟁이 에펠탑처럼 생긴 송신탑 근처에 가면 그런 소리를 실컷 들을 수 있다. 아저씨는 증명사진처럼 가만히 앉아 있다가 서서히 일어나 잇몸을 손가락으로 문지른다. 아저씨가 약을 하고 있다. 손가락에 침을 묻혀가며 탁자 위의 분말가루를 남김없이 잇몸에 대고 문지른다. 곧이어 아저씨는 눈을 감고 의자에 파묻혀버린다. 기다란 팔다리가 축 늘어져 죽은 거미 같다. 저런 상태라면 한참 동안 안에만 머물 것이다.

창고 안에 가져다놓은 '클로르피리포스' 분말을 스프레이 물통에 붓고 수돗물로 삼십 배 희석을 한다. 이 약만 뿌리면 진딧물뿐 아니라 다른 못된 벌레까지 완벽하게 박멸할 수 있다. 스프레이를 뿌리자 가지마다 하얀 물이 흥건해진다. 그래도 진딧물은 여전히 고물고물 바쁘게 움직인다. 티셔츠를 끌어올려 입과 코를 가린다. 죽어랏! 죽어! 앉은뱅이 자세로 오른손이 욱신거리게 스프레이를 계속 뿌린다. 스프레이에서 뿜어져나온 물이 햇살을 받아 분진처럼 퍼진다.

속 좀 썩이지 마, 양귀비! 우리 동네에서는 네가 귀한 꽃이 아니야. 담장 밑에서 흔히 볼 수 있는 토종 양귀비는 한철 내내 들여다보지 않아도 저 알아서 잘 큰다. 할머니가 큰집에 살 때는 배앓이나 불면증에 좋다고 다른 한약 재료들과 함께 키웠었다. 키웠다기보다는 씨가 떨어져 저절로 크는 놈들을 잡아뽑지 않고 그대로 놔두었다는 말이 더 맞겠지만.

사실 나는 아편이 영어 발음 그대로 오, 피, 아이, 유, 엠이라는 걸 아저씨의 노트를 보고 알았다. 아편이라고 하면 막연히 중국과 관련된 한자 이름이라고 생각했는데 말이다. 아편, 하면 아편전쟁이 떠오르고 그와 더불어 변발을 한 중국인 삽화까지 생각났다. 나는 참고서에서 그 페이지를 찢어 내 노트에 붙여버렸다. 양귀비에 관한 것은 뭐든 모으고 있다.

아저씨는 영어로 된 『OPIUM』이라는 책만 읽고 양귀비에 대해 통달한 것처럼 군다. 전에는 톱니처럼 삐죽삐죽 쓸모도 없는 양귀비 이파리 좀 솎아냈다고 어찌나 길길이 날뛰던지 어이가 없었다. 초록 식물이란 이파리를 때때로 뜯어줘야 으쓱으쓱 크면서 열매가 잘 맺히게 된다. 나뿐 아니라 다른 애들도 고추 이파리를 솎거나 토마토 줄기 뜯는 심부름을 마쳐야 밖에 나가 놀 수가 있다. 그런데 아저씨는 양귀비잎으로 알칼로이드를 추출하는 실험을 해볼 거라며 앞으로는 누런 이파리 한 개라도 함부로 버리지 말라고 명령을 했다. 밥맛대가리 없는 명령이었다. 쥐뿔도 모르면서 그깟 책이 뭐라고.

아저씨는 매일 잊지 말고 꽃의 개수를 세라고 했다. 우리가 뿌린 양귀비 씨앗은 파파버 솜니페룸과 브랙테아툼 종이다. 이건 아편 수액을 많이 얻을 수 있는 개량종 씨앗이다. 그래서 꽃 자체가 크고 씨방도 크다고 한다. 아저씨가 인도까지 날아가 '아편중독자용'으로 구해온 것이라 뭐가 달라도 다를 것이다. 아저씨가 들여다보는 책에는 씨방 하나에서 팔십 밀리그램의 아편이 나온다고 했다. 파파버 솜니페룸과 브랙테아툼 종은 씨방이 얼마나 커지는 걸까. 아저씨는 그에 대해 알려주지 않는다. 씨방의 겉은 단단하고 속은 뭉클해야 수액을 받을 수 있다는 것만 알고 있다. 그래서 매번 손의 감촉에 의지해서 씨방의 여문 정도를 측정한다.

나는 약을 뿌리다가 정크노트가 젖을까봐 비닐하우스 바깥에 내놓는다. 쾅쾅쾅, 안에서 현관문 두들기는 소리가 난다. 아저씨가 현관문 여는 방법을 또 까먹은 모양이다.

"문 열어!"

약을 먹었을 때는 아무리 난리를 쳐도 문 열어주지 말라고 했는데. 아저씨는 걸핏하면 문을 잠근다. 바깥에서 누가 들어올까봐 그러는 게 아니다. 자신이 미쳐서 뛰쳐나갈까봐 이중 삼중으로 문을 잠근다. 언젠가는 약에서 깨어보니 양양의 어느 바닷가였다고 한다. 어떻게 그 먼 곳까지 가게 되었는지 전혀 기억이 나지 않았다고 했다.

"문 열어!"

자기가 문을 잠갔으면 자기가 열어야지, 나는 모르겠다. 진딧물 죽이는 작업에만 몰두한다. 문을 열어주는 일보다 이게 더 급하다.

"쿤사야, 정말 급하다고! 문 열어, 새끼야!"

아저씨가 집 바깥에서 급하게 볼 일은 하나도 없다. 예전에는 마당에서 서성이며 약을 먹다가 갑자기 현관문이 안 열린다고 난리를 친 적도 있다. 그때나 지금이나 다른 건 없다. 그저 문이 잠겼다는 사실만으로 아저씨는 저러는 거다. 내가 비닐하우스 안을 진딧물들의 아우슈비츠로 만드는 동안 아저씨는 현관문을 발로 차며 문을 열라고 내내 소리를 질러댄다. 약이 깨면 자기가 알아서 문을 열고 나올 것이다. 이제는 아저씨의 행동 모두가 익숙해졌지만 가끔은 저런 모습이 지겹다. 아니, 지긋지긋하다.

비닐하우스의 측면에는 하얀색 스프레이를 뿌리고 뒤쪽으로는 나뭇가지들을 쌓아서 키 큰 양귀비가 보이지 않도록 했다. 그것만으로도 모자라 비닐하우스의 안쪽 가장자리는 양귀비만큼 키가 큰 꽃들을 심어두었다. 여태 귀하게 키운 양귀비를 누군가가 짓밟아버리는 꼴만은 면해야 한다. 다채로운 위장술을 펼치고 있지만 누군가가 마음만 먹는다면 비닐하우스의 바람구멍을 통해 얼마든지 바깥에서 양귀비를 발견할 수가 있다. 그게 문제이다.

스무 주 정도의 개양귀비는 봐주지만 대량으로 심은 양귀비밭은 처벌을 받는다고 한다. 마약류관리법 위반으로 걸리면 오년 이하의 징역에 무지막지한 벌금을 물어야 한다. 아저씨는 약물중독으로 의사 자격증을 박탈당했고 약물에 관한 전력이 화려하기 때문에 이번에 걸리면 완전히 끝장이 난다고 했다.

바람구멍을 통해 양귀비밭을 마지막으로 한 번 더 들여다본다. 나비의 날개처럼 접힌 꽃잎 사이로 동그란 씨방들은 노을빛을 받아 건강하게 빛나고 있다. 진홍빛 꽃물결이 사라지고 이 안이 초록빛 씨방으로 가득하기를 기원하며 발길을 돌린다.

내가 비닐하우스를 가리려고 널빤지를 들고 낑낑거릴 때면 아저씨는 '쿤사는 양귀비를 위해 부비트랩을 설치했다'고 말했다. 그 말이 내 어깨를 으쓱하게 했다. 실제로 미얀마의 마약왕 '쿤사'가 그들의 아편밭에 부비트랩을 설치했었다는 말인지, 뒷마당의 비닐하우스 주변을 위장하는 나에 대한 말인지, 분간이 가지 않았다. 다만 '양귀비를 위해'라는 표현만은 내 마음에 쏙 들었다. 양귀비를 위한다는 건 '나 자신'을 위한다는 말과 똑같다.

4. 언덕집

　나의 진짜 하루는 아침이 아닌 오후부터 시작된다. 정확하게 말하면 방과 후부터 진짜 내가 움직이기 시작한다. 오전과 오후로 나뉜 수업시간 전부가 워밍업에 지나지 않는다. 친구들과 주절거리고 선생의 지시대로 벌떡 일어나 교과서를 읽는 등 교복을 입은 역할은 수행하고 있어도 빈껍데기에 불과하다. 내 알맹이는 이미 언덕집에 가 있다. 이부자리에서 일어나면서부터 마음은 언덕집 비닐하우스 안으로 쏙 들어가 있다.

　오전수업의 고통을 무엇에 비할까. 깨를 볶아 참기름을 쥐어짜듯이 인내심을 쥐어짜 간신히 버티는 거다. 내가 왜 네모난 교실의 딱딱한 의자에 앉아 사십오 분 단위로 지루함을 겪어야 하나, 매일매일 같은 고민을 하며 오전수업을 소모하고 나면 위로라도 해주듯이 급식시간이 된다. 급식은 그나마 참아줄 만하다. 남들보다 먼저 식판을 들려고 경쟁적으로 운동장을 가로질러 식당에 도착하는 순간은 짜릿하다. 하지만 걸신 들린 듯 처먹으며 왁자지껄 떠들어대는 저 군상이라니.

단체로 식당에 앉아 시끌시끌한 소음 속에서 규격화된 여물을 입속에 퍼넣을 때면 대규모 양계장이 떠오른다. 걔네들은 알이라도 만들지, 대체 너는? 나는 알 대신 똥을 싼다. 밥 먹여줬으니 이제 또 수업이다, 하며 교실에 들어가라는 벨소리가 들리면 새로운 고통이 가중된다. 식곤증과 싸우며 나머지 세 시간을 간신히 버틴다. 매시간 매분 매초, 교실 벽의 시계를 올려다보며 혼자 카운트다운을 한다. 시계는 내 눈길을 피해 '무궁화꽃이 피었습니다' 게임을 하듯 몹시 더디게 움직인다. 그래서 오전보다 오후수업이 더 괴롭다.

사실 언덕집에 간다고 해서 특별하게 즐거울 일은 없다. 우리집보다 먹을 게 더 없는데다 아저씨는 내 얼굴을 보자마자 일부터 시킨다. 부식거리 떨어졌다. 빨래 좀 널어라. 삼거리 가서 설렁탕 좀 사와. 자질구레한 심부름만이 나를 기다리고 있는 것이다. 그럼에도 언덕집은 나의 유일한 해방구다. 일도 내 맘대로, 놀아도 내 맘대로, 거실에 대자로 누워 방귀만 끼고 있어도 잔소리하는 사람이 없다.

아저씨는 그날그날 기분에 따라 사람 자체가 달라지기 때문에 요령껏 대하면 된다. 처음에는 적응이 되지 않아 내가 먼저 미칠 것 같았지만 요령을 터득한 지금은 겁날 게 없다. 별일 아닌 걸 가지고 지랄발광을 하는 날도 있지만 대개는 무관심하게 나를 대한다. 심부름하기 싫다고 툴툴거리면 알았어, 내일 사와, 하고는 소탈하게 군다. 언덕집에 오르는 순간, 내 안에서 일당 미터기가 찰칵찰칵 오른다. 어쨌든 돈을 벌고 있는 것이다. 수업 시간을 견디는 건 돈을 버리는 일이지만 언덕집에서는 우두커니 있어도 돈을 번다. 언덕집의 시간은 느리게 흐르고 늘 멍한 풍경 안에 갇혀 있다. 나도 그 속에 들어가면 풍경이 된다. 비닐하우스 안에서 양귀비가 시시각각 다른 모습으로 자라고 있지만 그래봤자 어디로 도망갈 수 없는 식물이기 때문에 양귀비를 바라보는 내 마음은 몹시 한가로운 것이다.

아저씨네 집에서 일을 시작한 건 지난가을부터였다. 아저씨는 이사를 오자마자 아버지에게 보일러 수리를 부탁했다. 아버지는 서울에서 온 의사 선생은 일당이 후하다면서 트럭 가득히 쇠파이프와 연장을 싣고 부지런히 언덕을 올랐다. 노인 부부의 여름 별장이던 언덕집은 기름보일러가 달려 있기는 해도 무용지물이었다. 아저씨는 새파랗게 질린 입술로 와들와들 떨면서 추워서 죽을 지경이라고 엄살을 부렸다.

아버지는 다른 잡부들과 막걸리를 마셔가며 언덕집의 거실 바닥에 동파이프를 깔고 막힌 배수로도 뚫어주었다. 언덕집 아저씨가 마당에 비닐하우스를 만들어달라고 하자 아버지는 시세보다 훨씬 높은 값을 부르며 '현찰박치기'를 주장했다. 내게 막걸리를 사오라는 전화를 할 때면 아버지는 기운이 뻗치는지 귀청이 떨어져라 소리를 질렀다. 술기운 없이는 할 수 없는 게 노가다라면서 알아서, 틈틈이 음주노동을 했다. 새로 깐 보일러 시설이며 비닐하우스 모두 아버지가 퍼마신 막걸리의 솜씨이다.

자질구레한 집 안 공사가 마무리되자 언덕집 아저씨는 아무나 기웃거릴 수 없도록 숲길에서 언덕집으로 들어가는 진입로를 폐쇄해달라고 했다. 아버지는 그래도 되나 모르겠네, 라고 구시렁거리면서도 큰 바위들을 사다가 길을 막아버렸다. 포클레인이 동원되던 그날의 요란했던 광경은 내가 직접 목격했기에 또렷이 기억이 난다. 생각지 않게 공사 기간이 늘어나면서 언덕집의 자질구레한 심부름은 내가 맡게 되었다.

아저씨는 그때부터 그놈의 영어책만 들여다보고 있었다. 요란한 음악을 틀어놓고 소파에 기대거나 책상 앞에 앉아서 책만 봤다. 이불을 뒤집어쓰고 책장을 넘기다가 어떤 페이지는 오랫동안 읽으며 노트에 뭔가를 적었다. 무심한 표정이지만 머릿속은 빠르게 움직이는 게 분명했다. 아버지는 팔자 좋게 책만 본다고 아저씨를 무척이나 부러워했다. 부러워하는 건 자기 맘이지만 그것이 나를 향한 잔소리로 연결이 되는 건 반갑지 않았다.

"저렇게 일도 안 하고 책만 보면서 놀고먹으면 얼마나 좋냐, 그러니까 너도 젊었을 때 돈을 실컷 벌어놓으라고."

아버지가 보기에는 책을 읽는 건 일을 하지 않고 노는 짓이고, 노는 짓으로도 먹고살 수 있어서 좋다는 말이었다. 그렇지만 나는 책을 읽고 번역을 하는 건 절대로 노는 게 아니라고 생각했다. 겉으로는 노는 것 같지만 책을 번역하는 아저씨의 머릿속에는 수많은 작은 서랍이 들어 있을 것이다. 영어단어를 머릿속에 집어넣으면 그 단어에 맞는 한국말을 빼내어야 한다. 머리에 든 서랍을 빨리빨리 빼내는 작은 인간이 속에 있다면 그놈은 얼마나 바쁠 것인가.

가끔 아저씨는 고개를 갸우뚱하면서 만년필을 가로로 죽죽 그었다. 자신이 쓴 글이 마음에 드는지 혼자서 피식피식 웃기도 했고 가끔은 관자놀이를 두 손으로 누르며 의자에 깊숙이 기대 있었다. 마당에서 아버지와 다른 인부들 틈에 있을 때도 내 눈길은 집 안에 든 아저씨에게 꽂혀 있었다. 나는 아저씨가 그 책을 뭐라고 번역했는지 알고 싶어 안달이 났다. 안타깝게도 노트는커녕 책상 근처에도 갈 수가 없었다. 그때만 해도 생필품 구입과 공과금 내주는 일만 했기 때문에 그 집에 오래 머물 구실이 없었다.

아저씨가 쓴 노트를 반드시 볼 거라는 내 바람은 오래지 않아 이루어졌다. 주문대로 부식거리를 사들고 갔던 어느 날, 나는 마룻바닥에 놓인 자주색 노트를 발견했다. 공책의 앞장에는 영어로 'Junknote'라고 크게 적혀 있었다. 정크노트, 정크노트. 커다랗게 휘갈겨 쓴 그 글자를 보자 이상하게 가슴이 뛰기 시작했다. 관록이 붙어 있는 필체라고 할까. 해적선의 선장이 깃털펜으로 단숨에 휘갈겨 쓴 글씨처럼 고전미가 넘쳤다. 두꺼운 커버의 자주색 노트는 우리 동네 문방구에서는 본 적이 없는 종류였다. 가격 표시는 없었지만 한눈에 봐도 비싼 것이 분명했다.

부식거리들을 냉장고와 찬장 서랍에 나눠 넣으며 노트를 들여다볼 생각에 가슴이 둥당거렸다. 마침 아저씨는 늘어지게 낮잠을 자고 있었다. 손때가 묻지 않도록 손을 비누로 씻은 다음 조심스럽게 노트를 펼쳤다. 친구녀석이 짱박아둔 야동 파일을 열 때보다 더 구미가 당겼다. 페이지는 듬성듬성 채워져 있었다. 나 같으면 그렇게 비싼 노트는 앞뒤 없이 빽빽하게 채워 쓸 텐데 말이다. 노트 중간의 깨끗한 여백들은 뭔가 특별한 주장을 하는 것 같았다.

영어와 한자가 뒤범벅이 된 만년필 글자는 대부분 성의 없이 흘려 쓴 글씨체지만 보면 볼수록 그럴듯했다. 페이지마다 낯선 화학기호와 영어로 토를 달아놓은 이상한 그림이 가득했다. 동그랗게 부푼 열매를 그린 그림 밑에 매달린 영어 주석들은 알아보기 힘들었지만 그림의 의미는 척 보고 알아챘다. 씨를 뿌리고 햇볕을 쬐게 하면서 식물을 키운다, 이거지. 실험도구를 이용해 뭔가를 만들어내는 그림이었다. 뭐야, 요양을 하러 왔다더니 식물을 연구하려는 건가. 우리가 모르는 약을 만들려는 건지도 모른다. 그래서 비닐하우스를 지어달라고 한 거겠지.

노트에 한글이 전혀 없는 건 아니었다. '전자레인지에서 이십 분 돌리고' '십오 센티 깊이' '겨울에 파종' 뭐 이런 글자가 영어로 쓴 문장 사이에 드문드문 섞여 있었다. 그것이 인쇄된 글자였다면 내 마음을 흔들지 않았을 것이다. 그런데 빠르게 휘갈겨 쓴 글씨들이며 뜻 모를 영어단어와 한자 들이 내 눈길을 붙들고 놓아주지 않았다. 핥아먹을 듯이 노트를 가까이서 보고 또 볼수록 화가 나기도 하고 공연한 수치심이 일었다.

아저씨의 머릿속 서랍에는 이런 것들이 가득 있구나. 내가 모르는 이런 것들이. 물론 아저씨의 비밀을 알게 된 것만으로도 충분히 기뻤다. 노트에 새로운 내용이 채워지는 걸 기다리고 확인하는 과정은 늘 즐거웠다. 그래서 아저씨가 따로 부르지 않아도 언덕집을 종종 찾아갔다. 자발적으로 방 청소를 하거나 쓰레기를 비워주는 무료봉사를 하며 어떻게든 그 집에 오래 머물려고 안간힘을 썼다.

"너, 왜 자꾸 오는 거냐? 볼일 없으면 오지 마."

아저씨는 의심스러운 눈길로 나를 경계했다. 음악이 궁금해서 그런 거라고 둘러대자 아저씨는 잇몸이 드러나게 웃으며 몹시 반가워했다. 아무 때나 방문해도 좋다는 허락이 떨어지는 순간부터 죄 없는 내 고막은 고통을 받기 시작했다. 아저씨는 "나도 네 나이 때 음악에 빠져들었지" 하며 턴테이블의 볼륨을 최대한 높여주었다.

알고 싶지도 않은 70, 80년대의 록음악에 대해 아저씨의 열성적인 강의를 듣고 또 들었다. 재수 없게 생긴 미친 록밴드들의 발광하는 음악 소리가 록의 실체와 전설을 전달하려고 내 귓구멍을 쑤시고 들어와 골을 후벼팠다. 심지어 내 오래된 충치까지 길길이 날뛰며 통증을 일으켰다. 소음과 치통은 무슨 관계인가. 다만 아저씨의 귀에서 고름이 줄줄 흐르며 썩어가는 이유는 알 것 같았다. 소음이 지나치면 구역질까지 일어난다는 사실도 알게 되었다.

아저씨는 박스에 넣어두었던 레코드판을 꺼내 하나하나 설명해주었다. 내가 지루해하자 롤링스톤스의 음악은 비교적 대중적이니 잘 들어보라고 했다. 롤링스톤스, 구르는 짱돌. 자신들이 돌대가리임을 자랑하는 이름도 다 있다. 아저씨는 그들의 앨범 '비트윈 더 버튼스'의 레코드 재킷을 들이대며 1967년 롤링스톤스의 기타리스트 키스 리처즈의 집을 급습한 경찰에 의해 믹 재거와 키스 리처즈가 마약을 하다 체포되었고 그로 인해 파국을 맞았던 때의 음반이라 더 가치가 있다고 얘기했다.

하드록, 소프트록, 프로그레시브록과 펑크록, 아레나록, 머리카락 산발한 록과 옷을 찢고 발광하는 록, 그리고 거지발싸개 같은 록 등등, 록은 미친 듯 가지를 뻗쳐나간다. 아저씨의 얘기를 듣다보면 세상에 록이 아닌 게 없다. 지미 페이지, 리치 블랙

모어 같은 하드록계의 전설적인 기타리스트 이름을 까먹었다가 아저씨에게 핀잔을 듣기도 했다.

아저씨는 동그란 플라스틱으로 만들어진 구식 레코드판과 요즘의 시디를 번갈아 틀어주었다. 같은 곡인데 시기별로 레코딩된 방식과 연도가 다르니 그 차이를 귀로 느껴보라고 했다. 내게는 무척이나 잔인한 문제였다. 멍청하게 스피커 옆에 앉아 같은 노래를 반복해서 들어야 하다니! 동그란 레코드판이 빙글빙글 돌아가면 갖은 소음이 요동을 치며 튀어나오고 그런 걸 계속 듣다보면 내 머리통에 든 서랍들이 열리며 갖가지 영상들이 튀어나왔다. 아, 빌어먹을, 그렇게 많은 생각이 동시에 들기는 처음이었다. 쏟아지는 수돗물에 대고 처음으로 수음을 했을 때라든지 자전거를 타고 가파른 언덕을 내려올 때의 기분 같은 것. 언젠가부터 어둠을 바라보고 있으면 그 안에서 뭔가가 꿈틀거리는 것 같았는데 아저씨의 미친 음악들이 그것들을 다시 끌어냈다.

아저씨는 여러 종류의 레코드판을 종이박스에서 꺼내기 시작했다. 하나하나 추억이 깃들어 있다며 주절주절 말이 많았는데 나는 그것보다 책이 든 박스에 정신이 팔렸다. 박스에 든 것들은 의학 전문 원서들과 시사잡지들, 그리고 병리학, 해부학 등등의 전문 서적들이었다. 내가 그것들을 박스에서 꺼내 책장에 꽂으려 하자 아저씨는 손을 내저었다.

"여기 이사올 때 보일러는 고장나고 벽난로만 있다기에 태우려고 가져왔어. 괜히 자리만 차지하니까 박스에 그냥 놔둬. 꺼내면 먼지 난다."

"태울 때 태우더라도 일단 꽂아둘게요."

"그거 꺼내지 마! 그런 책, 꼴도 보기 싫다."

그래도 나는 고집을 부려 그것들을 책장에 꽂았다. 먼지가 이는 책은 마당에 갖고 나가 일일이 털어서 크기대로 분류했다. 빛바랜 책들이지만 정리해놓고 보니 멋졌다. 오래된 『타임』 『뉴스위크』 『내셔널지오그래픽』 같은 얇은 잡지들도 낯설고 재미난 사진이 가득했다. 이것들을 아무렇게나 버리려는 아저씨를 이해할 수 없었다. 친척들 집을 가봐도, 아니 우리 동네 어느 집을 가봐도, 이런 책을 꽂아두고 있는 집이 없다.

아무 원서나 빼서 펼쳐보면 인쇄된 그림과 글에 밑줄이 그어져 있고 빨간색 볼펜으로 해석을 달아놓은 작은 글씨가 보였다. 우리 몸속 어느 부분을 그려놓은 생경한 그림에도 모두 영어로 된 설명이 붙어 있었다. 그런 것들을 자꾸 들여다보자 내 몸속의 장기에도 영어로 된 라벨이 붙어 있을 것 같았다. 라벨이 붙어 있는 간과 심장, 콩팥, 그리고 장기에 매달려 있는 혈관의 각기 다른 이름들, 그것들을 생각하자 몸속 어딘가가 조금씩 근질거렸다.

한참 동안 책을 넘겨보는데 아저씨의 시선이 느껴졌다. 괜히 무안해져서 이런 책들 정말 다 읽어봤느냐고 물었다. 아저씨는 마룻바닥에 팔베개를 하고 누우며 멍청한 새끼, 라고 낮게 읊조렸다. 내가 멍청한 질문을 했다는 걸 알지만 그 말을 듣는 순간, 얼굴이 화끈 달아올랐다. 골대 정면에서 똥볼을 찬 것 같았다. 다음부터는 책에 관한 질문은 절대로 하지 않겠다고 결심했다. 책을 만졌던 내 손은 먼지가 잔뜩 묻어 있었다. 내 손에서 풍기는 묵은 종이 냄새가 왠지 흐뭇했다.

아저씨는 지치지도 않고 록음악에 대해서만 얘기했다. 보컬리스트의 이름과 출신지, 첫 싱글 앨범이 나온 연도는 말이다, 내가 바로 이 베스트 앨범을 구한 해에 대통령이 총 맞고 죽어서 계엄이 선포되었다는 둥, 아저씨의 이야기는 꼬리에 꼬리를 물고 구구절절하게 이어졌다. 죄다 옛날 얘기들이었다. 나는 아저씨의 얘기가 지루하면 음악을 들었고 음악이 지겨우면 아저씨의 지난 일화를 열심히 듣는 척했다.

아저씨는 음악을 들으며 지금의 내 나이, 틴에이저 시절로 돌아가고 싶다고 말한다. 그런 말을 할 때면 평소보다 아저씨가 더 늙어 보였다. 창틈으로 건조한 겨울 햇살이 들어오고 나는 바닥에 반듯이 드러누워 천장을 올려다봤다. 천장은 파리똥으로 지저분했다. 록음악의 수선스러움에 비해 내 시간은 느리게 흘렀다. 아주 오래 전부터 레코드판과 낡은 책 들 사이에서 지냈던 것 같은 기분이 들었다.

5. 도망가는 슬리퍼

    할머니가 싸준 반찬통은 더럽게 무겁다. 반찬마다 랩으로 싸고 플라스틱 뚜껑으로 단단히 봉했지만 검은 비닐을 흔들 때마다 시큼한 냄새가 풍겨나온다. 외과 병동에 들어서자 내 손에 든 반찬 냄새를 싹 날려버릴 만큼 병원 냄새가 코를 찌른다. 미끌미끌한 복도를 지나 병실로 들어서자 또다른 냄새가 난다. 퀴퀴하다. 여섯 명의 환자가 있는 육인실 안은 여섯 칸으로 나뉜 반찬통 같다. 여섯 명의 환자들은 각기 다른 냄새를 풍기며 자신의 침대 주변에 자질구레한 물건을 늘어놔 구역 표시를 한다. 병상마다 붙어 있는 환자 가족들의 모습도 제각각이고 환자들의 병명도 다 다르다.

    머리끝까지 이불을 뒤집어쓴 환자 옆 침대에 아버지가 어깨와 목에 하얀 깁스를 하고 누워 있다. 텔레비전을 보느라 나를 보고도 반쯤 벌어진 입을 닫을 줄 모른다. 반찬통을 침대 옆 탁자 서랍에 넣으려고 보니 안이 엉망이다. 할머니와 내가 매번 새로 정리를 해줘도 아버지는 반찬통과 속옷을 한꺼번에 쑤셔박아버 린다. 며칠 전에 가져왔던 찬합을 꺼내다보니 거무죽죽한 반찬 국물이 손바닥에 시커멓게 묻는다. 큰아버지가 다녀갔는지 떡집 종이봉투 속에 먹다 남은 절편이 꾸들꾸들 말라 있다. 종이봉투 째 휴지통에 던져버린다.

세면장에 가서 손을 씻고 오자 아버지가 반찬통에 든 콩자반 을 손으로 집어 먹고 있다. 할머니의 반찬은 강렬한 짠맛 외에 는 아무 맛도 느껴지지 않을 정도로 지독히 짜다. 밥 대비 반찬 양을 아무리 줄여도 밤에는 사막 한가운데서 목이 말라 울부짖 는 꿈을 꾸게 된다. 그런데 저 짜디짠 콩자반을 땅콩 집어먹듯 하다니. 아버지는 염소똥같이 새까만 콩자반을 단번에 먹어치우 고 이번에는 삭힌 고추에 덤벼든다. 고추 역시 끔찍하게 짜고 맵다. 보기만 해도 혀가 타들어가는 것 같아 고개를 돌려버린다. 아버지는 매운 기운을 날리려고 혀를 길게 내밀어 후, 후 거리 며 양념 묻은 손가락을 쪽쪽 빤다.

"오십 점짜리 여자라도 간호사 제복을 입으면 이십 점이 거저 붙는다고."

나는 아버지가 점수를 후하게 준 간호사를 물끄러미 본다. 천 만의 말씀, 저렇게 팔뚝과 목이 굵으면 섹시한 란제리를 착용해도 육십 점 이상은 줄 수가 없다. 우리가 동시에 쳐다보자 육십 점 이하 간호사는 궁둥이를 돌려 아버지에게 약을 준다. 아버지는 그 자리에서 약봉지를 뜯는다. 손바닥에는 크고 작은 알약이 수북하다.

골칫덩이 아버지의 몸속으로 알약들이 쏟아져들어간다. 꿀꺽, 목젖이 들썩인다. 교통사고로 어깨뼈에 금이 간 건 아무것도 아니라고 했다. 최근에 더 큰 문제가 발견되었다. 초음파사진 속의 아버지의 간은 달 표면처럼 울퉁불퉁했고 피검사 결과 무슨 수치가 높아서 상당히 위험하다고 의사가 겁을 줬단다. 그래도 그건 뱃속에 감춰져 있는 문제이기 때문에 당장은 관계없다. 가장 큰 문제는 아버지의 슬리퍼가 자꾸만 벗겨진다는 것이다.

아버지의 슬리퍼는 여기 한 짝, 저기 한 짝 병원 복도에 나뒹굴었다. 발바닥에 감각이 없어졌는지 그놈들이 언제 발밑에서 빠져나갔는지 전혀 모르겠다고 했다. 슬리퍼가 싫다고 해서 할머니가 긴급 공수해준 고무신을 꿰어신어도 그조차 자기도 모르는 사이 자꾸 달아난다고 했다. 그래서 아버지는 맨발로 화장실을 다녔다. 간호사들이 질색을 하며 주의를 줄 때마다 아버지는 필요 이상의 관심을 쏟아준다면서 "저러다가 나한테 시집오는 거 아냐?" 하며 주책을 떨었다.

간호사가 지극히 사무적인 태도로 약을 주고 사라져도 아버지는 그저 좋아서 실실거렸다. 그러면서 자신이 놓쳐버린 베트남 색시를 또 들먹였다. "스물다섯이라니! 이런 젠장, 스물다섯 살짜리를 놓쳐버리다니 나도 참 병신이야." 부서진 트럭은 폐차 직전이고, 할머니는 못살겠다고 아우성이고, 우리 밭만이 모종이 듬성듬성해서 벌건 흙투성이인데 아버지는 병원에서 돈만 까먹으면서 정신을 못 차린다.

"의사 선생은 요새도 놀고먹냐?"

아버지는 매실주스를 내주며 마시라고 손짓을 한다.

"거기 일이 아직도 많아?"

"아뇨."

나는 매실주스 캔을 만지작거린다. 텔레비전에서 광고를 본 적 없는 수상한 브랜드의 매실주스다. 자잘한 글씨를 읽어보니 '중국산'이다. 이런 걸 제일 열심히 사먹는 건 우리 같은 시골 사람들이다. 중국산 농산물 때문에 망했다고 아우성들을 치면서 말이다.

"그럼 너 뭐 하느라고 만날 집에 늦게 오는 거냐? 할머니 말로는."

"방과 후 영어동아리에 다닌다고 했잖아요. 노래 들으면서 영어 공부하는 모임이라고."

거짓말이 점점 늘어 이제는 둘러대는 데 선수가 되었다. 틀린 말만은 아니다. 아저씨에게서 영어를 배우기도 하니까.

"너무 비싼 건 하지 마. 지금 우리 형편이 말이야."

"공짜야."

아버지의 얼굴이 순간 밝아졌다가 평정을 찾는다.

아버지는 자리에 눕겠다며 어깨를 받쳐달라고 한다. 목에 두른 깁스의 중량이 더해져서인지 여간 무거운 게 아니다. 아버지는 혼자 힘으로 잘만 하다가 내가 오면 뭐라도 부려먹으려 든다. 이건 아버지와 언덕집 아저씨의 공통점이다. 아버지 등 밑에 깔린 내 팔을 빼려고 안간힘을 쓰다가 주머니에 든 일회용 카메라를 바닥에 떨어뜨렸다. 카메라를 보던 아버지와 눈이 마주친다. 삼성 미놀타 카메라를 개골창에 빠뜨린 건 바로 나다. 여섯 살 때 저지른 일을 아버지는 잊지도 않는다. 카메라만 보면 잔소리를 해댔다.

"사진 찍을래요?"

"뭐? 이 꼬라지를 하고 사진을 찍으라고?"

아버지는 말도 안 된다고 하면서 사방으로 뻗친 머리카락부터 손질을 한다. 엉겁결에 흘린 제안을 입속에 도로 주워넣고 싶지만 나는 별수 없이 일회용 카메라의 초록색 포장을 벗겨낸다. 아버지는 입원실을 배경으로 목에 깁스를 한 사진이 있는 것도 좋겠다며 손가락으로 브이자를 만든다. 두 장을 연거푸 찍은 다음 병실 안의 다른 환자들도 끌어들인다.

"우리가 이렇게 만난 것도 인연인데 기념으로 한방 찍어봅시다."

아버지가 넉살 좋게 다른 환자들한테 사진 찍기를 권하자 다들 손사래를 치면서도 은근슬쩍 카메라에 관심을 보인다. 저런 카메라도 잘 찍히더라고, 어쩌고 하며 일회용 카메라에 대한 얘기가 오고가더니 사진 좀 찍어달라는 요청이 바로 들어온다. 문병 온 친지들과 함께 찍어달라는 둥, 방문객이 선물로 만들어온 꽃 옆에서 찍어달라지를 않나, 사람들의 요구에 따라 나는 아버지 '병실 동기'들의 얼굴을 일회용 카메라에 담기 시작한다. 정크노트에 붙일 양귀비 사진을 찍으려 했는데 느닷없이 병실 사진사가 되었다.

입원한 지 육 개월이 넘었다는 칠십 먹은 할아버지는 이런 소란과는 무관한 듯 창밖만 바라보며 앉아 있었는데 아버지가 어르신, 어르신 이리 와보세요, 자꾸 불러대자 무표정하게 고개를 끄덕이더니 느릿느릿 행동을 개시한다. 유리컵에 든 틀니를 꺼내 입에 넣고 딱딱 맞춘 다음, 달팽이보다 더 느린 동작으로 바닥에 발을 내려놓고 슬리퍼를 천천히 신는다. 노인은 자리에서 일어서느라 몇 분을 더 허비하고 위태로운 걸음새로 발을 질질 끌며 이곳을 향해 조금씩, 조금씩 다가온다. 굼뜬 동작 안에 몇 백 년의 세월이 웅크리고 있는 듯하다. 오늘 안에 사진을 찍을 수 있을까 슬슬 걱정이 된다.

그사이 사람들은 카메라폰을 꺼내들고 포즈를 취한다. 셔터 소리가 여기저기서 들린다. 애들 장난감 같은 내 일회용 카메라

가 무색해지는 순간이다. 이 사람들 정말 환자가 맞나? 와글와
글 웃고 떠들면서 깁스에 새긴 사인이 잘 나오도록 카메라 렌즈
를 가까이 들이대고 갖은 포즈를 다 취한다. 아버지는 안 끼는
곳이 없다. 그사이 달팽이 노인은 스테인리스 오줌통을 지나 두
개의 환자용 침대를 손으로 짚은 다음, 함부로 놓인 간이침대를
가로지르는 대장정을 아슬아슬하게 이어오고 있다.

짤깍, 일회용 카메라의 셔터 소리는 소심하고 비참하다. 요란
하게 펑, 펑 터져주면 좀 좋아? 그럼에도 불구하고 단체사진을
찍는 동안 아버지는 내내 의기양양하다. 다른 환자와 그 가족
들에게 대단한 선심을 베푸는 듯, 눈을 감아버렸다는 탄식이 들
리면 필름 아끼지 말고 한 장 더 찍으라고 내게 소리를 지른다.
다음에 올 때는 인원수대로 사진 뽑아오는 것 잊지 말라고 당부
를 하더니 사람들 들으라는 듯 엄청나게 큰 목소리로 떠든다.

"이번에 요 발바닥 정밀검사만 마치면 곧바로 퇴원할 거야.
그 동안 고생 많았다. 이젠 내 걱정일랑 말라구."

미안하지만 내 사전에 '아버지 걱정'이란 없다. 걱정은커녕 그
반대라는 걸 알 때도 되었건만. 나는 앞으로도, 영원토록 당신
걱정을 하지 않을 테니, 당신도 내 걱정일랑 말아주시오. 아버지
는 내가 병실에 있기 싫어서 어물쩍거리면 무조건 '내 걱정은
말라'고 나를 격려하려 들었다. 그러면 나는 그만 가보라는 뜻
으로 해석하고 냉큼 병실을 나왔다.

앞으로는 병실에서 숙제를 하고 저녁밥도 함께 먹자고 아버지가 치근덕거리지만 나는 사진기를 가방에 넣으며 대꾸도 하지 않는다. 함께 사진을 찍었던 다른 환자들이 더 놀다 가라고 간섭이다. 지금부터 밭에 가서 해야 할 일이 많다고 침울한 표정을 짓자 모두들 '아직 어린데, 어른들 몫을 다하는구먼' 하며 칭찬을 퍼붓는다. 달팽이 노인조차 무표정하게 나를 바라보며 고개를 끄덕인다. 병실 안 사람들에게 공손한 인사를 마친 나는 집안일 잘하는 착한 아들이 되어 후덥지근한 병실을 빠져나온다.

아버지 곁을 벗어나자 공기부터가 상쾌해진 것 같다. 오늘의 임무를 수행했다는 만족감에 걸음이 빨라진다. 병원 복도에는 하얀 가운을 입은 의사 서너 명이 몰려다닌다. 젊은 의사가 병실 문을 열며 "회진입니다"라고 외치면 나이 든 다른 의사들이 빠른 걸음으로 복도를 지나간다.

나는 의사들이 나누는 전문용어가 듣고 싶어 귀를 기울인다. 그들은 병실에 들어갔다가 몇 분 뒤에 복도로 다시 나와 걷는다. 걸음을 빨리해도 의사들은 나보다 훨씬 더 빠르다. 의사들은 복도에서도 종이뭉치에 뭔가를 적으며 걸어간다. 글씨를 보지 않아도 손목이 빙글빙글 움직이는 걸로 봐서 영어로 쓰는 게 분명하다. 나는 그 글자들이 보고 싶다. 아마도 아저씨가 정크노트에 적었던 그런 글자와 비슷할 것이다.

저 의사들도 낮에는 환자를 돌보고 밤이 되면 모르핀 주사를 맞고 있을까. 일행 중에 제일 키 큰 의사가 아저씨와 가장 닮았다. 하얀 가운에 아저씨의 얼굴을 집어넣어 상상해본다. 어울리지 않는다. 아저씨는 환자복이 더 어울리는 얼굴이다. 죄수복은 어떨까. 그것도 제격이고 록밴드의 기타리스트도 어울린다. 나는 머릿속으로 아저씨의 얼굴을 이리저리 합성해본다. 그사이 의사들의 하얀 가운자락이 복도의 왼편으로 사라져버렸다.

6. 과거분사, 대과거

수여동사가 들어 있는 문장은 간접목적어와 직접목적어의 위치를 바꿀 수 있는데, 대부분의 경우 뒤로 돌리는 간접목적어의 앞에는 to를 쓰고 buy와 make의 경우에는 for를 쓴다(간접목적어와 직접목적어의 위치를 바꾸면 3형식이 된다).

이건 나도 알고 있다. 그런데 외워야 할 게 너무 많다. '1단계 영문법'이 이 정도면 2단계, 3단계는 뭐란 말이야? 어떻게든 눈을 부릅뜨고 글자를 읽어내려가지만 속으로는 딴생각만 든다. 아무래도 단어 뜻을 몰라서 그런 것 같다. 앞 페이지로 다시 가본다.

목적어의 유무에 따라서 자동사와 타동사로 나뉜다.

자동사—목적어가 필요하지 않은 동사.

타동사─목적어가 필요한 동사.

제5형식＝주어＋동사＋목적어＋보어〔-이 -을 -로 (-라고) 한다〕

동사는 목적어와 목적보어가 필요한 불완전타동사인데, 목적보어와 목적보어 사이에는 의미상 {주어＋술부}(주어＝보어)의 관계가 성립한다.

안 되겠다. 보어가 뭔지 알 수가 있어야지. 역시 한자가 문제다. 올해는 일본어를 배우고 삼학년부터 한자를 배운다고 하는데 한자를 모르니까 일본어도 어렵고 영어도 어렵다. 빌어먹을 중국 놈들. 이럴 때는 쇄국정책이 역사상 가장 바람직한 정책이었음을 깨닫게 된다. 외국어 때문에 고통받을 필요가 있나. 그냥 우리끼리 오붓하게 살자. 다시 한번 마음먹고 펼쳐보다가 예문이 어려워 꽉 막혀버린다. 관두자, 관둬. 영문법 책을 덮어버린다. 책을 덮어도 개운치가 않아 문가로 멀리 던져버린다.

영어, 영어. 젠장맞을 영어. 일학년 때는 영어 성적이 엔간했었다. 점수가 낮게 나올 때도 영어가 싫지 않았기에 금방 회복을 할 거라는 자신이 있었다. 제법 열의를 가진 영어 선생 덕분에 수업이 지루하지 않았고 영어란 목욕탕 벽의 타일 같아서 영어 문장의 한 조각을 한국어로 바꾸어 번역을 하고 조각조각 타일을 바꿔 끼우면 간단하게 해결된다고 믿었다. 모든 건 단어 문제가 아닌가. 단어만 완벽하게 암기를 하면 독해나 문법은 사은품처럼 저절로 손에 쥐어질 줄 알았다.

그런데 이학년에 올라와 담임이 영어를 맡으면서부터 암울한 상황이 되었다. 담임은 문법을 강조했다. 설명하기 복잡한 것들은 모조리 숙제로 대체했다. 숙제가 너무 많아 어디서부터 어디까지 해야 할지 암담했다. 팔백 미터 달리기를 하는 중에 뜀틀이나 뒤구르기 코스가 들어 있는 것처럼 복병이 많았다. 숙제가 힘들면 몸으로 때워. 맞으면 키도 큰다. 될성부른 놈들은 이미 토익이나 토플, 텝스의 세계로 진입해 있다. 너희들 같은 부평초들은 흙이나 파먹다가 흙똥을 눌 인생이다. 여기서는 아무리 날고 기어봤자 한계가 있다. 담임은 그런 말을 하며 앞자리에 앉은 놈들의 머리통을 쿡쿡 찔렀다.

그렇다. 아무리 날고 기어봤자 한계가 있다. 구를 통틀어 해마다 사년제 대학으로 진학한 인간이 다섯 명 나올까 말까인데 난리를 떨면 뭐 하나. 담임은 일일 쪽지시험과 같은 골 아픈 시스템을 도입해 학력 키우기에 골몰하는 교감 선생을 은근히 씹어댔다. 교감은 경쟁만이 살 길이라며 전국학력평가 점수와 이름을 교문 앞에 내걸고 우열반을 부활시키자는 둥 우리뿐 아니라 선생들까지 달달 볶았다. 불만이 가득한 담임은 수업시간마다 학교의 방침에 반하는 이론을 전개했다. 시골학교는 암만 애를 써도 한계가 있다는 담임만의 현실적인 '흙똥 인생' 타령은 교감의 학력증진 공세에 굴하지 않았다.

담임은 자신이 소유한 삼성병원 대신 미국에 가서 암 치료를

62

받았던 이건희와 교감을 빗대기도 했다. 교감이 늘 자랑하는 명문대 출신 자식들은 이곳에서 공부를 한 게 아니다. 어릴 때부터 대치동에 사는 친척집에서 키웠고 그때 학원비로 들인 돈을 여태 갚느라 짠지보다 더 짜게 군다고 했다.

"그렇게 공부시켰는데 지금 뭐 하는 줄 아니? 백수야, 백수!" 어쩐지 우리 편을 들어주는 것 같은 담임의 비판의식에 화답하려고 우리는 떠들썩하게 웃어주었다. 죽어라 공부해서 백수가 되느니 제 팔자대로 살아야 한다는 발언을 하면서도 담임은 살인적인 분량의 숙제를 내주었다. 도무지 앞뒤가 맞지 않는 처사였다.

담임이 침을 튀겨가며 분통을 터뜨리면 우리는 그 배경에 대해 분석하고 토의했다. "쟤 오늘도 열 받은 이유가 뭔 줄 알아? 교장한테 깨졌어. 교무실의 왕따야." "방학 때 연수 들어가서 꼴찌 했대." "교감이 부르는 걸 쌩까다가 걸렸대."

어쨌든 담임의 영어교과 진도는 나와 상관없이, 나를 밀어던지고 한없이 전진만 했다. 배운 것도 없이 마구잡이로 진도가 나가니 생경한 시험문제를 만나면 빈칸으로 저항할 수밖에 없었다. 그럼에도 숙제는 꼬박꼬박 해갔다. '범생이'들도 치를 떠는 영어 숙제를 노트 가득히 해가면 모두들 미쳤다고 내게 손가락질을 해댔지만 숙제만은 해갈 수밖에 없었다. 아저씨가 내 앞에서 잘난 체를 하느라 영어 숙제를 도맡아 해줬기 때문이다.

캐버씨리, 캐이브, 캐캐…… 독해를 할 때면 아저씨는 단어를 줄줄이 나열하며 혼자 중얼거렸다. 마치 애들이 갖고 있는 전자 영어사전의 자판 하나를 치면 화면 한가득 채워지는 단어들처럼 아저씨의 입에서 튀어나오는 단어는 끝이 없었다. 알고 보니 아 저씨는 학창 시절, 웹스터 영영사전의 종이를 뜯어 먹으면서 몽 땅 다 외웠다고 한다. 한 단어를 떠올리면 앞뒤로 그와 비슷한 스펠링의 단어들이 절로 떠오른다고 했다. 난 역시 수준 있는 인간이야, 이러면서 동의어 숙제는 지나치게 많은 답을 써놓기 일쑤였다.

덕분에 영어 수행평가에서 만점에 가까운 점수를 받았는데 (듣기평가로 점수를 까먹어 만점을 놓쳤다) 중간고사 영어 점수 는 내 실력대로 형편이 없었다. 담임은 답안지를 밀려 쓴 것 같 다며 믿을 수 없이 관대한 표정으로 나를 대했다. 담임의 부드 러운 말투를 들으며 기초 영문법부터 시작해야겠다고 결심했다. 무보수 과외 선생이 내 옆에 있는데 두려울 게 없다고 잔머리를 굴렸다. 아저씨는 내 요청에 심드렁한 얼굴로 참고서를 뒤적거 렸다.

"슈드 아이…… 흠, 이렇게 말하는 사람이 어딨냐, 촌스럽게. 한국말로 하자면 그거 줘, 라면 되는 걸 당신이 가지고 있는 그 것을 내게로 건네달라고 줄줄이 떠드는 거랑 똑같아. 애들한테 실제로 쓸 수 있는 말을 가르쳐야지. 아직도 이러고 자빠졌네."

"그래도 시험문제에는 그런 게 나온다구요."

"그렇지, 너무 앞서가도 불리하겠지. 내가 한 말은 다 잊어버려."

잊고 자시고 할 만큼 새겨듣지도 않았다. 아저씨는 어쭙잖은 문법은 다 개소리고 관용구의 사용까지 교과서는 죄다 틀려먹었다고 주장했다. 약 때문에 미군들과 친하게 지냈고, 약 먹으러 태국이나 인도까지 원정을 가서도 틀에 박힌 표현이 아닌 간결하고 직설적인 표현을 해야 알아듣더라고 했다. 물론 네가 이런 말을 써먹을 일이야 없겠지만 말이다, 하면서 전 세계 인간 말종들의 생생한 현장용어까지 가르쳐주었다.

아저씨는 그런 '현장 영어'뿐 아니라 심심하면 내 수학책까지 꺼내보다가 까먹은 줄 알았던 방정식이 기억난다며 방정을 떨었다. 책에 얼굴을 처박고 신이 나서 문제를 풀어댔다.

"요새도 수학올림피아드가 있냐? 나, 금메달 많이 따먹었다. 캬캬캬."

나로선 행복한 표정으로 환하게 웃어젖히며 수학 문제를 푸는 인간을 태어나 처음으로 본 거였다. 내내 전교 일등만 했었느냐고 물었더니 그 자리를 놓친 적이 많았다고 의외로 솔직하게 대답했다.

"음악 때문에 성적 떨어졌다고 내 전축을 부쉈거든. 아버지가, 아니 큰형이, 아니 사촌형인가? 모르겠다. 기타도 박살이 나고 카세트라디오에다가, 워크맨도 빼앗기고. 시험문제 몇 개 틀렸을 뿐인데 지하실에 갇히고, 거긴 컴컴해, 습하고 곰팡내 나고 반성문을 쓸 때면…… 로큰롤이 들리지. 귀에서 띠리리링 쫭쫭 쟁쟁쟁. 그래도 난 당시에 나온 신보, 새 레코드는 무조건 다 구입했어. 명동에 가서 돈부터 던져주고 원판을 예약하는 거야. 사장님, 그거 꼭 들여놔주세요. 그렇게 일단 사는 거야. 듣지는 못하지. 가끔 친구 집에 가서 듣고, 정음레코드 앞에 서서 듣고. 레코드 가게에서는 스피커를 밖에 내놓고 음악을 들려주거든. 괜히 그 앞에서 왔다갔다하면서 음악을 들었지. 아, 좆나게 비참했지. 『월간팝송』은 밑줄 그어가며 열독, 아니 아예 암송을 할 정도인데 정작 음악은 들을 수 없지. 듣고 싶어도 공부해야 하니까, 다들 의사였으니까. 의대를 못 가면 혀 깨물고 뒈져야 하지. 과외금지령이 떨어져도 나는 몰래 과외를 받아. 선생새끼가 내 옆에 붙어서 같이 자고 먹고, 음악을 들을 수가 있나. 씨발. 그 과외 선생새끼 말이야. 내가 인턴 때 병원에 찾아왔었거든. 임질에 걸려가지고 질질 싸면서. 캬캬캬…… 암튼 성적 때문에 전축을 빼앗겨도 음악은 나를 떠나지 않아. 들려. 다 들려. 내가 생각한 음악이 귀에 들리는 거야. 오디오가 없어도 내 귀에서 들리지. 지금 듣는 건 그때하고 좀 달라. 못 듣는 음악이 들리는 음악보다 훨씬 황홀해. 저게 다 그때 산 거야. 지금 네 나이 때부터."

아저씨는 턴테이블 옆에 쌓여 있는 구식 레코드 더미를 턱으로 가리켰다. 또다시 록에 대한 강연이 시작될 것인가, 신경이 곤두섰다. 나는 아저씨의 주의를 영어책으로 집중시키기 위해 대과거가 무엇인지 질문을 던졌다.

아저씨는 대과거란 과거의 아비라면서 대과거가 과거를 낳고 과거는 현재를 낳고 현재는 미래를 잉태한 상태라면서 과거분사 일치, 대명동사의 과거, 직접목적어와 간접목적어의 어순관계 등등에 대해 장황하게 설명했다. 아저씨 혼자 주절거리는 말은 미친 하드록과 비슷했다. 나를 공중으로 낙하시키고 기세 좋게 날아가버리는 비행기를 올려다보는 기분이랄까. 아저씨는 쉴 틈 없이 주절거리는 와중에도 참고서의 문제를 힐끔거려가며 비어 있는 답안을 쓱쓱 채워나갔다.

어쨌든 아저씨가 왕년에는 공부를 아주 잘했다는 건 알 수 있었다. 의대 가기가 좀 어려운가. 사전을 찢어 먹으며 영어단어를 달달 외는 내 또래의 소년을 떠올려봤다. 음악이 듣고 싶어 안달을 떠는 공부벌레 소년. 만약 내가 그랬다면 우리 가족은 나를 어떻게 대할까. 우등생의 눈에 비치는 우리 가족의 모습을 천천히 그려봤다. 곰곰이 생각해봐도 결과는 다르지 않을 것 같았다. 내가 전국적으로 날리는 천재가 되어도 아버지가 술 먹고 난리치면 엄마는 집을 나간다. 게임오버. 결국 그게 그거다.

"아저씨네 엄마는 뭐랬어요?"

나는 세상의 모든 엄마들이 다 자기 아들을 '자랑스러워'하는 지 알고 싶었다.

"으음, 그렇지. 그렇고말고. 공부는 우리 형들이 참 잘해. 지금 보스턴 메이요 클리닉의 심장 전문의인데, 아닌가? 메이요 클리닉이 보스턴이 아니라 다른 곳에 있던가? 젠장, 다 까먹었다. 몰라, 몰라. 공부 못하면 꼴통 취급하면서 식모년까지 나를 무시해. 하여간 우리 식구들은 다 공부를 잘해."

아저씨는 자다 깬 사람처럼 멍해져서는 솜으로 틀어막은 귀를 연필로 꼭꼭 눌렀다. 나는 아저씨가 과거시제를 사용하지 않는 것이 신기했다. 문법에는 빠삭하면서 왜 그럴까. 지금을 그때로 착각하는 건가?

"가족들끼리 자주 만나지 않아요?"

"몰라."

"아저씨 엄마는요? 뭐라고 했느냐고요."

"어머니가 어땠냐고? 글쎄……"

가족들에 대해서는 전혀 모르겠다고 했다. 현재완료나 과거분사에 대해 얘기를 하면서도 과거란 지워버리는 게 상책이니 다 잊어버리라고 했다. 어째서 영어단어는 줄줄이 꿰면서 가족들은 기억이 안 날까. 아저씨는 귀에서 고름딱지를 뜯어냈다. 덩어리가 젠장맞게 크다.

"어린놈들이야 잊고 싶은 과거가 있을 리 없지. 넌 언제나 현

68

재진행형이냐?"

"어제가 없는 인간이 어딨어요?"

"나는 어제가 없다. 내일도 없지. 지금도 없어. 제기, 난 어디로 갔냐?"

"여기 있잖아요."

"쿤사 네놈에게 좋았던 날은 언제냐? 엄마 젖 먹던 시절?"

아니라고 하면 외려 지는 거다. 나는 보란 듯이 내 엄마 얘기를 줄줄이 늘어놓았다. 성적이 안 좋으면 사정없이 내 등짝을 후려쳤다는 것과 동네 게임방에서 엄마와 신나게 게임 대결을 하거나 한편이 되어 적을 물리쳤던 얘기들을 했다. 아저씨는 내 얘기를 건성으로 들으며 커피원두를 냄비에 넣고 끓였다. 관장을 해주면 숙제를 다 해주겠다는 치사한 조건을 내걸고 가스레인지의 불을 조금씩 줄였다. 나는 계속 지껄였다. 아저씨가 듣건 말건 상관하지 않았다. 내 과거, 실제 겪었던 일과 내 소망이 골고루 잘 섞여 몹시 그럴듯한 얘기가 되었다.

"저더러 아임 베리 프라우드 오브 유, 라고 말한 사람이 있다고요. 자랑스럽다고."

"응, 나도 내 똥구멍이 베리 자랑스러워. 너도 그걸 알고 있지?"

그러고는 주황색 고무 관장기를 서랍에서 꺼내 내 교과서 위에 휙 던져주었다. 똥물인지 커피물인지 알 수 없는 시커먼 국물이

찍 튀어나왔다. 굴욕적인 시커먼 국물. 휴지로 한참 닦아도 사라
지지 않을 흔적. 잊고 싶은 과거란 바로 이런 종류인 것이다.

7. 초여름의 냄새

어긋난 자전거 체인을 맞춘 다음 페달을 손으로 돌린다. 자전거 바퀴살 돌아가는 소리가 시원하다. 일단은 잘 돌아간다. 그런데 사금파리가 박힌 길만 들어서면 체인이 빠져버린다. 체인을 단단하게 조이는 방법이 없을까. 손바닥에 묻은 검은 기름을 흙으로 닦는데 건너편 논둑에서 농약 치는 노인네가 손짓을 한다. 뭐라고요? 뭐요? 귀를 기울여도 뿌연 농약 사이에 서 있는 노인의 말을 알아들을 수 없다. 등에 짊어진 스테인리스 농약통이 햇살을 받아 번쩍번쩍 빛을 낸다.

"너랑 나랑 빨리 꺼지래. 농약 처먹지 말고."

지헌이가 자전거에 앉은 채로 주절거린다.

"면역돼서 배 터지게 먹어도 안 죽어. 뭘."

자전거 페달을 힘껏 돌려본다. 소리가 아까하고 다르다. 잇새에 생선가시가 걸린 것처럼 개운치가 않다.

"뒷주머니에 그거 뭐냐? 이 새끼 뻑하면 그거 들여다보더라."

정크노트에 대한 지헌이의 관심이 부담스럽다. 자랑을 하고
싶은 마음도 없지 않지만 노트에 대해 말하다보면 양귀비 얘기
가 빠질 수 없다. 그러면 아저씨와 나눈 맹세가 무너지게 된다.

"그냥 공책이야. 아, 씨발, 보지 마."

지헌이는 내 뒷주머니에서 노트를 잽싸게 빼간다. 페이지를
대충 넘겨보더니 기분 나쁘다는 듯 입꼬리를 아래로 늘인다.

"과학경시대회 나가는구나. 공책 존나 구리다. 그런데 이 사
인은 누구 거냐? 네 담임?"

나는 얼른 노트를 빼앗아온다. 노트에 기록을 하고 나면 반드
시 내 사인을 휘갈겨넣었다. 결재판이나 카드대금 영수증에 사
인을 하는 것처럼 나도 멋을 좀 부려본 거다.

지헌이는 자전거를 끌고 내 뒤를 따라온다. 보습학원에 다니
지 않는 지헌이와 나는 한가롭게 하교를 한다. 다른 친구 놈들
은 학원에서 제공하는 봉고차를 타고 다 사라져버렸다. 우리는
자동차 서비스공장 앞을 돌아 동산리까지의 좁다란 논둑길을 달
린다.

지헌이와 나는 선글라스를 꺼내 쓰고 앞서거니 뒤서거니 달린
다. 지헌이가 삼거리 슈퍼 앞의 뽑기 기계에서 선글라스를 뽑아
올린 것이다. 두 개를 연이어 뽑았기에 하나를 적선해줬다. 선글

라스를 쓰면 폼은 나지만 시야가 흐릿하다. 싸구려라서 그렇다. 성가셔서 선글라스를 벗어던지면 지헌이가 투덜댄다. 하는 수 없이 선글라스를 코끝으로 내려쓰고 달린다.

왕벚나무를 타고 오르는 칡넝쿨이 어느새 가지를 타고 맞은편 까지 뻗쳤다. 지독한 놈들이다. 그래도 넝쿨 덕분에 그늘이 생겨서 좋다. 그늘에서는 천천히 달리고 해가 내리쪼이는 길은 빨리 달린다. 페달을 세게 밟을수록 바람에 땀이 식어 이마가 서늘해진다. 나는 아저씨네 집에서 자주 듣는 이상한 팝송을 콧노래로 흥얼거리며 달린다. '김미 어 리즌, 김미 어 리즌⋯⋯' 싫어하는 노래는 더 악착같이 입안을 맴돌기 마련이다. 지헌이는 어느새 나보다 한참을 앞서 있다.

길가에 엎드려 있던 장구공장의 미친개가 우리를 보더니 왈왈 짖는다. 개를 좋아하는 지헌이는 자전거를 세우고 미친개더러 "너, 아직도 집에 안 갔어? 굶고 돌아다니지 말고 빨리 들어가" 라고 타이른다. 사람을 물어뜯은 미친개는 광견병 항체 검사는 통과했지만 시내 동물병원에서 돌아오는 길에 주인을 버리고 달아나버렸다.

미친개는 제가 저지른 짓의 중대성을 아는지 몇 주째 동네 어귀를 방황하는 중이다. 이제는 아예 산에 사는 늑대처럼 변해버렸다. 시커먼 셰퍼드는 몸을 수그리고 계속 으르렁거린다. 우리는 미친개에게 집어줄 것이 없나, 가방을 뒤진다. 뜨듯해진 생수

밖에 없어 도로 집어넣으려는데 미친개가 꼬리를 흔든다. 물을 흘려주자 놈은 기다란 혓바닥을 널름거리며 받아먹는다. 오랜 방황 끝에 절로 다이어트가 된 듯 눈에 띄게 작아졌다. 지헌이가 선글라스를 머리 위로 올리며 미친개에게 말을 붙인다.

"너, 살아 있는 게 용타. 갈기갈기 찢어먹으려고 벼르고 있는데. 존나 불쌍한 새끼."

나도 선글라스를 머리 위로 올려쓴다.

"뼈다귀만 남아서 먹을 것도 없겠다."

지헌이는 동네 여론만 아니라면 당장 집으로 데려가고 싶다고 말했다. 사람을 물었기 때문에 다들 미친개라고 부르지만 사실은 다른 개들하고는 차원이 다른 놈이다. 이놈은 보신탕 즐겨 먹는 사람을 귀신같이 알아채 잡아죽일 듯이 난리를 쳤다. 새끼 때부터 그랬다니 참으로 신통하다. 이번에 이놈에게 물려서 팔뚝을 여섯 바늘이나 꿰맨 사람은 시내에서 보신탕을 파는 사람이다.

보신탕집 주인은 미친개를 갈기갈기 찢어죽일 거라며 막대기 끄트머리에 긴 못을 여러 개 박아가지고 설친다. 일단 잡기만 하면 동네 사람들에게 포식을 시켜주겠다고 공언을 했다. 그러자 장구공장 공장장이 발끈하고 나섰다. 보신탕을 만드느니 안락사를 시키겠다며 그런 일을 벌이면 고소를 하겠다고 난리였다. 개때문에 고소 얘기까지 나오자 공장장을 욕하는 사람도 많았다.

그러다보니 우리 동네는 미친개에게 몰래 먹이를 던져주는 사람들과 미친개를 먹이로 보는 사람들로 패가 나뉘고 말았다.

"우리 오마니, 아바이 동무들도 오가다가 이놈하고 마주칠까봐 쫄았어."

지헌이는 자전거에서 내려 미친개의 머리를 쓰다듬으려 한다. 길거리를 쏘다니는 똥개도 그냥 지나치지 못하는 지헌이. 미친개는 경계태세를 취하며 몸을 뒤로 뺀다. 그르르르.

"보신탕 존나 밝혔구나. 너도 처먹었지?"

"그럼 벌써 이놈한테 물어뜯겼지. 개고기 냄새, 완전 구려. 그거 안 먹으려고 마루 밑에까지 숨었었는데. 야, 미친개, 이리 와. 이리 오라고."

지헌이가 손을 내밀며 혀를 굴리자 미친개는 으르렁거리더니 왕, 짖는다. 길게 찢어진 아가리 사이로 드러난 이빨이 크고 뾰족하다. 등의 털이 곤두섰다. 놈이 성질을 부릴까봐 우리는 서둘러 자전거에 올라탄다. 지헌이는 아쉬운 듯 뒤를 돌아보고 미친개는 제 갈 길을 간다.

비탈에 올라서자 어디선가 후박나무의 느른한 향기가 날아든다. 때를 잊지 않고 찾아드는 초여름의 냄새이다. 이 냄새를 맡을 즈음에는 늘 권태로웠다. 바쁜 봄은 지났고 여름방학은 멀었는데 딱히 할 일은 없고 공연히 싱숭생숭했었다. 나는 앞서서 황토방 샛길로 들어간다. 이리로 가면 한참이나 돌아가야 하고,

길이 좁아 자동차가 들어오면 멈춰 서야 하지만 공고 형들의 아지트인 빈 공장 가까이로 가기는 싫다.

"오늘은 이리 가자."

눈치 빠른 지헌이가 내 뒤를 따르며 묻는다.

"병신새끼, 아직 돈 갚고 있구나?"

나는 말없이 페달을 밟는다. 형들에게 줘야 할 이자와 원금이 밀린 지 오래되었다. 그런데 돈이 없다. 아저씨가 게을러서 내가 피해를 보고 있다. 돈 찾으러 시내에 나가는 게 뭐가 그리 힘들다고. 내가 대신 은행에 다녀오겠다고 하자, 아저씨는 눈을 흘기면서 어이없다는 표정을 지었다. 궁둥이는 홀랑 까서 들이밀면서 통장은 죽어도 못 준다니. 마이너스 통장이라서 그런가. 나한테 쪽팔릴 게 뭐가 있다고.

"병신아, 뒤집어쓴 거야. 그 새끼들 완전 사채업자야."

"누가 몰라?"

"돈놀이 지대로 한다고 소문 다 났어. 어떤 애들은 선이자 먼저 떼고 주더래. 별 지랄을 다 해."

지헌이는 자전거 브레이크를 움켜쥐며 말한다. 지헌이는 내가 아무도 주워가지 않을 고물 컴퓨터를 그 형들에게 강매당했다는 걸 안다. 사운드 카드도 없는 구형 먹통인데다가 걸핏하면 화면이 다운되어버리는 고물이다. 컴퓨터를 켜면 위이잉, 하는 소리가 보통 시끄러운 게 아니다. 그렇지만 부품을 조금씩 구해서 업그레이드하면 새것을 사는 것보다는 요긴하게 쓸 수가 있다. 아직 인터넷을 연결하지 않은 건 기계가 후져서가 아니라 돈이 없어서이다. 다달이 물어야 하는 통신비가 겁나서 엄두를 못 내고 있다. 그러니까 컴퓨터가 있으나 없으나 달라진 건 아무것도 없다.

"생각할수록 엿 같아. 근데 그게 컴퓨터 값만이 아니라고."

나는 돈에 대한 얘기를 나누기 싫어서 속도를 내버린다. 그 형들은 내가 돈이 밀릴 때면 '언덕집의 늙다리가 이제는 너를 안 건드리는 모양'이라고 걱정해주는 척을 했다. 때로는 썩은 오징어 냄새가 나는 손가락을 내 콧구멍에 밀어넣고 여자들 거기 냄새라면서 '어때, 꼴리냐? 좆 꼴리지?' 하며 킬킬거렸다. 빌어먹을 새끼들. 그래도 제때 돈만 주면 금세 친한 체를 했다. 내가 요구하지 않아도 나를 괴롭히는 놈들은 미리미리 정리해준다고 큰소리쳤다. 나는 일종의 보험에 든 거였다.

"오늘도 그 집에 일하러 가나?"

지헌이는 집으로 들어가는 골목 어귀에 자전거를 세워놓고 묻는다.

당장 할 일이 있는 건 아니다. 그래도 자꾸만 가고 싶어진다. 요새는 그 집에 가서 물끄러미 꽃만 보고 돌아오는 경우가 많다. 정확하게 말하자면 꽃이 아니라 씨방 꼬투리이다. 잘 익었나, 아직 멀었나. 노트에 적을 거리를 찾아 꽃밭 근처를 어슬렁거리다가 돌아오는 게 전부인데도 자꾸만 가고 싶어진다.

"가봐야지. 집에 있음 뭐 하겠냐. 할머니가 나 잡아먹으려고 깡깡거리고."

"나도 따라갈까? 네가 하는 일이면 나도 할 수 있다."

"안 돼."

"아, 이 의리도 없는 새끼. 너 같은 놈도 하는데 내가 왜 못 해? 나도 할 수 있다니까. 나 저번에 언덕집 아저씨 봤어. 바바 리코트 입고 택시에서 짠 하고 내리는데 카리스마 짱이더라. 키 도 허벌나게 크고. 어디서 처맞았는지 얼굴은 짜부라졌는데 포 스는 지대로였어."

언젠가 지헌이가 언덕집으로 무작정 나를 찾아온 적이 있었 다. 아저씨는 대문을 두드리는 지헌이를 보더니 인상을 찌푸리 며 안으로 숨어버렸다. 현관문을 잠그며 사납게 으르렁거렸다.

"꼬리 달고 오려면 너도 오지 마."

이놈 때문에 일자리를 잃고 싶지는 않다. 그래서 지헌이 놈에 게 그 아저씨는 성질이 여간 아니어서 자칫하다가는 한 푼도 못 받고 쫓겨날 수도 있다는 둥, 내 어려운 상황을 신파조로 사정 사정했다. 그래도 지헌이는 잊을 만하면 칭얼거린다. 그럴 때는 솔직하게 털어놓고 싶기도 하다. 양귀비에 관해 말하고 싶어 주 둥이가 근질거리지만 참는 수밖에 다른 방법이 없다. 아편 농사 꾼은 양귀비를 잘 키우는 일 못지않게 아편을 안전하게 보호해야 할 의무가 있다. 진드기 같은 이놈을 어떻게 떼어내야 하나.

"〈용호문〉 갖다줬냐?"

만만한 미끼를 지헌이 입에 척 던진다. 내 귀한 시간을 이놈에게 바쳐야 언덕집에 관한 호기심을 저 멀리로 던져버릴 수 있다.

"연체료가 무섭잖냐. 대신 할리우드 간 이연걸이를 모셔놨는데, 볼래?"

"연걸이가 전 같지 않아."

"어릴 때부터 소림사에서 존나 처맞고 컸으니 곯을 때도 됐지. 그럼 성치 형님의 고전을 복습할까? 형님은 우리를 실망시키는 법이 없어. 후까시 죽이잖아. 〈흑권〉하고 〈살파랑〉, 〈도화선〉 빠짐없이 다 봤냐?"

"내가 요새 바빠서 무공 수련에 부진했어. 〈용호문〉도 못 봤다니까. 멤버가 견자단, 사정봉, 여문락이지? 와 씨발, 끝장나겠다."

지헌이는 자전거에서 내려 주인공 흉내를 내며 발길질을 한다. 인상을 구긴 채, 입으로는 팍, 파팍 효과음을 내며 사지를 버둥거린다. 이럴 때는 선글라스가 도움이 된다. 폼 난다. 영화 스토리는 암만 들어봤자 골만 아프다. 하여간 이기는 놈이 우리 편이라는 것.

"아차, 우리 옆집에 주성치 영화 있다. 그거 봐도 된댔어."

그렇다면 비디오 대여비가 굳는다. 오늘은 주성치다. 쇼맨십으로 가득한 성치 형님의 무공은 예술이다. 한 세기에 한 번 나올까 말까 한 당대의 역작 〈소림축구〉는 스무 번 이상 봤지만 언제 봐도 질리지가 않는다.

우리는 건초 더미 앞에 자전거를 세워놓고 척 노리스와 장 클로드 반담이 이소룡, 성룡 팀과 맞붙는 스토리를 만든다. 초등학교 때는 매일이다시피 지헌이네 집에서 무협영화를 봤었다. 다수의 악당이 아닌 일대일로 맞붙는 실력이 누가 제일 나은지, 성룡이 홍콩 마피아 보스라는 소문에 대해 소리 높여 토론한다. 이연걸, 조문탁, 견자단으로 이어지는 액션배우 계보를 훑으며 지헌이네 집으로 향한다. 얘기를 나누다보니 진심으로 액션배우 계보에 흥미가 생긴다. 빨리 가서 비디오를 보려고 페달을 세게 밟는다.

8. 죽음과 망각의 씨

"야, 이게 뭔 냄새야?"

내 등뒤에서 아저씨가 묻는다. 인기척이 없어 가까이 온 줄도 몰랐다. 아저씨는 실컷 자다 일어난 사람처럼 부스스하다. 이 더위에 코듀로이 점퍼를 두 개나 껴입고도 방금 냉동실에서 나온 것 같은 표정이다. 오줌 누고 난 것처럼 자꾸 몸서리를 친다.

"냄새. 뭔 냄새야?"

아저씨는 코를 벌름거리며 비닐하우스 안의 냄새를 맡는다. 가르릉가르릉, 아저씨가 몰아쉬는 가래 낀 숨소리가 고양이가 내는 소리처럼 간지럽게 들린다.

"아저씨 귀냄새겠죠."

나는 오늘의 일지를 정리하느라 건성으로 대답한다. 퍽, 아저씨는 내 뱃구레를 발로 찬다. 이런 제길. 뭔가 분풀이를 하고 싶

은데 구실을 못 찾아서 저런다. 아저씨가 약에서 깬 다음에는
옆에 있으면 안 된다. 공연히 트집을 잡아 신경질을 부리고 주
먹질을 해대니까. 아저씨는 비닐하우스 안을 흐느적거리며 걸어
다닌다. 고꾸라질 듯 휘청거리면서 뭔가를 찾아 비닐하우스 안
팎을 두리번거린다. 나는 아저씨가 뭘 찾으려는지 다 안다. 약
뿌린 걸 빌미로 한바탕 나를 볶아대려고 저러는 거다. 저렇게
나올 줄 알고 약이 든 스프레이통을 창고에 잘 숨겨두었다.

"약 치지 마! 이거 다, 먹을 건데 여기다 약을 치면 돼? 이 미
친 새끼야!"

술 취한 사람처럼 부정확한 아저씨의 발음이 듣기 싫어서 미
치겠다. 농약보다 몇 배는 독한 약을 매일이다시피 몸속에 집어
넣는 주제에 알뜰히도 건강을 생각하는구나. 아편 농사 망치면
누가 책임질 건데.

"어? 이 새끼. 너 손 좀 내봐."

아저씨가 사타구니를 감싸쥔 내 손을 보며 말한다.

"너 수액 받았지?"

아저씨는 또 시작이다. 의심병이 도졌다.

"아편은 이런 색이 아니죠. 이런 색 아니잖아요!"

"산화되면 이런 똥색이 되는 거야! 바로 네 손에 묻은 것처
럼!"

참 귀찮다. 한두 번이면 상대를 해주겠지만 또 하고, 또 하고.

82

"수액 안 받았으니까 신경 꺼요. 난 바쁘다고. 할 일이 많아 미치겠다고요."

아저씨는 한참 동안 숨을 헐떡이더니 털썩 주저앉는다.

나는 내 정크노트에 글을 베껴 적는다. 오늘은 도서실에서 대출을 해왔다. 안 보는 척하며 슬쩍 고개를 돌리자 아저씨는 나무그늘에 널브러져 있다. 헐떡거리는 숨소리만 들린다. 벌들이 웅웅대며 꽃으로 날아들고 나는 초록 그림자 사이에서 내 노트를 들여다본다. 미친 음악 소리가 없으니 사방이 고요하고 평화롭다. 아저씨의 헐떡거리는 숨소리가 거슬리지만 이쯤이야. 새들이 후두두 날아들어온다. 단풍나무 가지에 이리저리 앉아 부리로 뭔가를 쪼아댄다.

아편 양귀비는 그리스 신화에서 꽃이 가진 여러 특성에 따라 그에 상응하는 여러 신과 연결되어 있었다. 다산과 농업의 신인 데메테르, 잠과 꿈의 신인 모르페우스, 잠의 신인 히프노스는 양귀비 꽃과 씨를 몸에 지녔다고 한다. 아프로디테에서 헤라에 이르기까지 모든 여신들은 양귀비 씨 꼬투리를 들고 있었는데, 이는 다산과 풍요를 상징했다. 아편 양귀비는 모든 부분에 마취성분의 하얀 액이 들어 있으며, 씨 속의 것이 가장 순수하다.

순수하다고? 그리스 신화는 만화책으로 봐왔던 것이라 그다지 낯설지는 않지만 양귀비와 관련이 되어 있다는 사실만으로 재미가 충분하다.

반드시 저녁에 덜 익은 꼬투리를 베어놓았다가 다음날 아침에 그 액을 채집하라는 대목에 이르자 반가워서 웃음이 터져나온다. 오호, 이 부분은 밑줄 쫘악! 아주 큰 글씨로 시원시원하게 적어내려간다. 저녁에 덜 익은 꼬투리를 베어놓았다가 다음날 아침에 그 액을 채집해야 한다. 그렇구나, 덜 익은 꼬투리라는 단어에 집중을 한다. 덜 익은 꼬투리가 적지 않다. 슬슬 시작을 해도 될까. 아니, 아니. 진딧물을 깨끗하게 정리하면 그때 시작할 것이다.

중세 그리스 교도들은 잘 익은 옥수수와 붉은 양귀비가 연결된 것이 성찬식, 성만찬과 그리스도의 수난을 상징한다고 봤다. "인생이 헛되다는 것을 알라. 밖으로 보이는 것을 중요시하지 말라. 올바른 삶을 살라. 나의 잠깐 왔다가 가는 아름다움에 사로잡히지 말라. 왜냐하면 내 안에는 죽음과 망각의 씨가 있기 때문이다."

죽음과 망각의 씨. 그 두 가지가 무엇을 뜻하는지 한참 생각해본다. 아편에 중독되면 망각이 시작되는 것이고 곧 죽게 된다. 그런 건가. 아저씨는 이미 망각의 늪에 빠져 있다.

아저씨를 처음 봤을 때는 내 아버지처럼 술독에 빠져 그러는 줄 알았다. 대낮에도 홀랑 벗고 축 늘어져 있거나 변기통에 얼굴을 처박고 토하는 모습이 낯설지 않았다. 물론 비슷하지만 아주 다른 거였다. 아저씨의 삐쩍 마른 몸에 약이 살짝 들어가 있을 때는 명랑하고, 친절하고, 에너지가 넘쳐서 같이 지내기 쉬웠다. 그렇지만 제정신일 때는 난폭했고 정신이 나가면 몇 시간이고 멍한 채로 눈동자가 풀어져서 가만히 앉아 있었다. 무인도에 혼자 있는 사람 같았다. 무인도에 영원히 갇혀 있기는 싫은지 냉장고 문짝에는 긴급 연락처가 붙어 있다. 무슨 대학 부속병원의 교수 이름이나 몇몇의 생경한 이름과 전화번호가 적혀 있다. 아저씨는 자신이 많이 다치거나 정신을 잃었다든지, 혹은 죽어버렸을 때 그리로 연락하라고 당부했다.

"내가 갑자기 뒈지기라도 하면 어쩔래? 그럴 때는 도망가지 말고 여기에 전화해."

제법 비장한 표정이었다.

"아저씨 아플 때도 여기로 연락하면 사람들이 데리러 오는 거죠?"

"별일 아니면 가급적 전화질 하지 마. 아주 무서운 사람들이라서 여기 오면 나만 박살이 나는 게 아니거든, 양귀비 밭이고 뭐고 다 끝장이 나는 거야."

그 긴급 연락처에 내 이름과 전화번호를 추가했다. 아저씨도 급한 일이 생기면 내게 전화를 하라고 하자 이게 누군데? 라고 물었다. 하는 수 없이 이름을 지우고 쿤사, 라고 썼다. 아저씨는 내 이름조차 몰랐다. 매번 말해줘도 까먹어버렸다. 아마 지금도 모를 것이다.

아저씨는 의사 시절, 열여섯 시간짜리 수술을 집도하고 난 다음 긴장이 풀리지 않아 모르핀을 경험했다고 한다. 교통사고가 난 다음부터는 육체의 고통과 죄책감을 새로운 핑계로 삼았고 그다음부터는 약을 끊으려고 다른 약을 먹었다고 한다. 모르핀을 끊으려고 헤로인을 먹고 헤로인을 끊기 위해 메타돈을 먹고…… 끊임없는 약의 파노라마가 지금까지 계속되고 있는 것이다.

몇 해 전에 찍었다는 가족사진을 본 적이 있다. 아저씨 모습은 믿을 수 없을 정도로 지금과는 아주 딴판이었다. 둥글고 부드러운 턱과 숱이 많은 검은 머리카락, 선한 눈매로 웃고 있었는데 지금보다 어깨가 두 배는 더 넓어 보였다. 사진 속의 세 사람은 커다란 피아노를 배경으로 앉아 있었다.

아저씨가 어깨를 감싸고 있는 부인과 딸은 둘 다 가슴이 깊이 파인 드레스를 입고 있었다. 연주회를 마치고 찍은 기념사진처럼 보였다. 시끄러운 록음악과는 거리가 멀어 보이는 모습. 내 또래로 보이는 아저씨의 딸은 첼로를 안고 놀란 표정으로 눈을 동그랗게 뜨고 있었다. 작은 눈을 크게 보이게 하려고 눈을 치켜뜬 것이다. 흔해빠진 '얼짱포즈'. 내 주변에도 이렇게 사진 찍는 애들이 많다. 아무튼 둥글둥글한 인상의 세 사람은 사진에다가 기름칠을 한 것처럼 얼굴과 머리카락에서 윤기가 흐르고 있었다.

"서울에서는 다들 연예인처럼 사진을 찍는구나. 이게 언제 찍은 거죠?"

"몰라."

아저씨는 내 손에서 사진을 빼앗아 서랍에 도로 넣어버렸다. 탁 하며 서랍 닫는 소리가 허공에서 날카롭게 울렸다.

"부인은 피아노 쳤어요? 피아니스트?"

"난 클래식을 싫어해, 클래식은 엿 같아. 클래식을 들으면 더 늙어. 감정과잉. 느낌이 너무 많아. 고통이지. 가슴을 후벼판다고."

"따님은 첼로를 했겠네요."

내가 가족에 대해 묻자 아저씨는 갑자기 인상을 쓰다가 한참 동안 말이 없었다. 마치 필름이 끊긴 사람처럼 입을 헤벌리고 멍한 표정을 지었다. 어색한 공기가 밋밋하게 흘렀다. 일부러 다른 얘기를 꺼내도 아저씨는 잠잠했다. 그러다가 돌연 묘한 웃음을 지었다.

아내와 딸 중에 한 명이 죽은 것 같은데 둘 중에 누가 죽었는지 모르겠다고 했다. 어, 진짜로 모르겠어, 어떻게 이럴 수가 있지, 라며 중얼거렸다. 그걸 잊고 싶어서 참으로 오랜 시간을 발광했는데 이제는 정말 기억나지 않는다고 했다. 끝내는 머리통을 붙잡고 끅끅거렸다. 웃는 건지 우는 건지 알 수가 없었다. 아무래도 둘 다 죽은 것 같다고 중얼거렸지만 나는 알고 있었다. 언젠가 약에 취해 아저씨가 말해줬었다. 취한 상태에서 운전을 하다가 하나밖에 없는 딸을 죽였다고.

고작 그런 일로 사람이 죽을 수도 있다는 사실이 나는 기뻤다. 아버지는 깨어 있었던 적이 없으니까 취해서 운전을 하는 것이 일상사였다. 할머니나 나는 당연하게 그런 차에 올라탔다. 걷는 것보다 더 느리게 트럭이 움직이면 아버지가 많이 취한 거였고 미친 듯이 과속을 하면 적당히 취한 거였다. 나는 아무래도 상관없었다. 트럭이 발라당 뒤집어져서 땅바닥에 곤두박질쳐진 나를 보고 싶었다. 집 나간 엄마가 그런 내 꼴을 보며 통곡을 하는 것도 보고 싶었다. 일부러 짐칸에 올라타 깨질 듯 아픈 궁둥이의 감촉을 즐겼다.

트럭의 짐칸에 앉아 쏜살같이 달아나는 세상을 묵묵히 바라보며 모든 것이 나와는 상관이 없다고 생각했다. 불그스름한 노을이나 멍하게 누워 있는 논밭도 언제나 뻔했다. 내 뒤를 따라오는 누런 길도 좁아졌다가 넓게 풀어졌다가 제멋대로 휘어졌다. 뿌연 흙먼지를 들이켤 때면 한 가지 생각만 또렷해졌다. 제정신으로는 살 가치가 없는 세상이 아닌가. 지헌이 말대로라면 좆같은 세상이다.

아저씨가 일어나서 부스럭거린다. 귀찮다. 계속 고꾸라져 있을 것이지.

"숙제 하냐?"

아저씨는 인상을 쓰면서 내 노트 가까이에 머리통을 들이댄다. 눈이 나빠서 글씨가 잘 안 보이겠지. 나는 오늘의 노동시간을 기록하는 중이라고 하자 아저씨는 양귀비들을 보면서 한숨을 내쉰다.

"이거 아직 멀었냐."

"좀 기다려요."

아저씨는 도로 누워 헐떡거리다가 혼잣말을 한다.

"약은 다 떨어져가는데 언제까지 기다려. 빨리 키우는 방법은 없냐. 그 새끼 때문에, 나쁜 새끼…… 내 돈 처먹고 소식도 없고 말이야……"

아저씨는 동공이 풀린 채 혼자서 중얼거린다. 내 주변을 오가며 뭔가를 찾는다. 나는 모른 체하며 혀를 어금니 사이로 밀어넣는다. 충치 때문에 뻥 뚫린 공간이 있다. 내 혀는 그곳에 둥지를 트는 걸 좋아한다.

"그거 어딨어?"

"뭐요?"

"저기, 그거 말이야."

지겹다. 지겨워 죽겠다. 나는 나의 정크노트를 배낭에 집어넣고 고무장화를 내 운동화로 갈아신는다. 그러지 않아도 오늘의 작업을 마무리하려던 참이었다. 집에나 가자. 오늘은 밀린 일당에 대해 확실하게 다짐을 받으려 했는데 또 글러먹었다.

약을 먹고 음악을 들으며 논다-늘어져 잔다-일어나서 신경질을 부린다-다시 앓아눕는다-또 약을 먹는다. 이렇게 일상을 보내고 있는 아저씨에게 시내의 은행은 너무나 멀다. 장화를 창고에 넣고 온 사이 아저씨는 내 배낭에 든 교과서와 노트 등을 땅바닥에 다 쏟아놓고 뒤적거리고 있다.

"뭐 해요?"

"숙제, 니 영어 숙제, 해줄게."

아저씨는 바닥에 쪼그리고 앉아 부들부들 떠는 손으로 노트를 골라내고 있다. 아버지가 술병을 뒤질 때처럼 손을 떨고 있다. 저런 상태에서 숙제를 하면 내용을 알아보지도 못하게 글씨가 엉망이어서 지우개로 지우느라 나만 고생을 한다. 내 것을 잡아채 가방에 쑤셔넣는다.

"숙제 없으니까 아저씨 공부나 하시든가."

아저씨는 손에 든 사탕을 빼앗긴 아이 같은 표정을 짓는다. 눈자위는 너구리처럼 거무죽죽해가지고 저런 표정을 하면 누가 봐줄까봐? 나는 얼른 배낭을 등에 진 다음 가슴을 가로지르는 걸쇠를 채운다.

"내일은 잊지 말고 은행에 갔다오라구요."

"뭐, 왜?"

"내 일당 안 줄 거예요? 얼마나 밀렸는지 알아요? 그 돈으로 빚 갚아야죠."

아저씨는 아, 그거, 하며 고개를 끄덕이고는 주춤주춤 걸어서 안으로 들어간다. 발걸음 소리도 들리지 않는 유령 같은 걸음새다. 몸이 너무 말라서 옆으로 보면 입체감이 없다. 종잇장처럼 휘청거린다. 밀린 일당을 받을 때까지 최대한 냉랭하게 대해야지. 일도 하지 말아야지. 내가 손을 놔버리면 이 마당이 얼마나 황량하게 변하는지 보여줄 테다. 밥도 해주지 말고 컵라면도 사다주질 말고 삼거리 설렁탕집에서 뚝배기째 사오는 짓도 이제 그만. 그만.

9. 호수 마을

　화장실 청소를 하다가 교장의 호출을 받았다. 나를 지목하며 손가락을 까딱. 저 말인가요? 대걸레를 들고 앞으로 나가자 교장이 고개를 끄덕였다. "그래, 너 말이야." 화장실에서 나를 구출해주는 교장의 목소리가 천상의 음성처럼 거룩하게 들렸다. 오늘은 왠지 운이 좋다.

　한동안 잠잠하더니 오늘 아침 등굣길, 점박이 교무주임의 체포조가 등장했다. 실내화용 슬리퍼를 신고 등교하다가 걸리면 교실 청소, 슬리퍼에 체육복 차림은 화장실 청소의 벌칙이 적용된다. 나는 체육복은 입지 않아서 슬리퍼만 걸렸는데도 화장실 청소 팀으로 떠밀려갔다. 억울하다고 항의를 하자 가방 없이 빈손으로 등교를 하는 놈에게 가중처벌은 당연하다며 점박이 교무주임이 꽥꽥거렸다.

"이놈 새끼, 학교에 놀러 왔어? 빈손으로 쓰레빠 찍찍 끌고 와? 신성한 학교에?" 책이랑 공책은 다 사물함에 있다고 해도 학교에 빈손으로 오는 놈은 학생도 아니라며 화장실 청소 일주일을 엄명했다. 섣불리 따지는 바람에 하루 청소가 일주일로 늘어났다. 제기, 볼따구니에 퍼져 있는 시커먼 점이 여간 밉상스러운 게 아니었다. 하여간 선생들은 지 꼴리는 대로 아무렇게나, 입에서 나오는 대로 뱉으면 그만. 당하는 우리만 죽을 맛이다.

"저기, 제가 사정이 좀 있는데요."

"사정 같은 소리 하고 있네. 사정 많이 하면 고추 졸아붙어."

교무주임이 인상을 긁자 볼따구니의 점도 따라 구겨졌다.

"먹고살기 힘들어서요. 근처에서 알바 뛰느라 그래요, 한 번 봐주세요."

내가 교무주임에게 매달리고 있는 동안에도 슬리퍼 족들은 교문으로 도착하는 즉시 체포당하고 있었다. 오늘의 가련한 청소 용병들이다. 돌아가는 상황을 잽싸게 파악, 트럭에서 내리다 말고 아버지와 신발을 바꿔 신는 잔머리파도 있다. 현관 앞에는 실내화 검사부대가 진을 치고 있으니 저 아버지는 맨발로 돌아가야 한다.

"그거하고 가방하고 무슨 관계냐?"

가방하고는 관계없다. 화장실 청소하고는 관계가 있기에 주장하는 거다. 지난주에도 화장실 청소 빡세게 했으니까 나를 좀 불쌍하게 여겨주라, 점박이 교무주임아.

"그래, 무슨 일 하는데?"

"남의 밭에서 일해요…… 엄마는 집 나가시고, 아버지는 사고로 입원하고. 학비가 있어야 학교를 다니죠."

비굴하게 굽실굽실.

"그으래? 너, 이학년이지? 너희 담임하고 얘기 좀 해볼 테니 이따 교무실로 와."

이름과 학년 반 번호를 적고 대열에서 빠져나왔다. 현관 앞에서 과학 선생에게 흠씬 얻어터지고 있는 삼학년을 봤다. 억울해 죽겠다는 저 표정이라니. 맞으면서 계속 대들어 매를 번다. 노땅들은 같은 얘기를 해도 시건방진 태도와 굽실거리는 태도의 차이로 판단할 뿐, 옳고 그른 건 관계없다.

네가 나의 힘을 아느냐 모르느냐? 꿇어라, 무릎 꿇어. 나는 어릴 때부터 아버지의 단매에 익숙해졌기에 으르렁거리는 상황에서 책잡히지 않는 방법을 터득했다. 횡설수설, 했던 소리 또 하고, 또 하고. 정말 지긋지긋했다. 성질부리면서 일일이 따져봤자 몸만 박살나는 거다. 대답을 강요할 때는 개기지 않고 대답을 딱 하고 불리한 증언을 요구할 때는 묵비권을 행사한다. 물론 다른 사람들에게는 요령껏 납작 엎드리지만 아버지에게는 묵비권까지가 마지노선이 된다. 숙이지 않는다. 숙일 수가 없다. 내가, 왜? 여태 당한 게 울분으로 차곡차곡 쌓여 목이 뻣뻣해져버렸다.

교무실에 가서 구질구질한 얘기까지 하며 읍소한 결과 화장실 청소는 일주일에서 하루로 탕감되었다. '그런 얘기를 왜 이제야 해, 사정을 알아야 급식비를 면제해주지. 암만 그래도 가방은 들고 다녀, 인마.' 급식비를 면제해주다니. 내 돈이 굳는다는 소리가 아닌가. 치사한 사채업자 놈들에게 이자를 줄 일이 막막했는데 생각지도 않은 곳에서 해결이 될 모양이다. 끓어오르는 기쁨에 감사하다고 연거푸 인사를 하자 점박이 교무주임은 무지하게 동정하는 얼굴로 나를 대했다. 동정심을 이용해야 한다. 더욱 비굴하게! 굽실굽실. 하교 후에는 짤없이 알바 뛰러 가야 한다고 아침보다 더 비참한 얼굴로 부탁을 했다. 오늘의 화장실 청소도 봐달라고 매달렸으나 전체 기강이 흐트러진다는 이유를 대며 점박이는 내 등을 떠밀었다. 그나마 제일 깨끗하다는 교무실 옆의 화장실을 지정해주었는데 여기나 저기나 화장실이란 배설의 장소. 선생들이라고 흘리지 말라는 법은 없어 지린내가 진동했다.

코를 틀어막고 흥건한 바닥에 대걸레질을 하고 있는데 교장이 나를 부른 것이다. 오호, 교장이 웬일이야. 나를 구제해주다니. 앞으로는 조회 때 훈화말씀을 십 분 이상 넘겨도 씨발 소리 안할게.

"너 밭일 잘한다며?"

"옙!"

교장은 학교 주차장 옆 가시오가피 밭으로 앞선다. 말 잘 듣는 노예 한 마리를 끌고 가는 듯 거드름을 피우는 교장의 걸음새를 보며 나도 내 처지에 맞게 쫄랑거리며 뒤를 쫓는다.

밭에는 나 말고도 옷만 돌아다니는 것처럼 후줄근한 신입생 놈들이 빈둥거린다. 교장은 지령을 내린다. "얘들이 금매초등학교 출신이라 흙일을 영 모르네. 네가 좀 가르쳐줘라잇." 새로 생긴 아파트 단지에 사는 금매 출신들은 내버려두고 나더러 그 넓은 밭의 잡초를 솎아내라는 것인가. 아니다. 게으름뱅이 일꾼들에게 가르침을 주라는 것. 아파트 시멘트 냄새에 찌들어 살아가는 이 어린놈들에게 흙냄새의 기쁨을 만끽시켜줘야지. 교장이 뒷짐을 지고 어슬렁거릴 때는 부지런히 일하는 척하다가 교장이 돌아가자 바로 작업을 할당했다.

"일학년!"

자식들이 머뭇거리다가 내 명찰의 학년 표식을 보고는 마지못해 대꾸를 한다. 뭔데요? 네! 왜요? 제각각 불만스런 표정이 넘실거린다.

"대답 안 하는 새끼는 뭐야? 자, 일학년!"

녀석들의 우렁찬 대답을 듣자 상급생다운 기백이 나도 모르게 뻗쳐오른다. 흐뭇하군. 두 명씩 작업을 분담해 교장의 가시오가피 밭과 선생들 텃밭의 잡초 제거 작업을 시작한다. 순진한 녀석들은 바닥에 쪼그리고 앉아 잡초와 모종을 가리지 않고 마구

96

뽑아댄다. 쿡쿡 웃으며 놈들이 하는 짓을 구경한다. 뒷걸음질치다가 토마토 모종을 푹 밟고, 꽃이 핀 쑥갓을 풀인 줄 알고 마구 뽑아버리는 악마 같은 놈들. 이건 좀 지나치다. 자칫하면 텃밭의 손실에 따른 책임추궁을 내가 받을 수도 있다.

"야, 이 병신들아. 시금치 처음 봤냐? 도로 심어! 이거, 어떤 새끼가 감자를 뽑아내버렸냐."

내가 언성을 높이자 놈들은 뽑았던 것들을 도로 심느라 법석을 떤다.

원래 이곳은 텃밭이 아니다. 학교 주차장으로 매입한 땅이다. 교문이 버스정류장으로부터 한참 위라 매일 아침 원거리 통학생들의 등하교 차량으로 번잡스러웠다. 접촉사고가 빈번해 작년 초쯤 부랴부랴 주차장을 만들었는데 아직도 번잡하기는 마찬가지이다. 매입한 땅덩어리가 오목한 모양이어서 네모반듯하게 주차장을 만들고 남은 자투리땅을 학생들 원예학습장으로 사용하기로 했었다. 명분이 그럴듯해 학부모들이 자발적으로 밭을 갈아주었다.

그래놓고 삼분의 이는 교장이 직접 가시오가피를 심고(교장 개인의 것이라고 선생들이 쑤군거렸다) 나머지는 반별로 농작물을 심은 것이다. 텃밭 사이로 학년과 반이 적혀 있는 막대기가 꽂혀 있지만 형식적인 표식일 뿐이다. 순번대로 학생들은 밭을 가꾸고 선생들은 퇴근할 때마다 슈퍼에서 물건 고르듯 텃밭

에 들러 우수수 뜯어간다. 다른 학교는 운동장 옆에 장미나 철
쭉 정원수 등을 심지만 우리 학교는 마가목, 삼백초, 둥글레 따
위를 심어 수입을 올린다. 아름다울 미(美)자는 '羊+大', 즉 커
다란 양이 여러 사람을 배부르게 한다는 뜻이라고 말하는 교장
선생다운 욕심스러운 미학이 뒷받침되어 학교에는 꽃다운 꽃이
없다. 죄 팔아치울 풀들만 심는다. 그늘을 조성하기 위한 나무들
조차 우리가 방학중에 수확할 수 있는 유실수를 골라 심었다.
자두, 복숭아, 석류, 무화과…… 모조리 먹을 것뿐.

특수작물 농사에 재미가 들린 교장은 아스팔트를 깐 주차장
땅을 하절기 침수 대비를 명목으로 걸핏하면 복구공사를 한다.
주차장 땅을 야금야금 밭으로 전환시키는 작업인 것이다. 이제
주차장은 이름만 남아 급식트럭이 들어올 때 외에는 어느 자동
차도 세워둘 수가 없다. 덕분에 전교생이 한꺼번에 하교하는 토
요일 오후에는 이 앞이 온갖 학원 차와 교회 봉고 차량, 학부모
들이 몰고 온 트랙터, 경운기, 소형트럭 들이 뒤섞여 북새통을
이룬다.

그럴 때면 교장이 호루라기를 불며 양팔을 허우적허우적, 아
무렇게나 교통정리를 한다. 일명 '까투리댄스'라 불리는 교장의
교통정리 동작은 보면 볼수록 웃긴다. 대형마트 주차장에서 제
복을 입은 키 큰 여자가 "어서 오세요, 손님. 주차장은 왼쪽입니
다" 하며 요상하게 팔을 휘젓는 동작과 비슷하면서도 더 방정맞

다. 학부모들은 운전석에 앉아서 '가라는 거야, 말라는 거야? 왜 저런 육갑을 떠시나?' 하며 기분 내키는 대로 마구 밀고 들어온다.

어느 토요일이었나. 그날도 하교 시에 차가 막혀 몹시 혼잡해 싸움이 일어나기 직전이었는데 누군가의 차에서 〈까투리타령〉이 오두방정을 떨며 흘러나왔다. "까투리 한 마리 푸드득하니 매방울이 떨렁 우이여 우이여 어허 까투리 사냥을 나간다. 까투리, 까투리, 까투리" 바로 그 민요에 교장 선생의 교통정리용 손짓 발짓이 딱딱 맞아떨어졌다. 자진모리 팔분의 육 박자에 맞는 육갑떠는 동작. 점심시간이면 그 민요를 방송반에서 가끔 틀어준다. 그러면 모두들 숟가락을 던지고 음악에 맞춰 까투리댄스를 흉내내곤 한다. 화장실에서 담배를 피우다가도 〈까투리타령〉을 음조만으로 흥얼거리면 교장이 떴다고 알아채게 되었다. 전교생에게 번지고 있는 〈까투리타령〉의 열풍을 교장이 알고는 있는지 모르겠다.

"야 새끼야, 한참 찾았잖아."

지헌이가 시뻘겋게 달아오른 얼굴로 달려와 씨근덕거린다.

"왜?"

"느이 아부지 병문안 간다고 너 찾아오라잖아. 아, 씨발, 세 바퀴나 돌았다."

지헌이 아버지가 트럭을 몰고 와 한참을 기다렸다고 한다. 나를 찾아 헤매느라 고생을 한 지헌이는 욕만 실컷 먹었다는 말을 하며 구린 숨을 내쉰다. 지헌이 아버지는 혼자 병원으로 가버렸다.

"아직 멀었냐? 교장 가던데."

"갔어?"

"아까 오토바이 처타고 뽈뽈뽈 퇴근하는 거 봤어."

제기, 검사도 안 해주고 그냥 갔냐. 내일 아침 잔소리 들을까봐, 마무리를 하기 전 텃밭을 꼼꼼하게 둘러본다. 이 정도면 불합격은 아니다. 하급생들에게도 가도 된다고 외친 다음 흙 묻은 배낭을 툭툭 턴다.

자전거를 타고 교문을 나서는데 지헌이가 얘기 좀 하자며 자전거를 세운다.

"나 말이야, 죽고 싶어."

"또 죽고 싶냐?"

지헌이가 배낭에서 선글라스를 꺼내 쓴다. 나도 주춤주춤 선글라스를 꺼낸다.

"진짜로 뒈져버리고 싶어. 알이 떨어져서 완전 차였다니까."

"불알이 떨어졌다고?"

"핸드폰에 '알'이 떨어졌다고. 알 떨어지면 문자 못 보내. 여우 같은 기지배, 불여시 같은 게 눈치는 빠삭해가지고."

요 며칠간 금매 사는 한 살 많은 여인에게 흠뻑 빠졌던 지헌이가 마침내 차였다. 몹시 흐뭇한 소식이다. 한동안은 그 여인의 얘기를 듣지 않아도 될 모양이다. 아닌가, 실연의 여운 때문에 더 많은 얘기를 쏟아내게 되는 건가. 어쨌든 피어오르는 웃음을 우겨넣고 표정관리를 하며 내막을 캐물었다.

"없이 사니까 여자도 떨어져나간다. 기본요금이라, 문자질 몇 번에 통화 몇 번 하면 알이 완전 떨어지잖아. 목소리는 듣고 싶고. 잔대가리 굴려가지고 전화받기 전에 딱 끊어서 전화해주기를 기다렸는데, 눈치챈 거야. 그 기지배가 보낸 문자 보여줄까."

지헌이의 연상의 여친은 '뭥미? 알 아끼려고 잔머리? 구려' '대박 쪼잔 급실망. 수신거부할 거임' 요 따위 문자를 보낸 다음 아무리 연락을 해도 감감무소식이라고 한다. 오랜만에 말 통하는 여친이 생겼다고 그렇게 좋아했는데. 나 역시 놈의 연애를 반가워했었다. 이놈이 바빠지자 나를 들볶지 않아 편했다. 사귄 지 얼마나 되었다고 우거지상으로 한숨을 들이쉬고 내쉬고 육갑을 떤다.

"진짜 좋으면 찾아가고, 아님 놔둬. 여자 나이 열여섯은 별로야."

하마터면 스물다섯이 최고로 좋다는 말을 할 뻔했다. 아버지가 노상 노래를 부르던 스물다섯, 스물다섯 살 난 베트남 여자.

"알 없어서 이렇게 당한다는 게 말이 되냐. 야, 네가 뛰는 알바 나도 좀 안 되겠냐. 탄환이 없으면 어딜 가도 구린 취급 받잖아. 역시 알바를 뛰어야……"

"나에 비하면 넌 재벌이지, 새끼야. 난 대포폰이라도 가져봤으면."

빈곤으로 따지면 내가 왕이다. 휴대전화는 둘째치고 빚내서 산 컴퓨터는 인터넷이 안 되니까 있으나 마나. 숙제를 하려면 학교에 남아 컴퓨터 순서를 한참 기다려야 하고 스포츠나 연예계 소식에는 나 혼자 먹통이다. 양귀비 자료를 찾으려 해도 그렇고. 휴대전화가 없다고 해서 크게 불편한 건 아니지만 애들이 주절거리는 게임 얘기, 휴대전화의 기능이나 신 모델에 대한 정보에 어두워 귀동냥을 해도 알 수가 없다. 이제는 전자사전에 닌텐도 게임기까지 등장했다. 지독한 가난뱅이, 나 같은 깡통은 세상에 둘도 없다.

"로또라도 해보려고 했더니 와, 그거 한 장에 얼만 줄 아냐? 눈깔 튀어나온다."

"샀어?"

"그럴 돈 있으면 씨발, 안 차였지."

우리는 둘 다 어깨를 축 늘어뜨린 채 자전거를 끌고 내려간다. 아줌마들이 호미로 캔 민들레를 비닐봉지에 담고 있다. 윤이 번쩍번쩍 나는 시커먼 중형차가 아직 서 있다. 우리 학교 일학년 애를 태워가려고 매일 오가는 비싼 차다. 등하교 때마다 저런 차를 타고 다니는 애는 당연히 대학에 갈 것이다. 결혼도 베트남이나 중국 색시가 아닌 서울 여자랑 하고 넥타이를 매고 다니겠지. 책을 읽고 펜대를 굴리면서 노트에 끼적거리는 일을 하며 돈을 벌겠지.

자전거 페달을 힘껏 밟아 시커먼 중형차에 돌진을 하려다가 핸들을 우측으로 급히 꺾는다. 성질대로라면 때려박았지. 나이를 먹으니까 꿈도 사라져간다. 예전에는, 돈 많은 진짜 친부모가 등장할 날이 올 거라는 상상도 해봤지만 지금은 그런 공상일랑 아예 접었다. 내가 죽을 때까지 아버지가 빈대 붙어 나를 괴롭힐 거라는 불길한 예측이 맞지 않기만을 바랄 뿐이다.

"오늘은 운도 존나 없다. 병원 가면 돈가스 처먹는 건데 그것두 완전 놓치고. 언제 퇴원하셔? 퇴원하기 전에 병원 돈가스 먹고 말 거야."

지헌이가 앞서 가다 뒤돌아 외친다. 나는 텃밭의 공짜 노역을 감당하면서도 오늘 운이 좋다고 믿었는데. 그래, 오늘 운은 좋은 편이다. 하마터면 지헌이 아버지와 함께 병문안을 갈 뻔했다. 오늘 아침 교무주임과의 일화를 얘기해주려는데 지헌이도 아주 운이 없는 건 아닌 모양이다. 방금 여친에게서 전화가 걸려왔다. 녀석의 입이 헤벌쭉 벌어지며 자전거를 세운다. 지헌이가 일부러 무뚝뚝하게 전화를 받는 동안 나는 손을 흔들고 페달을 냅다 밟는다.

지헌이 아버지가 병문안을 가면 아버지는 어디까지 얘기할까. 발바닥 얘기는 숨길까. 아니면 지헌이 아버지에게 사정을 털어놓고 의논할까. 아버지는 내게 입단속을 당부했다. 동네 사람들에게 말해봤자 일거리만 줄어든다고, 자신의 발바닥 문제는 되도록 숨기라는 지령을 내렸다. 일거리는 둘째고 쪽팔려서 그런 것 같다.

아버지가 걸음을 걸을 때마다 슬리퍼가 절로 벗겨지는 건 가볍게 볼 일이 아니라고 했다. 의사는 과도한 음주벽이 원인이라고 진단을 내렸다. 중추신경인지 말초신경인지가 끝장이 나서 발의 감각이 사라진 거란다. 삼십 년 넘게 술을 먹었기 때문에 남은 생의 삼십 년 동안 금주를 한다면 신경이 살아날 수도 있겠지만 장담은 할 수 없다고 했다. 게다가 앞으로도 아버지가 술을 계속 마셔댄다면 몸의 여러 부분이 계속 문제를 일으킬 거라고 했다. 그러면서 의사는 아버지의 발에서 빠져나가는 슬리퍼는 어쩔 수 없다고 말했다. 죽을 때까지 고칠 수 없다는 뜻이었다.

병원에서 간이 안 좋다고 했을 때도 술 좋아하는 놈치고 간 멀쩡한 놈이 어디 있느냐며 퇴원 날짜만 기다리던 아버지가 이번에는 조금 달랐다. 냉정하기 짝이 없는 검사 결과를 듣더니 절인 배추처럼 풀이 죽어버렸다. 텔레비전을 보면서도 전처럼 떠들썩하게 웃지 않았다. 나는 이때다 싶어 아버지의 아킬레스건에 불화살을 쏘아올렸다.

"다리에 고무판 대고 길바닥 기어다니는 장사치들 있잖아. 찬

송가 틀어놓고 때수건이랑 비누 파는 사람들도 처음에는 신발이 자꾸 벗겨졌다는데? 결국엔 그렇게 되는가봐."

"그래?"

아버지의 얼굴에 긴장이 감돌았다. 겁먹어 찌그러진 눈썹에 만 가지 불길한 생각이 매달려 있었다. 창자 밑바닥에서부터 비누거품 같은 웃음이 번지는 걸 가까스로 참았다. 억지로 인상을 쓰자 아버지의 슬픔을 공유하는 아들이 되었다.

"적당히 하지 그랬어."

"뭘 적당히 하라고?"

내가 아무 말도 하지 않자 아버지는 재촉하며 물었다. 뭘 적당히 하라고? 아버지는 알면서 모르는 척했다. 어깨와 목을 감싸고 있는 하얀 깁스에 비해 아버지의 얼굴은 유독 까맣고 쪼글쪼글해 보였다.

"술. 남들처럼 적당히 마시라고."

나는 침대 앞에 놓인 슬리퍼를 봤다. 쓸모도 없는 것이 조신하게 놓여 있었다. 아버지 발바닥에 저걸 끈으로 묶어버릴까. 아니면 발목에 칭칭 동여매는 등산화를 얻어다줄까. 문득 아버지와 무관하게 놓여 있는 두 짝의 슬리퍼가 엄마와 나처럼 느껴졌다. 긴 세월 동안 아버지의 발바닥 밑으로 끌려다니다가 기어이 도망을 친 엄마와 도망을 꿈꾸는 나.

"그러게. 근데 브레이크가 안 걸려. 한번 시작했다 하면 브레이크가 안 밟아진다고. 그저 끝까지 가야 술을 마신 것 같지."

아버지는 입맛을 쩝쩝 다시며 말했다.

"부여백반 찌개가 얼마나 맛있는 줄 아냐? 거기는 미원을 많이 치니까 참말 맛나지. 인이 박혀가지고 딴 집 건 못 먹어. 동동주 맛은 또 어떻고?"

"이 양반, 또 시작이네. 나도 아주 미치겠어요."

옆자리의 환자가 끼어들었다. 아버지는 기다렸다는 듯 당장 먹고 싶은 안주와 술의 특성에 대해 읊기 시작했다.

"꼼장어 연탄불에 지글지글 구워가지고 말이지, 맑은 소주를 단숨에 쭈욱 하고 들이켜면, 캬하!"

"진도 홍주 먹어봤어요?"

"양주는 진짜 술맛도 모르는 것들이 개폼 잡느라 홀짝거리는 거고. 술잔이 요만해서 드럽게 감질나요."

아버지의 근심은 잠깐이었고 술을 화제로 삼자 다시 활기를 찾았다. 세상에 있는 온갖 안주와 술 들이 입원실 침상으로 끌려나와 각각의 향취와 알코올 도수를 뽐냈다. 아버지의 술 얘기를 엿듣는 사람들도 입맛을 쩝쩝 다셨다. "하이고, 저 양반, 얘기도 참 맛깔나게 한다." 아버지는 더 신이 나서 침을 마구 튀겼다. 창가의 달팽이 노인도 아버지의 얘기에 귀를 기울이며 무표정하게 고개를 끄덕였다. 그러다가 제주도에서 헬기가 추락했다는 뉴스가 나오자 다들 텔레비전으로 시선을 고정했다. 옆자리의 환자 아저씨도 그쪽에 정신이 팔려 얘기가 중단되자 아버지는 내 팔을 붙잡더니 은밀하게 속삭였다.

"도저히 못 참겠다. 영안실 주차장 뒤에 가면 슈퍼 있거든. 가서 고량주 한 병만 사와. 딱 한 병."

나는 순순히 고개를 끄덕였다. 돈 달라고 손을 내밀자 아버지는 나중에 줄게, 하며 내 손바닥을 탁 치더니 머저리처럼 실실 웃었다. 나를 올려다보는 아버지의 얼굴. 내가 과자를 씹고 있으면 바싹 다가와 꼬리를 치는 동네 개처럼 아버지의 얼굴에는 집요한 열망이 넘실거렸다. 먹고 싶어! 당장 먹고 싶다고! 그 길로 나는 집으로 곧장 돌아왔다. 귀찮은 일은 딱 질색. 물론 고량주 살 돈도 없었다. 마을버스에서 내려 컴컴한 논둑길을 걸어가면서 왠지 마음이 좋지 않았다. 진짜 복수는 술을 먹이는 게 아닌가, 하는 생각도 들고 하여간 홀가분한 기분은 아니었다. 굳은살이 노랗던 아버지의 맨발바닥이 자꾸만 생각이 났다.

경운기 때문에 좁아진 논둑에 자전거를 세운다. 물 댄 논은 거대한 저수지 같다. 커다란 나무 그림자와, 집과 사람의 물그림자가 수면에서 일렁거린다. 솜털처럼 삐져나온 모가 논을 가득 덮기 전인 이맘때가 일 년 중 가장 근사하다. 실제로 호수가 가득한 마을에 살고 있다는 착각이 들 때면 저 속에 첨벙 들어가 생선을 잡는 상상을 한다. 바닷가에 사는 사람들은 우리보다 훨씬 편할 것이다. 번거롭게 작물을 키우느라 고생하느니 냉장고에서 꺼내듯 바다에 들어가서 해산물을 꺼내오는 게 더 쉽지 않을까. 농사가 제일 어려워. 그렇지? 돌을 들어 논을 향해 휙 던진다. 저 멀리에서 퐁당, 맑은 물소리가 내 질문의 답변처럼 들린다.

10. 꽃의 주인은

노트에 붙일 사진을 분류한다. 사진 뒷면에 날짜와 번호를 적어놓았다. 모두 서른여섯 장이다. 사진 전부를 방바닥에 늘어놓는다. 실제와는 다른 느낌이다. 진한 화장으로 '생얼'을 숨긴 것처럼 사진 속 양귀비가 낯설어 보인다. 두 대의 일회용 카메라를 동원한 결과치고는 신통치 않다. 사진마다 울긋불긋, 크고 작은 꽃과 씨방이 평평하게 뭉뚱그려 보인다.

매일 밤 사진을 들여다보면서 버려야 할 것을 고른다. 선택이란 쉬운 일이 아니다. 판단을 못 하는 게 아니라 안 하는 거다. 사진을 고르는 일이 나를 즐겁게 하기 때문에 틈만 나면 어느 것이 나은지, 천천히 선택의 고민을 즐긴다. 이제부터는 매주 일요일마다 사진을 찍어야겠다. 양귀비의 변화과정에 대한 기록이 선명하려면 시간 차를 두고 찍어서 성장의 속도를 알아내야겠다.

이제는 정크노트 갈피에 끼워둔 엄마의 편지를 빼내버렸다. 그 편지가 중요하지 않다는 건 아니다. 하찮게 여겨서 그런 것도 아니다. 이것과 그것은 이제 소속이 다르다. 절대로 이질적인 것이라고 결론을 내렸다. 언제나 검사를 맡으려고 마지못해 숙제를 해왔지만 이 노트만은 나 스스로 채우고 있다. 남에게 보여주는 공부가 아닌 나 혼자 뭔가를 정리해본 건 이번이 처음이다. 양귀비의 성장과정을 기록하고 있지만 때때로 이것이 나 자신에 대한 기록처럼 느껴질 때가 많다. 노트의 첫 장부터 다시 들여다보며 사진을 채워넣을 공간을 찾는다. 표지가 너덜너덜해서 떨어져나가기 직전. 아무래도 튼실한 놈으로 새로 장만해야겠다. 기록을 시작한 건 올봄부터였고 그때부터 매일이다시피 들고 다녔으니 손 땟국에 절어 노트가 많이 망가졌다.

노트의 맨 앞장에는 '비료를 언덕으로 날랐다'라고 적혀 있다. 언제 어떻게 작업을 했는지 상세한 기록은 없어도 그때는 매일매일이 비슷한 작업이었다. 나는 우직하게 일만 했고 아저씨는 놀기만 했다. 진흙 묻은 숨을 몰아쉬며 돌과 씨름을 하는 내 앞에서 아저씨는 발가락을 까딱거리며 음악만 들었다. 내가 컴퓨터를 구입하려고 언덕집에서 일한다고 하자 아버지는 이렇게 간섭했다.

"노가다란 말이지, 일당 계산이 제일 중요해. 그거 말고 딴거

110

없다. 정확한 근거가 없으면 돈 떼여도 어디 가서 사정할 곳이 없어."

삼십 년 노가다의 결정체는 역시나 일당이라는 말이다. 나는 아버지 말대로 새 공책을 사서 일한 날짜와 시간을 꼬박꼬박 기록했다. 작업의 진척 상황을 기록하자 일하기가 한결 수월해졌다. 나 혼자 수월해진 것이었지만 어쨌든 그것이 정크노트의 시작이었다. 처음에는 단순한 업무일지에 불과한 기록이었다. 꽃밭을 가꾸는 일을 까먹지 않으려고 순서를 매겨놓았었다. 참으로 커다랗고 촌스런 글씨체다.

1) 땅 다지기
2) 비료
3) 모종 화분
4) 씨앗 심기

1번부터 5번까지 다 했다는 표시로 가로줄이 굵게 그어져 있다. 아버지가 보일러 수리나 파이프 공사를 할 때, 공사 진척 상황이나 각종 연락처 등을 조그마한 수첩에 적는 것과 다르지 않았다. 그때의 고생은 노트의 공백에 묻은 검은 흙탕물 자국만 봐도 안다. 그 자국을 지우개로 지워도 보고 침을 발라 문질러보기도 했지만 흔적은 지금까지 남아 있다. 그 시커먼 자국에 코를 대보면 실제로는 아무 냄새가 나지 않지만 내 기억 속의 똥냄새가 코를 찌른다.

　해마다 모내기를 준비하는 논에서는 구린내가 진동을 한다. 논뿐만이 아니고 밭이 될 만한 땅뙈기마다 똥냄새들이 발악하는 것처럼 피어오른다. 봄이란 그렇게 더러운 계절이다. 어른들은 잘 삭은 두엄을 차지하려고 서로 언성을 높였다. 밭에서 할머니가 악쓰는 소리는 어디서든 잘 들렸다. 복합비료, 슈퍼퇴비 어쩌고 해봤자 황금밭을 만들어주는 건 역시 똥이다. 잘 삭힌 쇠똥에다가 비효촉진제만 첨가된다면 아무리 푸석푸석한 흙이라도 기름진 땅으로 만들어버린다. 복합비료 값이 나날이 올라 전처럼 땅이 시커멓게 되도록 흠씬 뿌릴 수가 없다. 농촌경제사업소에 근무하는 옆집 아저씨 말로는 비료 값을 깎아달라고 우기는 노인들 때문에 골치가 아프다는 것이다.

　검은빛이 돌며 무겁게 윤기가 나는 흙을 최상으로 친다면 아저씨네 마당의 흙은 학교 운동장 자갈흙보다도 못했다. 손에 흙을 올려놓고 한참 비벼도 손바닥이 말끔할 정도였다. 흙에 영양분이 없어 뭘 심어도 시들시들해질 것이 뻔했다. 아저씨는 그런 땅에다 꽃씨를 뿌리라고 씨앗이 든 봉투를 보여주었다. 무슨 일이 있어도 꽃을 피워내라고 명령하며, 만약 씨앗이 죽어버리면 나를 땅에 묻어버리겠다고 으르렁거렸다.

　그 집 마당 곳곳에 자운영꽃이 흐드러진 것을 보고 못 할 건 없겠다고 생각했다. 비닐하우스 안의 흙을 고른답시고 조그마한 삽을 들고 시작했다가 바로 나가떨어지고 말았다. 봄이 되면 얼었던 흙이 수분을 머금어 다루기가 쉬운데 이건 아니었다. 오 센티까지는 쉬웠지만 더 깊이 파들어가자 콘크리트 바닥이 나왔다.

조금씩 콘크리트를 깨서 조각으로 끄집어내자 그 밑에는 더 커다란 돌이 박혀 있었다. 삽 끄트머리가 상할 정도였다. 흙밥을 먹고 사는 숙련된 인부들이라면 모를까, 그건 기계가 할 일이지 사람이 할 일이 아니다. 모른 척하고 그 위에 씨앗을 살살 뿌리고 싶은 충동이 일었지만 나의 알량한 양심이, 나의 쓸모없는 오기가 삽을 움켜쥐게 했다. 꽃삽으로 시작한 땅 고르기는 집에서 호미를 가져오게 했고 호미 날이 손잡이에서 빠져버리자 더 큰 삽을 필요로 했다. 곡괭이질을 할 즈음에는 엄지 마디에 잡힌 물집이 터져버렸다.

아버지가 만든 비닐하우스 안에는 원래 연못이 있었는데 전 주인이 연못에서 냄새가 난다고 석축 그대로 메워버렸다고 한다. 그런 사실은 한참 지난 후에야 알게 되었다. 어쩐지, 돌 하나가 베개만하더라니. 커다란 조경석이 흙더미에서 드러날 때마다 내 관자놀이가 쭈뼛거렸다. 곡괭이를 내리찍을 때면 땅이 울리며 내 충치가 동시에 발광을 했다. 아저씨더러 한쪽만 들어달라고 사정을 해도 귀가 아파 안 들린다고만 했다. 뭐라고? 안 들

려! 혼자서는 도저히 못 하겠으니 친구들이라도 불러오겠다고
하자 귀머거리 시늉을 하던 아저씨가 버럭 화를 냈다.

"고양이 새끼 하나라도 끌고 오면 다 죽여버릴 테니까, 알아
서 해! 여기가 느이 꼬맹이들 놀이턴 줄 알아? 너 혼자 하라고!
자꾸 딴소리하면 일당 없어!"

한참 동안 발광을 하더니 안으로 들어가 음악을 크게 틀어버
렸다.

이런 제기랄. 곡괭이로 암석을 건드리는 데 삼십 분, 흙바닥에
널브러져서 휴식을 취했다가 다시 삽으로 긁어내는 데 한 시간,
나는 우직하게 생긴 돌들과 씨름을 하느라 곤죽이 되어버렸다.
록음악은 음악대로, 나는 나대로 안과 밖에서 각자 부산스러웠
다. 오, 예! 삐리삐리리, 삽질은 너 혼자! 쿵쾅쿵쾅, 달밤에 체
조! 삐리삐리리, 이건 대체 뭔 지랄이냐. 헉! 헉! 어머니, 왜 나
를 낳으셨나요. 헉! 헉! 강렬한 전자기타 사운드에 한탄스런 가
사가 절로 붙여졌다. 서툰 곡괭이질을 하며 예술혼으로 가득한
쌍욕이 연발타로 튀어나왔다. 큰 돌을 뽑느라 으아아 신음을 내
지르면서 텔레비전에서 봤던 출산 장면을 떠올렸다.

기억해보면 그때 나의 2월은 악전고투의 봄이었다. 언덕집 마
당의 돌을 뽑아가며 동네 형들의 공갈에 굴하지 않았고 할머니
의 심부름을 요리조리 피해가며…… 그래도 기어이 해냈다. 옛
연못 자리에서 뽑아낸 조경석은 비닐하우스 주변에 멋지게 쌓았

고 연못 바닥의 영양분 많은 시커먼 진흙을 골고루 섞자 꽃밭용 흙으로 그럴싸해졌다. 어느 정도 일이 손에 익자 아저씨는 이렇게 간섭을 했다.

"쉬엄쉬엄 해, 뭐가 그리 급하냐?"

그런 말은 들을수록 화가 났다. 일단 일에 달려들어봐라, 쉬엄쉬엄 할 수가 있나.

"씨 뿌릴 날짜 박아놨어? 그 날짜에 씨 안 뿌리면 정부에서 세금 물리냐? 하루치 일당 얼마를 받겠다고 그렇게 기운을 쓰냐. 날짜로 계산해서 줄 테니까 살살해."

나는 내 품삯을 날짜로 계산해준다는 말에 혹했다. 그래서 꾀부리지 않고 열심히 일을 했는데 어느 날, 아저씨는 시간제로 계산해야 마땅하다고 우겼다.

"날짜로 계산하려면 하루 여덟 시간 이상 노동을 해야 하잖아? 너는 그런 것도 모르냐?"

"그래도 약속을 했잖아요?"

"누구 맘대로 약속이야. 어린 새끼가 돈 밝히면 못써."

치사하지만 별수 없었다. 일당을 모으면 컴퓨터를 살 수 있다. 가능하면 휴대전화까지. 전에 쓰던 컴퓨터는 내 부모의 불협화음으로 인한 희생물이 되었다. 아주 처참하게 부숴져버린 것이다. 있으나 없으나 아쉬울 게 없는 고물 컴퓨터이기는 해도 엄마와 즐겨 했던 고스톱 게임도 그립고 무엇보다 인터넷을 하고 싶다. 컴퓨터가 없으면 네안데르탈인 취급을 받는다.

일단 흙부터 검은 윤기가 돌면서 부드럽게 뭉글거리자 일할 의욕이 솟구쳤다. 앞으로도 뭔가 재미난 일이 벌어질 거라는 예감이 들었다. 슈퍼퇴비나 쇠똥을 더 섞어 영양만점 흙으로 만들고 싶은 욕심에 쇠똥 담긴 포대를 혼자 언덕으로 옮기며 생난리를 떨었다. 내가 똥냄새를 풍기며 땀에 흠뻑 젖은 귀신 꼴로 언덕집에 등장하면 아저씨의 눈이 커졌다. 그럴 때는 일당도 쉽게 받았다. 집에 돌아갈 때면 야, 돈 받아가, 하며 탁자 위에 있는 지폐를 가리켰다. 슈퍼에서 물건을 사는 심부름을 해도 거스름돈은 자연스럽게 인 마이 포켓. 그 정도로 아저씨는 셈이 흐렸다. 물론 그때만 그런 거였다. 현금이 마르지 않았던 그 당시에만 말이다.

씨앗을 뿌리는 작업은 그다지 순탄치가 않았다. 양귀비 씨앗은 봄에 뿌리는 것이 아니라 작년 겨울에 미리 뿌렸어야 했다. 그래도 일단 심어보자고 하던 아저씨가 책을 찾아보더니 마당으로 뛰어나왔다. 농담삼아 벌써 다 뿌렸다고 했더니 미친놈처럼 달려들어 주먹질에 발길질에 지랄발광이었다. 나도 참 병신같이, 공연히 쥐어터진 다음에야 씨앗을 보여주었는데 아저씨는 미안해하기는커녕 한 톨이라도 땅에 함부로 흘리거나 낭비하지 말라며 꼬장꼬장하고 치사하게 굴었다.

처음에는 그 씨앗이 뭔지도 몰랐다. 순수한 아편용 양귀비라는 말을 듣고도 그런가보다, 했다.

"작년 겨울에 심으려고 했는데 이사 날짜가 늦어지고…… 밖에 나오기 싫어서 어영부영하다보니 이렇게 늦었는데, 지금 심어도 되겠지?"

어림없는 말씀. 겨울을 겪어야 온전하게 뿌리를 내리는 씨앗은 봄에 심으면 실패할 확률이 높다.

"이건 겨울을 겪어봐야 뿌리를 잘 내리는 종류니까 씨앗을 냉동실에 하루나 이틀 정도 넣었다가 심어야 해요."

"그래? 동면하는 씨앗이라."

아저씨의 표정이 구겨졌다.

"지금 냉동실에 넣을까요?"

"좋아. 일단 오늘은 네가 냉동실에 들어가 하루나 이틀 정도 있다가 나와. 별 이상 없으면 씨앗도 그렇게 하자."

"사람하고 씨앗은 틀리다고요."

"너도 겨울을 지내잖아. 그러니까 들어가 있어, 냉동실. 잊지 않고 꼭 꺼내줄게."

"아이씨, 진짜 그렇게 하는 거라고요."

"나도 진짜야. 이게 얼마나 비싼 건지 네가 몰라서 그러나본데. 씨앗이 얼었다가 죽어서 말짱 꽝 되면 왕복 비행기 값하고 그때 체류비하고 씨앗 값에, 흙 값에, 여기 이사 비용에다가 전세 값, 네가 다 물어낼래? 물어내야지. 이것 때문에 내가 여기

왔으니까, 다 물어내면 얼마냐 대체…… 우와, 이 새끼, 돈 많구
나."

모종판에 씨를 박을 때도 어찌나 안달복달을 하던지, 구하기
도 어려운 핀셋을 구해오라고 난리를 쳤다. 궁리 끝에 우리 학
교 과학실에 몰래 들어가 실험도구 상자를 뒤졌다. 모종판을 정
성스레 만들자 아저씨는 커다랗고 뚱뚱한 포대를 들고 와 거기
에 든 흙을 모종판에 조금씩 섞으라고 했다.

"이게 뭐예요?"

"몰라. 아껴서 섞어. 밭에도 뿌려야 하니까 여긴 조금만 넣
어."

두 겹으로 싼 포대를 낑낑거리며 풀자 연갈색의 푸석푸석한
흙이 들어 있었다. 냄새가 우리나라 흙하고는 아주 달랐다. 뭔가
고릿한 냄새가 자극적으로 훅 끼쳤다.

"마사토 비슷한데, 냄새가 영."

"씨앗 살 때 같이 샀어. 이게 더 비싼 거야. 이게 없으면 우리
나라에서는 열매를 볼 수 없대. 이걸 가방에 숨겨 오느라 오지
게 고생을 했다고."

"외국에서 흙 사오면 걸려요?"

"그럼, 내가 미남이니까 봐준 거지, 딴 놈들은 어림없어."

모종판에 핀셋으로 집은 씨앗을 하나하나 박을 때마다 손바닥
에 땀이 흥건해졌다. 옆에서 눈을 부릅뜨고 보는 아저씨 때문이

었다. 아저씨의 콧김이 내 손등에 닿을 정도로 바싹 붙어앉아 있었다. 그리고도 모자라 내가 씨앗을 따로 주머니에 챙길까봐 걸핏하면 복장검사를 실시하고 가방을 뒤지곤 했다.

모종판은 한동안 잠잠했다. 죽은 듯 말이 없는 모종판을 들여다보고 또 들여다보고 안달복달. 역시 우리나라 토양에는 안 맞는 거었어! 아, 제주도에 갈걸. 이게 죽으면 나도 죽어야 해! 아, 씨발, 씨발! 사기당한 거야! 아저씨가 지레 좌절하고 머리카락을 쥐어뜯고 생난리를 치자 나도 슬슬 불안해졌다. 원래 어느 정도의 시간이 걸린다는 걸 알고는 있었지만 만에 하나 잘못되기라도 하면 염병할.

우리 텃밭의 흔한 열무 싹을 가져와 양귀비 모종판에 몰래 옮겨버릴까, 하는 최후의 방법까지 궁리했었다. 아편을 기다리는 아저씨에게 열무를 선사, 좀 이상하지 않느냐고 물어도 양귀비가 틀림없다고 버럭버럭 우기며 마약 대신 열무를 먹는다. 무조건 배가 터지게 먹는다. 열무를 씹어먹으며 황홀경에 빠지는 중독자. 끔찍한 무의 트림과 지독한 무의 방구, 그 독가스에 저절로 혼수상태. 정말 급하면 그렇게라도 하려고 했다.

기다림에 지쳐 우리 둘 다 속이 바짝바짝 타들어갈 즈음 모종판에서 가느다란 첫잎이 약을 올리듯 쏘옥 올라왔다. 아저씨는 순진하게 생긴 연초록 이파리에 대고 야단부터 쳤다.

"야, 뭐가 이리 더디냐? 불알이 다 오그라들었잖아. 싸가지 없는 것들! 드럽게 버릇 없는 것들, 누굴 죽이려고 이제 나와!"

아저씨는 욕을 하면서도 징그러운 웃음을 내내 흘렸다.

"쿤사야, 그럼 비닐하우스로 옮기는 거냐? 이 씨밤바들에게 너른 밭을 선사해야지. 좁아죽겠다고 아우성치잖아."

"조금 더 두고 봐요. 아직 안 나온 게 더 많은데."

"미치겠네, 정말. 이것들이 나를 호구로 아나. 후딱후딱 기어나올 것이지."

조바심과 조바심의 퍼레이드였다. 환장하게 볶아대니 살금살금 기어나오는 연초록 이파리가 지레 말라버릴 것 같았다. 어쨌든 싹이 나오고 있다는 확신에 내 목소리가 커졌다.

"이젠 간섭하지 말아요. 내가 알아서 할 테니, 무슨 수를 쓰더라도 꼬투리를 만들어낼 테니까 그 전까지는 간섭도, 잔소리도 하지 말아요."

"오냐, 그래. 넌 네 말에 책임을 져야 해."

나는 비닐하우스 안의 흙을 손으로 일일이 비벼 보드랍게 만들었다. 외국에서 가져온 요상한 흙도 조심조심 섞었다. 양귀비 모를 심을 때는 밤낮으로 정성을 기울여 주말도 없이 들여다보고 또 들여다보았다. 꽃밭에 물도 흠뻑 주고 기온이 떨어지는 저녁이면 비닐하우스를 꽁꽁 막아 기온을 유지했다. 그런 모든 상황을 내 노트에 기록하기 시작했다. 마당에 나왔던 아저씨도 양귀비 모를 정성스레 다루는 내 모습을 충분히 보았을 것이다.

온종일 붙어앉아 끼니도 거르고 덤비자 세상에 둘도 없이 질긴 놈이라고 욕을 해댔다. 못해도 욕, 잘해도 욕. 사실은 일부러 바람을 잡은 거나 마찬가지이다. 내가 없으면 아편도 없다. 내가 이만큼 힘을 보탰으니 나도 그것을 맛보게 해달라는 뜻으로 구린 냄새가 옷에 배는 것도 마다하지 않았다. 죽을힘을 다해 공을 들였다. 다른 사람의 도움 없이 혼자서 모든 것을 해냈다는 사실이 나 자신을 흐뭇하게 만들어주었다.

그래서 내 정크노트의 세번째 페이지에는 이렇게 적혀 있다.

"꽃밭은 내 거다."

11. 큰상궁마마

파근파근하게 찐 감자가 먹음직스럽다. 쑥절편과 기다란 가래 떡은 갓 뽑아온 듯 김이 피어오른다. 그래도 선뜻 손이 가질 않는다. 열무김치에는 손톱만한 고춧가루가 덕지덕지 붙었다. 큰 어머니는 어서 먹어, 먹어, 하며 내 손에 절편을 들려준다. 참기름 냄새가 고소해도 찐득찐득 미끄러운 감촉이 영 반갑지가 않다. 떡과 나의 악연을 큰어머니는 벌써 잊은 모양이다. 슬쩍 내려놓고 젓가락으로 감자를 찍어올린다. 잘 익은 감자가 소리없이 퍼석 갈라진다.

"용타, 네가 용해. 나야 입이 열 개라도 할 말이 없다."

할머니가 대견하다며 듬직한 어깨를 두드리자 큰어머니는 열무김치를 우적우적 씹는다.

"돈 쓰는 놈 따로 있고 버는 놈 따로 있고, 나야 안 아픈 손꾸

락이 있겠냐마는."

"서방님이 볼모로 계속 있으면 병원비가 더 늘어날 거 아닙니
까. 돈이야 있다가도 없고 없다가도 있는 거라. 야, 너도 기운차
게 좀 먹어라."

큰어머니가 등짝을 퍽 치는 바람에 김치 대접에 코를 박을 뻔
했다. 불편한 자리를 빠져나가려고 평상 밑의 운동화를 슬슬 꿰
어신자 할머니가 인상을 쓰며 눈짓을 한다. 옆에 가만히 앉아
있으라는 뜻이다. 툇마루 위에는 큰어머니가 들고 온 보퉁이와
박스에 든 물건이 전부 나와 있다. 참기름, 떡, 사촌형들이 입던
옷가지, 할머니 모시저고리, '등반대회 기념'이라는 종이띠가
둘러진 타월 한 꾸러미.

할머니는 큰어머니가 보따리를 잔뜩 들고 나타나자 기뻐하는
기색을 감추려고 애를 썼다. 큰어머니는 짐을 내려놓자마자 청
소부터 시작했다. 처마 밑에 매달린 거미줄이 물세례에 작살났
고 시멘트벽에서는 구정물이 줄줄 흘러내렸다. 큰어머니는 부리
나케 감자 껍질을 숟가락으로 벗겨 냄비에 앉혀놓고 흙먼지로
뿌연 평상과 툇마루를 걸레로 훔쳤다.

장독처럼 우직한 몸을 바삐 움직이는 큰어머니의 서슬에 우두
커니 서 있기가 불편했다. 몰래 자전거를 끌고 가다가 할머니
고함에 멈춰 서고 말았다. "고양이 손이라도 빌릴 판에 거들지
않고 어딜 내빼!" 공터에 가서 드리블 연습을 해야 하는데, 축구

에 빠지면 형들에게 시달리게 된다. 축구에 빠지면 원금은 언제 줄 거냐는 닦달이 거세진다. 돈 얘기는 내게 쥐약이다. 나는 다리만 달달 떨며 평상에 앉아 두 여인의 눈치를 살폈다. 할머니도 큰어머니의 잰 동작에 내내 안절부절못하였다.

한동안 쑤셔박아둔 온갖 쓰레기와 썩은 음식 들이 창창한 햇볕 아래 끌려나왔다. 국 냄비에 뜬 허연 곰팡이, 쉰밥에 낀 푸른 곰팡이, 장아찌 단지에 낀 골마지, 썩은 내가 진동하는 검정 봉지는 또 얼마나 많은지. 할머니는 "에미가 살림은 워낙 엉망이었잖아. 나도 한참을 버렸는데 이 모양이다." 집 나간 지가 햇수로 이 년 된 엄마 핑계라니. 큰어머니는 거미줄투성이 장독 사이에서 할머니 고무신 한 짝과 말라비틀어진 고쟁이를 묵묵히 끄집어냈다. 오랜 게으름의 증거물들이 속속 파헤쳐지자 할머니도 더는 변명을 하지 않고 들썩거리는 냄비 뚜껑을 열어 젓가락으로 감자를 찔러댔다.

"다 익었는데 먹고 하자. 떡도 낼까?"

할머니가 상을 차리는 동안 큰어머니는 개수대에서 손을 씻었다. 그러곤 약간 부자연스런 표정으로 제일 중요한 얘기를 했다.

"어머니, 아까 병원 원무과 들러서 밀린 계산 다 했어요."

"뭐라, 진짜?"

"서방님은 아직 모르고요."

할머니는 들쑥날쑥한 치아를 드러내고 활짝 웃었다. 세상에,

세상에를 연발하며, 나도 옆에서 다 들었건만 "큰어무니가 네 아부지 병원비를 몽땅 다 계산을 했단다, 어서 감사인사 드려라, 고맙습니다, 해야지, 어서!" 감격에 겨워 소리를 버럭버럭 질렀다.

지난겨울 삼거리 포장마차 주인과의 합의를 끝으로 큰아버지는 아버지에게 절연을 선언했다. "또 사고 치면 호적에서 판다. 부모 형제 등골 빼먹는 놈아!" 평소와는 다른 서슬 퍼런 태도였기에 이번에는 다들 기대조차 하지 않았다. 외려 큰아버지가 알게 될까봐 소문이 새어나가지 않게 쉬쉬했었다.

"감사합니다."

주춤거리다가 어색하게 목을 꾸벅 숙였다. 아버지 대신 내가 벌을 받는 것 같은 기분. 어쩐지 억울했다.

"고마운 줄 알면 많이 먹고 키 좀 커라."

큰어머니는 허허 웃으며 내 학년 석차를 물었다. 우물거리며 대답을 회피하자 국영수 점수가 어느 정도 되는지 꼬치꼬치 물었다. 좀더 일찍 빠져나가지 않았던 나의 굼뜬 동작을 스스로 저주하며, 처참한 내 성적을 고백하고야 말았다.

할머니는 상 앞에 앉아 용타, 네가 용해, 나야 입이 열 개라도 할 말이 없다는 말만 반복했다. 큰어머니는 듬직한 덩치에 매사 초연하고 과묵해 마치 사극드라마에 나오는 큰상궁 같다. 그건 내가 붙인 별명이 아니라 우리 엄마가 '살림의 고수, 큰상궁마마'라고 불렀기 때문이다. 자꾸 듣다보니 정말 그런 것 같다.

큰어머니는 우리 엄마와 영 딴판이라 늘 비교대상이었다. 집안의 든든한 대들보라고 떠받들어지는 타입. 잔정이 많아 사람들에게 베풀기를 좋아하지만 한편으로는 좋지 않은 일로 찍히기라도 하면 감당할 수 없는 반격을 받게 될 거라는 위기감을, 분위기로 조성한다. 사촌형들의 증언도 한몫했다. 걸리기만 하면 '제대로 아작이 난다'고 했다. 큰어머니가 딱딱하게 굳은 가래떡을 철봉처럼 휘두르면 아무도 못 당할 것이다. 할머니도 큰어머니에게는 고분고분한 편이다. 큰어머니의 떡방앗간이 날로 번창해 수입이 상당하기 때문이다.

"생각 없이 쉽게 말하는 게 아니고요."

감자를 우물거리던 큰어머니가 묵직한 목소리로 길게 운을 뗀다.

"그래, 뭐?"

큰어머니는 젓가락으로 열무김치를 듬뿍 집어 커다란 입속으로 우겨넣는다. 큰어머니의 입속으로 빨려들어가는 열무김치에게 괜한 동정심이 인다. 진초록 줄기가 줄줄이 끝도 없이 들어간다. 우적우적 씹는 소리. 소리는 경쾌해도 어쩐지 으스스하다. 내 척추뼈가 으스러지는 느낌이랄까. 곧이어 큰어머니는 절편 두 덩이를 순식간에 씹지도 않고 삼켜버린다. 떡집을 하면서 떡에 질리지도 않나. 할머니도 큰며느리의 입만 들여다보기 면구

126

스러운지 감자를 반으로 떼어 입으로 가져간다.

"호준이 야가 여기 계속 있다가는 뭐가 되겠습니까? 생각할수록 맘이 찌리리해서, 우리 집이야 뭐, 제가 잘 거둬먹일 수도 있고."

"그래, 큰놈 둘 다 빠져나갔으니 방도 비었겠다. 야는 조용하게 지 일은 지가 알아서 하니까."

할머니는 힐끔 내 눈치를 본다.

"그럼요. 요새 야가 기운도 없이 시무룩해가지고. 엄마 없는 자슥이 세상에서 제일 불쌍하다 이겁니다."

"성근이는 언제 제대하드라?"

"입대한 게 이제 넉 달인데요. 끄트머리까지 싹 다 가버리니까 적적하고 싱숭생숭하네요."

감자는 그새 적당하게 식었다. 설탕과 소금이 반씩 종지에 담겼다. 똑같이 하얀색이지만 한눈에 봐도 둘은 다르다. 나는 감자를 소금에 푹 찍는다. 전에는 설탕에 찍어 먹었는데 언덕집 아저씨가 감자를 소금에 찍어 먹는 것을 보고 나도 따라하게 되었다. 그다음부터는 왠지 설탕보다 소금에 찍어 먹어야 세련되다는 생각이 든다.

할머니가 아무리 말려도 큰어머니는 다시 고무장갑을 낀다. 철수세미로 항아리를 힘껏 문질러 닦는다. 양말이 젖자 다 벗어 던지고 맨발로 개수대 주변을 누빈다. 커다란 발자국이 시멘트

바닥에 무늬처럼 찍힌다.

"가자고 할 때 따라나서."

할머니는 조용히 나를 설득한다.

"내가 왜."

"누이 좋고 매부 좋은 거다. 가면 학원도 다니고 마음 편히 공부를 하지. 큰집 가면 컴퓨터 실컷 하니 좋담서?"

컴퓨터야 그렇지만 언덕집 양귀비가 이제 익어가고 있는데, 내 정크노트는 어쩌라고. 큰어머니가 냉장고 위 칸에 손을 대는 것을 보며 나도 모르게 발가락이 꼼지락거려진다. 아니나 다를까 우당탕 떨어지는 소리에 이어 큰어머니가 아이쿠 주저앉는다. 오른쪽 발이로구나. 할머니는 보고도 못 본 척, 시치미를 뚝 떼고 절편만 찢어 먹는다.

큰어머니는 발을 동동거리면서도 냉동고에 든 까만 봉지에 담긴 얼어붙은 것들을 하나씩 꺼낸다. 검은 봉지, 허연 봉지, 봉지를 찢고 나온 언 생선 꼬리, 검은 봉지에 든 정체불명의 삐죽한 덩어리, 꺼내도 꺼내도 끝이 없자 큰어머니는 덩어리들을 바닥에 획획 던져버린다. 쾅, 쿠당탕. 돌덩어리 떨어지는 소리가 난다. 할머니는 봉지에 넣지도 않고 생선을 냉동실에 그대로 넣는 습관이 있어 아버지와 나는 냉동고 문을 아예 열지를 않는다. 언 생선의 역습이 무섭기 때문이다.

"방학 때는 여기 와 있고, 거기서 학교만 다녀라. 그쪽 중학은 명문이다. 여기하고 비할까."

"명문은 무슨. 거기나 여기나, 다 시골학굔데 뭐. 전학은 싫어."

큰집에 가라는 건 처음 나온 얘기도 아니다. 아버지가 이혼당한 다음부터 명절 때 다들 모이기만 하면 나를 두고 말들이 많았다. 재혼 운운할 때도 나를 혹덩어리로 취급하는 발언이 나왔다.

"그럼 거기서 여기 학교 다니면 되지. 버스 있잖아."

"뭐 하러, 버스비 아깝게. 한 시간도 넘게 걸리는데. 피곤해서 죽어."

나 같은 놈을 데리고 가려는 이유가 뭘까. 그 이유는 아리송해도 큰집에 끌려가면 안 된다는 나만의 이유는 분명하다. 나는 아주 어릴 때부터 큰어머니의 음식 고문을 당해왔다. 계속해서 떡을 토했던 기억이 아직까지 또렷하다. 지우개 조각처럼 허연 것들이 끝도 없이 나왔었다. 엄마가 나를 큰집에 맡겨두고 양재 기술 배우러 학원에 다닐 때였다. 나 때문에 엄마는 옷본만 그리다가 그만둬버렸다. 그때 이후로 떡은 쳐다보기도 싫다.

떡도 떡이지만 예전의 그 고양이가 생각난다. 바싹 마른 길고양이. 작년 할아버지 제사 때 큰어머니가 정류장까지 바래다준 적이 있었다. 그때 할머니는 큰집에 살고 있었고 아버지는 인사불성으로 취해버려 다음날 학교를 가야 하는 나만 집으로 돌아와야 했다. 한참 아파트를 짓던 중이라 컴컴한 공사장을 지나면서 내내 어색한 기운이 감돌았다. 음식꾸러미를 양손에 든 큰어머니의 우람한 그림자를 보며 최대한 느릿느릿 걸었다.

갑자기 큰어머니가 뭔가를 발견한 듯 어, 저기! 저기, 하며 날쌔게 몸을 날렸다. 바스락거리는 소리가 들린 것도 같았다. 큰어머니는 바닥을 기면서 뭐라고 어르고 있었다. 음식꾸러미는 팽개쳐놓고 이리 와, 쭈쭈쭈, 야옹, 별의별 소리를 다 내며 목재더미와 철근 사이를 뒤지고 다녔다. 그 기세가 말로 설명하기 힘들 정도로 몹시 격렬하고, 무서웠다. 마치 커다란 들짐승이 먹이를 잡으려고 혼신의 힘을 다하는 것 같았다.

고양이야, 잡아야지! 하며 치마가 찢어지는 줄도 모르고 이리저리 뛰어다녔다. 왜 그러느냐고 묻자 큰어머니는 헐떡거리면서 먹으려고, 라고 대답했다. 고양이를 잡아먹다니! 대단한 식탐이구나! 곧이어 갸르릉 하는 소리가 들리면서 큰어머니가 웃옷에 뭔가를 싸가지고 나왔다. 큰어머니는 꿈틀거리는 옷가지를 내게 건네더니 바닥에 앉아 음식꾸러미를 잽싸게 풀었다. 바로 반찬통에 넣으려나보다. 불쌍한 고양이는 반찬이 되는구나. 풀어줄까 말까, 고민이 되었다.

큰어머니는 생선전을 서너 개 꺼내 고양이에게 들이밀었다. 손등에 고양이에게 할퀸 자국이 보였다. 비쩍 마른 새끼고양이는 겁에 질린 표정으로 냄새만 맡다가 순간 허겁지겁 먹어치우기 시작했다. 큰어머니의 표정이 부드럽게 바뀌면서 몹시 흡족

해했다. "먹는 꼴을 보면 짐승이나 사람이나 한결같아. 아이고, 딱해라. 나 아니었으면 굶어죽을 뻔했네"하며 비로소 흙 묻은 옷을 털었다. '먹이려고'를 '먹으려고'라고 내가 잘못 들은 거였다.

생선전에 동그랑땡까지 넉넉하게 먹이고, 힘차게 뛰어가는 고양이를 보며 큰어머니와 나는 다시 정류장으로 향했다. 큰어머니가 내 귀에 대고 말했다.

"난 못 먹고 지내는 사람들 그냥 못 봐. 날짐승이건 사람이건 간에 배부르게 먹이는 게 내 낙이야. 잘 먹는 거 보면 기분이 좋잖아…… 난 말이야, 부모 없이 자라서 어릴 때 배를 많이 곯았거든. 똥구멍이 찢어지게 가난하고 지지리 궁상이었지. 먹을 것도 없었지만 아무리 먹어도 배가 고프더라. 그래서 누구라도 잘 먹는 거 보면 기분이 좋아, 아주 좋아. 그러니까 호준이 너도 많이 먹어, 알았지?"

결론은 많이 먹으라는 거. 큰어머니 기분 좋아지게 많이 먹으라는 거. 어쩐지 무서웠다. 큰어머니가 세상 제일의 부자가 된다면 이 세상에는 굶는 사람이 없을 것이다. 큰어머니가 나를 데려가려고 애를 쓰는 건 나를 많이 먹이고 싶어서일 것이다. 안 잡히려고 반항을 하던 그 길고양이 다루듯 거칠게 휘어잡아 먹이고 또 먹이며 자기만족을 하려들 것이다. 나를 길고양이 취급하는 건가. 내가 그렇게 보이나?

"어머님, 이거 뭡니까? 냄새가 안 좋은데 버릴까요?"

큰어머니가 냉동고를 뒤지다 말고 시커먼 비닐에 든 물건을 들어올린다.

"아이고, 음식 버리면 천벌 받아."

할머니가 냉장고 근처로 가고 두 사람은 산처럼 쌓인 비닐봉지 더미에 파묻혀버린다. 큰어머니는 얼어붙은 음식 더미를 빨리 먹어치우라고 채근을 한다. 곧 냉장고 정리를 핑계로 음식을 만들게 될 것이다. 그것이 큰어머니의 행차에 따른 수순이다. 할머니는 큰어머니의 노동력을 최대한 활용하려고 온갖 음식을 주문할 것이다. 냄비마다 그득그득 달고, 맵고, 시큼하고 짠맛이 끓어넘칠 것이다. 그걸 먹어치울 사람은 나밖에 없다. 여기 붙잡혀 있다가는 저녁 내내 음식 고문에 휘둘릴 것이다.

기회는 이때다. 나는 자전거를 소리 안 나게 끌고 살금살금 문간을 빠져나간다. 발소리를 죽여도 눈치 없는 자전거 바퀴살이 스르렁 소리를 낸다. 살림의 고수, 큰상궁마마가 떠날 때까지 나는 집으로 돌아오지 않을 것이다. 새로 만든 음식들이 식기도 전에 썩어버리기를 고대하며 덜컹 대문을 닫자 내 이름을 부르는 할머니 목소리가 담 너머로 들린다. "호준아! 밥은 먹고 나가라." 페달을 딛고 훌쩍 올라탄다. 과식을 싫어하는 길고양이는 도망칠 수밖에.

12. 웰컴 투 정크월드

쿤사는 마약왕이다. 쿤사의 군대는 한때 일만 명의 몽타이군 병력을 갖고 있었고 미얀마로부터 독립을 선언하기도 했다. 멋진 놈이다. 쿤사는 골든트라이앵글, 즉 황금의 삼각지대인 미얀마와 태국, 라오스와의 국경지대에서 양귀비를 재배했다. 아주 커다란 헤로인 공장을 갖고 있는 반란조직들까지도 장악하고 있었다. 아편을 이용한 돈벌이가 워낙 대규모라서 쿤사는 그 어느 국가 원수가 부럽지 않은 국빈 대접을 받았다. 오, 능력자!

쿤사의 조직이 나날이 강대해지자 그에 따라 마약상들도 활개를 쳤다. 그래서 미국 정부는 쿤사를 잡으려고 혈안이 되었다. 미얀마 정부는 쿤사 조직을 치기로 약속해놓고 미국 정부에게서 지원받은 헬기와 항공기를 사용하지도 않고 꿀꺽 삼켜버렸다. 내통이 있었던 모양이다. 미얀마 정부뿐 아니라 쿤사 조직과 마약시장에는 대규모의 조직이 뒤에 숨어 협조를 하고 있었다. 이제 쿤사의 시대는 갔고 제2, 제3의 쿤사가 등장했지만 쿤사라는 이름은 마약왕의 대명사가 되었다. 그래서 쿤사는 영원하다.

아저씨가 나를 쿤사라고 부르는 것은 어떻게 생각하면 황송스런 일이다. 나는 그 사실을 이제야 알았다. 쿤사의 실제 얼굴은 매우 강인하고 약간은 야비해 보인다. 사실 이 정도면 남자답게 잘생긴 얼굴이라 할 수 있다. 쿤사라는 인물을 생각하면 카키색 군복과 햇볕을 받아 이글이글 피어나는 화려한 양귀비 밭이 절로 떠오른다. 이곳 마당도 커다란 양귀비꽃 덕분에 화려하기 짝이 없다. 눈으로 즐기는 어마어마한 호사이다. 꽃들이 보이지 않도록 단단히 가려 밖에서는 잘 안 보이지만 비닐하우스 안으로 들어가면 천국이 따로 없다.

어느 때였던가. 정지된 그림처럼 내 속에 스며 있는 그 순간을 떠올린다. 오후의 뙤약볕이 초록빛 꽃대와 나무 담장 사이로 연두색 그림자를 드리우고 갈색 말벌이 붕붕거리며 꽃밭을 날아다녔다. 아저씨는 비닐하우스 안에 모포를 깔고 누워 내 숙제를 했다. 햇살은 내 이마를 뜨뜻하게 달궈주고, 눈을 깜빡일 때마다 속눈썹에 맺혀 있는 노란빛이 따라 흔들렸다. 집 안에 틀어놓은 음악이 멀찌감치 떨어져 놀아 그런대로 흥겨웠다. 참으로 한가한 일상이었다. 그건 바로 어제였고 방금이었으며 내일도 마찬가지인 우리의 일상이다. 보색대비의 찬란한 풍경들은 늘 우리를 품고 있다. 위장 용도로 심은 백일홍이나 아네모네처럼 순진한 꽃들도 곱게 하늘거렸다. 꽃이 사람처럼 웃을 수 있다는 걸 그때 알았다.

지금 나는 대규모의 양귀비 밭을 떠올린다. 골든트라이앵글에서는 일 년에 한 차례만 수확을 하지만 기후조건이 완벽한 콜롬비아의 육천오십만 평의 양귀비 밭에서는 일 년에 3기작 내지 4기작까지 가능하다. 그렇다면 콜롬비아에서는 일 년 내내 꽃이 피고, 지고 또 피고 진다는 얘기다.

이런 화려한 꽃들이 대지를 가득 채우고 있는 모습을 그려본다. 얼마나 대단할까, 상상만으로도 숨이 멎을 것 같다. 아저씨에게 이런 얘기를 해주면 뭐라고 할까. 아저씨는 꽃에 무심한 척했지만 나는 다 알고 있다. 노트에 적힌 아저씨의 글이 기억난다. "한 주먹의 씨앗에서 어떻게 이런 너른 꽃밭이 만들어진 걸까. 푸른 줄기는 무슨 힘으로 이런 꽃을 피워냈나." 신기하지? 아무렴 신기하고말고.

"미친 새끼, 학교 공부나 해. 이따위 짓 하지 말고."

아저씨는 탁자 위에 있는 기사 조각을 손바닥으로 밀어버렸다. 나는 잽싸게 탁자 위로 슬라이딩한다. 가위며 스카치테이프, 잡지들이 사방으로 흩어진다. 그래도 제일 중요한 쿤사의 기사는 손에 움켜쥐었다.

아저씨 책장에 있는 누렇게 바랜 잡지에는 이런 좋은 기사들이 속속 숨어 있다. 이런 대단한 이야기들을 이제야 발견하다니. 나는 그것들을 내 정크노트에 붙이려고 가위로 오려냈다. 아편에 관한 오래 묵은 이야기들이지만 이것들이 내 노트를 얼마나 풍성하게 할 것인가. 이런 젠장, 오려낸 기사와 알맹이를 뺀 하찮은 종잇조각들이 한데 뒤섞여버렸다.

"귀찮게 굴지 말고 가서 돈이나 찾아와요. 내 돈! 내 일당!"

"통장 만들라고 했잖아. 텔레뱅킹으로 넣어줄게."

아저씨는 오른쪽 귀에서 고름 부스러기를 뜯어낸다. 말라붙은 고름은 검붉은 피가 드문드문 보이는 노란색이다. 아저씨는 그것들을 종이 위에 줄 맞춰 늘어놓는다.

"나는 현금이 좋다고요. 근데 아저씨 귀는 왜 이런 거예요? 병원에 가봐요."

"예전에 어떤 새끼가……"

"얻어맞았구나, 어떤 새끼한테."

"무슨 소리야, 내가 팼다고!"

아저씨는 손짓 발짓을 해가며 어떻게 상대를 작살냈는지 실감 나게 설명한다. 멱살을 잡아서 벽에다 붙여놓고 발길질, 어퍼컷, 라이트 훅, 퍽, 퍽, 퍽. 원래 거짓말을 할 때는 쓸데없이 장황해지는 법이다. 나는 고개를 끄덕이며 한 가지 생각만 한다. 그런 식으로 얻어터졌구나, 그렇게 곤죽이 되었구나. 그럴 줄 알았어.

"아주 옛날에 치료를 다 했거든. 그래서 말짱했는데, 아니지,

아주 말짱한 건 아니고 조금 피곤하면 귀에서 자갈 부딪치는 소리가 들리는 정도였는데, 요새 들어서 갑자기 재발을 하더니 약이 안 듣네. 항생제 내성이 생겼나봐. 하여간 그 새끼, 다시 만나면 꼭 죽여버리겠어. 그놈 귀에다가 뭘 집어처넣어줄까?"

아저씨는 주절거리는 내내 손바닥으로 귀를 치고는 인상을 쓰면서 몸을 떨어댄다. 아프면 건드리지를 말아야지. 사실 나는 아저씨의 귀에서 나는 고름 냄새를 은근히 즐긴다. 그것은 삭혀서 먹는 음식처럼 묘한 중독성이 있다. 처음엔 아저씨가 가까이 오면 나도 모르게 인상을 찌푸렸지만 지금은 표나지 않게 콧구멍을 벌름거린다. 원초적이고 달콤한 냄새라고 할까. 파리새끼들이 고름을 사랑하는 거야 당연하지만 마당에서는 말벌들도 호들갑을 떨며 아저씨 주변을 에워싼다. 아마 우리 동네 똥개들도 아저씨 고름 냄새에 홀딱 반할 것이다.

"근데 내 돈은 얼마 줄 건데요?"

"그래, 얼마 받고 싶어서? 이 새끼 나를 순전히 봉으로 알고 말이야."

아저씨는 얼굴에 주름을 잔뜩 짓고서 캬캬캬, 징그러운 소리를 낸다. 도마뱀 같은 웃음이다. 나는 기다렸다는 듯 노트를 펼쳐 내 노동시간의 기록을 보여준다. 사인을 해놓은 날이 내가 작업을 한 날이다. 시간당 삼천원으로 치면 그간 밀린 돈이 얼마냐. 아저씨는 내 기록들을 읽어보다가 갑자기 페이지를 빠르게 넘겨 그 동안 내가 모아놓은 자료들을 눈으로 훑는다. 비웃는 눈길이 기분 나쁘다. 아저씨는 노트를 낚아채는 내 손을 주먹으로 내리친다.

"이런 거 말고 차라리 다른 걸 하지? 수생식물의 변화과정이나, 록음악 변천사, 중세의 인물 탐구. 뭐 이런 걸 하면 네 인생에 도움도 되고 얼마나 좋으냐. 하필 정크라니."

록음악 변천사가 내 인생에 도움이 된다고? 아저씨처럼 귓구멍에 고름을 잔뜩 달고 살라고? 그런 말은 듣기만 해도 레코드판 위에서 빙글빙글 도는 것처럼 멀미가 난다. 못 들은 척하고 요철 모양의 기사를 가위로 요령껏 오려낸다. 아저씨는 노트 겉장에 내가 쓴 'Junknote'라는 영문 제목을 물끄러미 바라본다. 아저씨가 쓴 노트 겉장의 서체 그대로 따라 쓴 내 글씨는 서툴고 어설프기만 하다. 아저씨 얼굴에 한심하다는 자막이 뜨는 것 같다. 나는 노트를 탁자 아래로 집어넣어버린다.

"정크가 무슨 말인지, 알기나 하냐?"

사전을 찾으면 정크—쓰레기, 고물, 헤로인 중독자, 이렇게 나온다. 나도 다 안다고 대꾸하고 싶은데 그것 말고도 뭔가가 더 있을 것 같다. 예전에 내가 이 집으로 생필품 조달 심부름을 하러 온 첫날, 아저씨는 현관문을 열어주면서 왓 잡! 왓츠 유어 네임? 이라고 물어왔다. 나는 양키 겉멋에 취한 놈이로구나, 눈치를 챘다. 퀭한 눈의 아저씨는 '오케이…… 웰컴 투 정크' 어

찌고, 하며 계속해서 주절거렸다.

아저씨는 구석에 있는 오디오를 켠다. 맹꽁이 울음소리 같기도 하고 용수철이 튀는 것 같은 요상한 음악이 흘러나오자 눈을 감고 의자 깊숙이 등을 밀어넣는다.

"자, 내가 하는 말 거기에 받아 적으라고."

아저씨는 볼륨을 높이며 왼쪽 스피커와 오른쪽 스피커를 번갈아가며 들으라고 한다. 또 시작이구나. 나는 소음이 지겨워 기사만 오린다. 그럴듯한 말이 나오면 그때 받아적으면 된다.

"잘 들어봐. 드럼 소리, 사이키델릭, 또 가수의 목소리, 나눠서 듣지 말고 단번에 가슴으로 들어봐. 정크는 바로 이런 음악이야, 눈에 보이지 않는 멜로디라고. 귀머거리한테는 이런 소리가 안 들리겠지만 우리는 듣고 있잖아. 못 듣는 이들에게는 음악의 이런 기쁨을 말로 설명하기가 어렵지. 그러니까 이 음악을 들어봐, 바로 이런 거야…… 정크는 원래 쓰레기지. 쓰레기가 될 수 있는 자유! 밑바닥까지 내려가면 겁날 게 없거든. 낮아지면 높아지는 거야. 낮아지려면 아주 최악이 돼야 해. 그래야 전체를 다 볼 수 있어. 악어를 상상하면 내가 악어가 되어버리고 네가 전화기라고 하면 전화기로 변해버린다고. 아, 말로 설명하기가 정말 어려워. 그러니까 그냥 음악을 들어. 정크는 완벽한 쾌락이야. 완벽! 사차원의 세계에서 가져온 쾌락. 정크는 산타클로스처럼 빨간 보따리에서 기쁨을 꺼내주지…… 아주 순수한 쾌락의 정수, 진정한 환희. 완벽한 충족이지. 내가 그리워하는 건 처음 정크가 내게 주었던 환희지. 처음 맛봤던 그때 그 기쁨, 아무리 많은 양을 이 속에 집어넣어도 그때만큼 강렬하고, 완벽한 황홀경은 다시 오지 않아. 기쁨은 나날이 희석되고 때로 불순해져. 그게 바로 정크의 딜레마야."

말과 글은 완전히 다른 세계에 있는 것 같다. 가슴에 손을 대고 그윽한 표정으로 내뱉는 아저씨의 말은 그럴듯하지만 내가 받아적은 글은 다시 읽기 싫을 정도로 유치찬란하다. 그래도 귀에 들리는 말을 중단 없이 받아적는다. 정크 경험자의 내밀한 실토가 아닌가.

"그 좋은 걸 혼자만 해요? 나도 하게 해줘요."

"가서 엄마 젖이나 더 먹고 와."

아저씨가 이런 태도를 보여줄 거라고 예상했기 때문에 나는 막무가내로 매달려본다.

"누구는 되고 누구는 안 돼요? 딱 한 번만 해볼게요. 저기 약 남은 거 있잖아요? 지금 당장 해보면 좋겠는데."

대가리를 한 대 맞았다. 아저씨는 정키가 되려면 십자가에 달려 순교당할 각오를 하라고 한다. 더구나 온몸이 찢어지는 불고문 끝에 죽을 준비가 되어 있어도 돈이 없으면 할 수 없는 일이라고 한다. 돈! 아주 많은 돈이 필요하다고 경고를 한다. 그런 얘기를 들으며 나는 창밖을 내다본다. 비닐하우스 안의 돈덩어리들이 안전하게 잘 크고 있다. 내게는 저것만 있으면 된다. 저게 있으니 안심이다. 아저씨는 네 나이면 섹스만으로도 정신이 복잡해질 거라고 하면서 건전한 섹스를 권한다. 나는 정크보다 섹스가 건전하다는 건지, 건전한 섹스부터 하라는 건지 말귀를 못 알아듣겠다고 하면서도 약간 흥분이 된다.

아저씨의 입에서 복잡한 약 이름이 나오자 나는 샤프심을 몇 번이나 부러뜨려가며 허겁지겁 받아적는다.

"아편이나 데머롤에서 팰피엄 같은 파생물이 정크를 만들어내는데 그게 뭐가 있냐면 모르핀, 헤로인, 델로디디, 유코달, 팔포폰, 디오코디드, 디오세인, 아편, 데머롤, 돌로핀. 정크를 입이나 항문으로 집어넣는 놈도 있지만 나처럼 혈관이나 근육에 주사를 맞는 걸 좋아하는 놈도 있지. 빨대로 약을 빨아 콧구멍에 집어넣거나 잇몸에 바르기도 해. 마리화나나 해시시, 메스칼린, 엘에스디, 신비의 버섯 따위는 정크가 아니라고 주장하는 정키들도 있어. 그렇지만 난 관대하게도 그것들을 다 받아들여주지. 약에 굶주렸을 때는 뭐라도 내 몸에 쑤셔넣고 싶어지거든. 우리나라에서 쉽게 구할 수 없는 것들을 우선적으로 사랑하지."

글씨가 너무 엉망이다. 나중에 다시 꼼꼼하게 정리할 생각을 하며 무작정 받아적는다. 저렇게 두서없이 주절거리지 말고 자신이 직접 글로 정리해주면 얼마나 좋아.

"이런 걸 다 먹어봤어요?"

내가 기록하는 도중에 질문을 하자 아저씨는 미간을 찌푸리며 내 말을 무시해버린다. 음악을 따라 아저씨의 주절거림은 계속된다. 음악을 따르는 것이 아니라 아저씨의 독백을 음악이 받쳐주고 있다. 아저씨는 말 한마디, 한마디에 강약을 주며 힘을 다해 뱉어낸다.

"모르핀의 즐거움은 창자에서 느껴지지. 주사를 한 대 맞으면 창자 속으로 빨려들어가는 느낌이 오거든…… 파충류 같은 것들이 여기 이 속에서 이빨을 드러내며 서로 싸우지. 그걸 대동맥에 주사하면 골통 속에서 말할 수 없는 감정이, 아주 순수한 기쁨이, 아주, 아주 순수한 만족감이 분수처럼 솟구친다고. 뜨거운가 하면 바로 얼어붙어버리고, 말랑한가 하면 또 금세 플라스틱처럼 단단하게 굳어버리는 아주 기묘한 감촉의 기쁨이지…… 딱 십 분이 지나면 다시 한번 주사를 맞고 싶어서…… 모래시계를 두 번 뒤집으면 십 분인데, 딱 십 분이면 끝나. 기쁨이 끝나버린다고. 우주가 끝나버리는 거지. 정크는 오직 두뇌만을 필요로 할 뿐 몸통이나 감정은 없어도 된다고. 아예 필요가 없어. 그래서 나는 약을 한 순간에는 몸통도 없는 동그란 에너지로 변해버리지. 동그랗고 빛이 나고. 그리고 날아다녀. 여기저기 가고 싶은 곳은 어디나 날아다녀. 맘만 먹으면 네 눈알 속으로 들어가버리지. 나는 무색의 정크 귀신이 된다…… 섹스는 내게서 사라져버렸어…… 가엾은 성불구자? 그럴지도 모르지. 그렇지만 섹스

따위는 아무것도 아니야, 정말이지 아무것도 아냐. 약만 있으면 고상한 기쁨의 최고치를 맛볼 수 있는데 뭐하러 그런 걸 해."

설사처럼 쏟아지는 아저씨의 말을 받아쓰기만 한다. 아무 생각 없이 노트를 채워나가고 있는 것이다. 팔이 아파 빼먹는 내용이 많다. 슬금슬금 느리게 쓰기도 하지만 중단은 하지 않는다. 아저씨가 말한 약들을 다 먹어봤느냐고 다시 묻자, 자신은 직접 체험해보고 탐구해야 할 많은 약들을 숙제처럼 남겨두고 있는 고상한 정키라고 답한다. 나는 눈을 감고 있는 '고상한' 아저씨를 물끄러미 올려다본다.

"그런데 중독이 되면 나쁜 게 있잖아요? 살이 빠지고 일은 못하고. 꼼짝도 하기 싫죠?"

내가 정키가 되었을 경우, 그게 가장 걱정이었다.

"너는 일이 제일 문제냐? 사람은 왜 일을 해야 하는 거야? 하기는 일을 해야 먹고살지. 그럼 일을 해. 뭐가 걱정이야. 일을 하라고. 우주의 질서를 알고 난 다음에는 성실한 근로생활이 무익하다는 것도 알게 돼. 공중을 나는 새들도 절대로 굶게 내버려두지 않는 분이 저기 있잖아. 우린 걱정 없어."

"아저씨, 교회 다녔어요?"

"정키들은 늘 그를 만나지. 예배당에서 십 프로 개평 뜯는 짝퉁 말고 진짜 말이야. 정크는 내 안의 신을 불러내. 거룩하고 사랑과 빛으로 가득한 내 안의 신. 사실 우리 모두가 신이지. 너처

럼 멍청한 새끼한테도 모든 걸 창조하는 신이 들어 있지. 정키
가 되면 그걸 알게 돼. 정키들은 우주의 비밀을 파헤친 대가로
육체가 너덜너덜해지는 거야. 비밀을 알게 된 이상 사람으로 돌
아갈 수는 없어. 우리는 신이라고! 캬캬캬! 오, 놀라운 우주의
질서여! 아름다운 비밀이여!"

아저씨는 두 손을 모으고 슬슬 뒤로 눕는다. 오늘은 여기까지
라고 선을 긋자 나도 더는 묻지 않는다. 다음에 던질 질문 몇 가
지를 공책에 미리 적어놓는다. 중독자들은 다 아저씨처럼 흉한
꼬라지가 되는가? 환상을 현실에서 체험해본 적은 없는가? 정
키가 된 걸 후회하지는 않는가? 레코드판 위의 바늘이 헛돌고
있다. 한쪽 면을 다 들려주고 난 다음에는 바늘도 휴식을 취해
야 한다.

아저씨는 소파에 기댄 채 잠이 들었다. 평소보다 많이 떠들었
기에 곯아떨어진 것이다. 나는 오디오를 끄고 정크노트에 오늘의
일지를 기록한다. 스크랩해두었던 나머지 기사들도 오려낸다. 기
사를 오려붙인 공책은 지면이 우글쭈글해졌다. 몇 가지는 노트
에 그대로 베껴 적는다. 사각사각 연필 소리와 규칙적인 숨소리
가 묘하게 잘 어울린다. 문득 바라본 아저씨의 움츠린 몸이 누에
처럼 휘어졌다. 발치에 놓인 얇은 모포를 끌어올려 덮어준다.

144

13. 부추꽃

 지헌이네에 들러 네모난 스티로폼 박스를 얻었다. 박스를 자전거 뒤에 싣고 끈으로 묶는다. 지헌이 아버지가 낚시할 때 들고 다니는 건데 시장만 가면 얼마든지 구할 수 있다면서 흔쾌히 내주었다. 스티로폼 통 하나만 덜렁 주기가 뭣했는지 지헌이 엄마는 아버지에게 개장국 끓여드리라고 개 넓적다리살을 검정 비닐봉지에 담는다.

 "교통사고 후유증에는 개고기보다 좋은 게 없거든. 아버지 어깨는 어때? 밥은 잘 자시디?"

 지헌이 엄마는 내가 병원에 다녀오는 길이라니까 아버지의 상태를 묻는다.

 "많이 좋아지셨어요."

 "언제 퇴원하시는데?"

큰어머니가 계산을 했으니 아버지는 병원에서 곧 튀어나올 것이다.

"뼈가 고장나면 홍화씨 달인 물이 최고라는데."

동네 사람들은 아버지 어깨에 금이 간 사실만 알고 있다. 스티로폼이 왜 필요하냐고 물을까봐 나는 슬금슬금 뒷걸음질을 친다. 아버지가 발바닥 얘기만은 동네 사람들 모르도록 입을 다물라고 했다. "발병신이라고 소문이 나면 누가 나한테 공사 일을 맡기겠냐구, 내년에는 여기도 아파트가 들어선다는데 그걸 놓칠수야 없지." 아버지가 그런 쪽으로 머리 굴리는 걸 보면 평생 빈털터리로 살 위인은 아니라는 할머니의 말이 믿고 싶어진다.

지헌이 엄마는 인사를 하는 나를 붙잡는다.

"금세 부침개 해줄 테니까 그거 먹으면서 기다려. 지헌이 금방 올 거다. 그놈의 똥 욕심을 누가 말리겠니."

"할머니가 마을회관 가신다고 빨리 오라고 했거든요."

그래도 지헌이 엄마는 부엌으로 들어가 도마 두드리는 소리를 낸다. 이럴 때는 어떻게 해야 할지 모르겠다. 그들이 돌아오면 똥냄새가 진동을 할 것이고 지헌이에게 붙잡히면 밤중이나 되어야 풀려날 것이다.

지헌이네 아버지는 똥 치우는 기술자, 즉 '인분운반차'의 운전사와 담판을 지으러 갔다. 불쌍한 지헌이는 아버지를 따라 억지로 끌려간 것이고. 안 봐도 우거지상을 한 지헌이 놈 얼굴이 선하다. 이런 싸움이 처음은 아니다. 어차피 버리는 인분인데 한 번만 뿌려주고 가라고 요구하면 '인분운반차' 기사는 규정상 그렇게 할 수 없다며 단호하게 굴고 어른들은 우리가 싼 똥이니까 우리 마음대로 하겠다고 맞선다.

그런 싸움은 반드시 똥차 옆에서 해야 하기 때문에 처음에는 우르르 몰려갔다가도 시간이 지나면 사람들이 하나둘 흩어져버린다. 아무리 기세 좋게 덤벼도 결국은 똥냄새에 지고 마는 것이다. 결국 집집마다 수세식 변기를 부숴 없애자, 다른 대안을 만들어 실행하자는 결론을 내리고 해산하지만 아직까지 그 어느 것도 진전이 없다.

우리 동네 근처에 우사와 돼지농장이 있었을 때는 이런 싸움이 없었다. 재작년에 그곳이 장소 이전을 하면서부터 두엄 문제가 심각해진 것이다. 비료 값은 오르고 농산물 값은 늘 그대로이고. 더군다나 지헌이 아버지는 퇴비 욕심이 많기로 소문난 사람이다. 그래서 똥차만 오면 팔을 걷어붙이고 나선다. 아주 오래 전부터 지헌이네 집은 퇴비로 유명했다.

지헌이네 집에 놀러온 손님들은 무조건 퇴비 창고부터 가서 그 집의 보물인 어마어마한 '퇴비 산'부터 구경을 해야 했다. 지헌이 아버지는 새로 구입한 김치냉장고나 아이들이 받아온 상장을 자랑하듯 손님들에게 퇴비를 자랑한다. 평소에는 소중한 퇴비를 도둑맞을까봐 창고 바깥에 커다란 자물쇠를 걸어두고 보관

하고 있다.

지헌이네 퇴비는 온갖 음식쓰레기와 낙엽, 길에서 주운 짐승의 시체, 배설물 등을 뒤섞은 다음 방수포로 감싸서 잘 삭혔기 때문에 최상의 품질을 자랑한다. 창고 문을 열면 끔찍한 냄새와 유독가스에 눈이 따가워 얼굴을 돌리게 된다. "오, 멋지십니다. 그러니까 어서 창고 문부터 닫아주쇼"라고 애원해도 지헌이 아버지는 손수 만든 퇴비의 우수성을 자랑하느라 여념이 없다. 손으로 만져 퇴비의 찰기와 점성을 만끽해보라며 그 역한 것을 마구 들이민다. 퇴비 얘기를 할 때면 흥분을 해서 침까지 튀겼다. "잘 먹는 애들이 잔병치레가 없는 것처럼 우리 밭 좀 봐, 윤기가 잘잘 흐르는 게 때깔이 다르지? 병충해도 피해간다고." 그래서 그런지 지헌이네 밭에서 거둬들이는 수확물은 해마다 튼실하고 알차다. 마당을 돌아다니는 농약 포장지가 많은 걸 보면 농약도 무진장 뿌리는 것 같다.

어찌나 밤낮으로 퇴비만 생각하는지 지헌이 아버지는 죽은 사람도 퇴비로 만들어서 농작물로 부활하는 영생을 누리게 하자고 주장했다. 그러면 묘지 만드느라 날리는 아까운 땅도 살리고 기타 등등의 쓸데없는 경비도 절약할 수 있다는 것이다. 그러다가 동네 어른들에게 있는 대로 욕을 먹었다. 말로만 그러지 말고 직접 모범을 보이라는 농담에 지헌이 아버지는 핏대를 올리며 '누가 아니래? 나는 그리로 들어갈 테니까, 잘 삭게 가끔씩 뒤집어줘'라고 말했다. 그 얘기를 듣자 다들 배를 잡고 뒤로 넘어 갔다. 웃다가 평상에서 굴러떨어지는 쇼를 하며 이렇게 말하는 사람도 있었다.

"오냐, 오냐. 잊지 않고 삽으로 뒤적거려줄 테니까, 일단 퇴비 속으로 들어가기나 하쇼."

동네 어르신이 지헌이 아버지더러 '아무쪼록 영양가 있는 음 식을 잘 먹어두라'고 했다는 말 또한 복합적인 의미로 사람들을 두고두고 즐겁게 했다.

그런 얘기를 듣고 난 다음부터 나는 지헌이 아버지만 보면 퇴 비 더미 속에 멀쩡히 누워 있는 모습이 떠올랐다. 시커먼 퇴비 더미에 들어가 얼굴만 내놓고 두 눈을 껌뻑거리며, 왜 아직 삭 지 않는 걸까? 몸을 이리저리 뒤채며 자신이 검은 흙으로 변하 기를 바라다가, 슬슬 녹는 자신의 몸을 기쁘게 바라보지 않을까. 그러면 지헌이 엄마가 부엌에서 음식물쓰레기를 내주며 이렇게 말할 것이다. '지헌아, 아버지 밑으로 이거 깊숙이 넣고 한바탕 뒤집어드려.' 지헌이는 귀찮다고 툴툴댈 것이 뻔하다. 서너 번 잔소리를 들은 다음에야 코를 감싸쥐고 퇴비창고의 제 아버지 얼굴 위로 생선 대가리나 과일 껍질 같은 걸 아무렇게나 던져버 리고 후닥닥 튀어나올 것이다. 그다음에는? 컴컴한 창고 안, 퇴 비 더미에서 스르륵 튀어나온 지헌이 아버지의 손. 음식물쓰레 기를 골고루 섞느라 바삐 움직이는 손. 역시 손은 맨 나중에 삭아야 한다. 사람이 원래 흙이고 똥이라 나무가 되고 열매가 되어 지구 안에서 돌고돈다는 말을 어려서부터 들었다. 지헌이네 퇴비창고를 보면 그 말이 새삼 확인된다.

아무래도 먼저 가봐야겠다고 외치자 지헌이 엄마는 부침개 반죽을 하다가 부엌에서 뛰어나온다.

"굽기만 하면 되는데 기어이 간다고? 요새 네 얼굴이 꺼칠해서 보기가 영 안 좋다. 밭농사 너 혼자 다 한다고 칭찬이 자자하더라. 우리 지헌이는 언제 그렇게 되려는지. 기운내고, 너도 이 고기 좀 먹어. 응?"

지헌이 엄마는 내 손을 잡고 흔들다가 물컹한 개고깃덩이를 내 가슴팍에 안겨준다. 나를 동정하는 저런 눈빛이 싫다. 지헌이 엄마의 손은 물기 때문에 촉촉하고 밀가루 반죽처럼 보드랍다. 그 손에서 풍기는 희미한 마늘 냄새, 옷깃에 스며 있는 빨랫비누 냄새 때문에 내 마음이 굳어버린다.

나는 인사를 꾸벅하고 집 밖으로 나온다. 자전거 바퀴가 돌아가는 소리를 들으며 속에서 뭔가가 떠오른다. 안 된다, 떠올리지 말자. 지헌이 엄마 때문인가. 축축해진 마음을 억누르고 밟아누르자, 속에서 지탱하고 있던 받침대 같은 것이 뚝, 부러져나간다. 유리 조각처럼 날카로운 것들이 내 몸에 잔뜩 박히는 것 같다. 나는 휘청거리며 걷는다. 뜨듯한 자전거 손잡이를 잡자 손바닥에 남아 있던 촉촉하고 부드러웠던 촉감이 날아가버린다. 그

150

대로 날려버리자. 남아 있으면 나만 힘들어진다. 페달에 발을 올리면서 좋은 것만 생각하자고 고개를 도리질한다.

길로 나서자 스티로폼 박스가 덜렁거리는 소리를 낸다. 나는 자전거에서 내려 스티로폼 박스를 끈으로 동여맨다. 개고기는 앞바구니로 자리를 옮긴다. 개고기를 가져가면 할머니가 부추며 깻잎을 뜯어오라고 할 테니 아예 텃밭부터 들러야겠다. 자전거 핸들을 왼쪽으로 꺾자 박스는 그에 맞춰 덜렁거리는 소리를 낸다.

스티로폼 박스에 뜨거운 물을 넣고 발을 담그고 있으면 그대로 족탕요법이 된다고 한다. 세숫대야보다 스티로폼이 온도를 오래 유지한다고 해서 수소문을 한 것이다. 그런다고 아버지 발바닥의 감각이 돌아올까. 고작 뜨거운 물에 담근다고 도망간 감각이 돌아올까. 오리나무 밑에 자전거를 세우고 텃밭으로 들어간다. 부추를 자주 잘라주지 않아 벌써 하얀 꽃망울이 맺혔다. 엄마는 부추꽃이 세상에서 제일 예쁘다고 했다.

하얀 별무리 같은 자잘한 꽃망울이 곱기는 곱다. 여기에 쪼그리고 앉아 가위로 부추를 잘라내던 엄마의 동그란 등이 눈에 선하다. "이놈들 벌써 이만큼 자랐어? 아주 산발을 하고 있구나, 내 얼른 이발해줄게." 이러면서 가위질을 해대던 엄마. 집으로 돌아가며 엄마가 길목마다 떨어뜨렸던 빗금 같던 부추 이파리도 생각난다. 나는 길바닥에 떨어진 부추 잎을 하나씩 밟으며 까불까불 뒤를 쫓았었다.

할머니는 부추가 몸에 좋은 건 알지만 너무 성가시다며 보는 족족 뿌리째 잡아뽑는다. 그래도 이놈들은 눈치도 없이 점점 더 극성스럽게 번져나간다. 억센 감자 이파리 사이에도 실처럼 여린 부추들이 곁다리를 붙고 있다. 남아도는 부추는 지헌이네 갖다줘야겠다. 지헌이네한테는 올봄에 두엄 신세도 졌고 소소하게 얻어먹은 게 한두 가지가 아니다.

쪼그리고 앉아 부추를 손톱으로 끊다보니 장딴지가 저리다. 부추는 잘라도, 잘라도 끝이 없다. 할머니가 부추 때문에 부아를 터뜨릴 만하다. 깻잎도 한 장씩 뜯다가 억센 줄기째 잡아뜯는다. 고소한 깻잎 향이 사방으로 흩어진다. 풋고추도 감질이 나서 줄기를 붙들고 훑어내린다. 하얀 고추꽃이 진저리를 치며 바닥에 떨어진다. 꽃 떨어진 걸 보면 할머니가 잔소리를 할 텐데. 나는 떨어진 잎사귀며 꽃잎을 운동화로 뭉개버린다. 흔적이 남지 않게 마구 짓뭉개버린다. 밭에 와서 부추만 보면 나도 모르게 성질이 난다. 부추꽃이 하얗게 만발하든, 말든 나는 모르겠다.

지헌이 엄마는 우리 가족만 보면 죄라도 진 듯이 절절맨다. 엄마를 시내 비디오방에 취직시켰던 사람이 바로 지헌이 엄마였다. 그때는 지헌이 엄마가 보험회사에 다닐 때라 시내에 다니면서 주워듣는 정보가 많았다. 그래서 구인구직에 대한 소식통 노릇을 했었다. 소식통 노릇은 여전해 엄마가 임신했더라는 소문도 지헌이네 집에서 제일 먼저 나왔다.

지헌이 엄마가 건넛마을의 친정집에 갔다가 엄마를 우연히 만났다고 한다. 이번에는 잘 살아야 한다고 우리 엄마에게 아기 옷까지 미리 사주었단다. 엄마의 임신을 나만 알고 있는지, 아버지와 할머니도 알면서 내게 말을 해주지 않는 건지, 그건 모르겠다. 어쨌든 내년에는 부추밭을 갈아엎어버릴 것이다.

어디선가 풀이 스치는 소리가 들린다. 헐떡이는 숨소리도 다가온다. 소리의 간격은 점점 좁아지고, 점점 가까이 들린다. 나는 부추와 깻잎을 비닐봉지에 담다가 일어나서 소리가 나는 쪽을 본다.

"워워! 워!"

느닷없이 미친개가 다가오며 난폭하게 짖어댄다. 이놈, 또 뭘 얻어먹으려고. 그런데 전보다 태도가 거칠고 사납다. 급작스레 달려드는 폼이 아무래도 수상하다. 나는 본능적으로 자전거가 있는 쪽으로 몸을 날린다. 미친개는 다리가 네 개, 나는 두 개. 구조적으로 불리하다. 자전거 바퀴를 보태야만 동등해지는 상황. 금세라도 물어뜯을 기세다. 부랴부랴 페달을 밟는다. 놈은 요란하게 짖어대며 자전거에 달라붙는다. 아니, 이 미친개가 정말 미쳤나. 내 허벅지에 미친개의 이빨이 닿을 듯 말 듯하다. 다행히 내리막길이라 자전거는 쏜살같이 미끄러진다.

기를 쓰고 달려 가까스로 미친개를 따돌렸다. 이제야 놈이 보이지 않는다. 유유자적, 천천히 페달을 밟아 언덕집을 향한 샛길로 들어선다. 아차, 부추와 깻잎을 팽개치고 왔다. 그냥 두면 다 말라버릴 텐데. 핸들을 왼쪽으로 꺾는데 갑자기 검은 털을 흩날리며 미친개가 정면에서 달려드는 게 아닌가.

"워워! 워!"

허옇게 드러낸 이빨이 어마어마하게 크다. 잔머리를 굴려 길을 돌아온 모양이다. 이놈이 뭔가 단단히 오해를 했군. 지난번에는 흘려주는 물을 잘도 받아처먹더니. 재빨리 핸들을 왼쪽으로 꺾자 앞바구니에 담긴 검은 비닐봉지가 한쪽으로 쏠린다. 검은 비닐봉지에 든 개고기! 하필이면 개고기! 이런 제기랄! 재수 없이 이런 날 미친개한테 딱 걸렸다. 방향도 없이 마구잡이로 페달만 밟는데 내 옆을 아슬아슬하게 승용차가 스쳐간다. 빠앙, 경적 소리를 울리며 지나간다. 이젠 자동차고 길이고 눈에 보이지 않는다. 죽기 살기로 페달만 밟는다.

"저리 가! 저리 가라고, 이 미친놈아!"

"워워! 워!"

성난 짐승처럼 무서운 건 없다. 미친개가 어디에 따라붙었는지 알 수 없다. 조그만 더 달리면 아저씨네 집이다. 창고에 있는 부삽이며 곡괭이, 나무몽둥이 따위가 떠오른다. 그런데 언덕집으로 오르는 가파른 길을 보자 눈앞이 캄캄하다. 아버지는 왜 여기에 큰 바위를 막아가지고 나를 죽이나. 이렇게 무식하게 큰 바위는 대체 어디서 구한 거야. 새삼스레 분노가 인다. 자전거를

154

팽개치고 죽자사자 언덕을 뛰어오른다. 일단 달리고 보자. 높이뛰기 선수처럼 높은 바위를 뛰어넘고 또 뛰어넘는다.

개 짖는 소리가 점점 멀어지더니 잠잠해진다. 놈은 바닥에 내동댕이쳐진 비닐봉지에 코를 들이대고 있다. 놈이 꼬리를 흔들며 코를 킁킁거리는 동안 밀린 숨을 몰아쉰다. 후들거리는 무릎을 짚고 서서 거친 숨만 쉰다. 땀에 젖은 등허리가 축축하다. 놈은 비닐봉지 주변을 왔다갔다하며 짖어댄다. 늑대처럼 고개를 쳐들고 워워워 우는 소리를 낸다. 나를 발견한 놈은 다시 바위를 타고 기어오르기 시작한다. 허연 이를 드러내고 무시무시한 얼굴로, 높다란 바위를 성큼성큼 잘도 오른다. 통통 튀어오르는 검정색 공 같다. 오, 맙소사! 나도 혼비백산, 다시 달린다. 발바닥에 불이 붙은 것처럼 후끈하다. 바위 하나를 넘으면 또다른 바위가 나타나고, 또 바위를 기어올라야 한다! 아저씨네 철대문은 오늘따라 굳게 잠겼다.

14. 말콤의 활약

아저씨에게 일당을 받기는 했지만 전부는 아니었다. 시내 은행에 가서 공과금을 해결하고 다른 몇 가지 빚을 갚고 보니 들고 간 통장이 거의 바닥을 드러냈다고 한다. 나중에 다른 은행에 든 돈을 찾아줄 테니 며칠만 기다리라며 주접을 떨었다. 택시를 대절해서 시내에 갔다 오더니 피곤해 죽겠다고 툴툴대면서도 아저씨는 기분이 좋은 모양이다. 이발을 하니 사람이 달라보인다. 잔액이 모자라네, 어쩌네 하면서도 생필품 한 보따리에 전자레인지와 믹서까지 사가지고 왔다. 내가 투덜거리자 아저씨는 음흉하게 웃으며 말한다.

"쿤사야, 돈을 좀 올려줄까?"

"그럼 많이 줘요. 아주 많이."

"농담 좀 해봤다, 새끼야. 어린놈이 돈독이 올라가지고. 너는

156

그래서 안 돼. 잘해주고 싶다가도 바싹 달려들면 정이 뚝 떨어져."

흥, 누구는 좋아서 여기 있는 줄 아나.

쉼 없이 양귀비 밭을 들락거린다. 물을 주고, 가지를 치고. 요 며칠간 날씨가 어둑해서 일조량이 턱없이 부족했다. 그 때문인지 많은 양의 꽃이 지고 말았다. 시든 이파리들이 바닥에 무수하게 떨어져 있다. 이제는 초록 씨방이 꽃보다 더 많다. 물론 자잘하게 맺힌 꽃봉오리도 적지 않다. 탱탱하게 익은 씨방을 손가락으로 슬며시 누르자 기분좋게 물컹한 촉감이 느껴진다. 조금 있으면 수액을 받아도 되겠다.

아저씨는 이비인후과에 갔던 얘기를 세세하고 지루하게 늘어놓는다. 전문용어를 써가며 떠드니 귀에 남는 게 없다. 간단하게 요약하자면, 환자라고 찾아온 삐쩍 마른 북어포의 잘난 체에 시골의사는 기가 죽어버렸다는 것. 아저씨가 거만을 떨며 불러주는 처방전을 시골의사는 순순히 받아적었다는 얘기. '오우, 대단하세요. 그래서 요 모양 요 꼴로 살고 계세요?' 나는 아저씨의 수다를 귓등으로 들으며 굵은 대 옆에 새로 올라온 양귀비 모를 발견한다. 뒤늦게 발아한 콩나물 같은 놈이 삐죽이 올라와 있다. 손톱 끝으로 잡아당기자 톡 뽑혀올라온다. 계속 자란다면 일찍 자란 줄기들과 뿌리가 뒤엉켜 서로에게 좋을 것이 없다.

"한 개만 먼저 해보자. 아편 말리려고 전자레인지 사왔어. 그늘에서 말리는 것보다 시간을 절약한대."

"아직은 몰라요. 제일 먼저 익은 놈을 보면서 앞으로 꼬투리가 얼마나 더 커지는지 확인부터 해요. 더 커지면 더 많이 나올걸요."

"어쭈, 잔대가리 굴리는 거냐?"

아저씨도 이발을 했으니 오늘은 이놈들도 정리를 해줘야겠다. 곡괭이로 양귀비 사이에 자란 잡초들을 긁어낸다. 그 동안 더 억세졌다. 누렇게 시든 가지는 뜯어내고 부분부분 잘라준다. 백일홍은 키가 크느라 지쳤는지 양귀비 굵은 대에 천연덕스럽게 기대고 있다. 씨방이 부푼 양귀비들도 머리가 무거워 고개를 외로 꼬고 있다. 가지가 이리저리 엉켜 사람이 오고갈 통로가 없어졌다.

"그래도 해보자. 나 요새 궁색해졌거든. 솔직히 말하면 아주 급해. 며칠이나 버틸지 모르겠단 말이야."

"아이씨, 한꺼번에 받아야 큰 아편 덩어리를 만들죠. 그래야 순도가 높아진다고 하잖아요."

아저씨는 짧게 감탄사를 내뱉는다. 바보가 아닌가. 자신의 정크노트에 써놓은 그대로 말했을 뿐인데. 내가 생선가게에서 구정물을 받아와 양귀비 밭에 뿌렸을 때도 저런 표정을 지었었다. 식물에게 주는 양분으로는 구정물이 최고라고 하자 오호, 하며 고개를 끄덕였다.

"너, 그러면서 다 익은 놈들 어디로 빼돌리는 거 아냐? 돈 없

158

다고 낑낑거리더니 요새 잠잠해진 게 수상해."

아저씨는 귀에 붙인 반창고 속으로 손가락을 집어넣어 뱅글뱅글 돌린다. 멍청해질 때 하는 손버릇이다. 의심병이 또 도졌군. 나는 뻐근해진 허리를 펴고 일어나 씨방의 개수를 센다. 둘, 넷, 여섯, 여덟, 열…… 지난주에 여든아홉 개였으니 조금 더 늘었을 것이다.

가만 보자, 저게 왜 저렇게 됐지? 하우스의 비닐벽이 길게 찢어져 있다. 날카로운 발톱 자국이 보인다. 너구린가? 아님 청설모? 청설모치고는 발톱 자국이 크다. 찢어진 비닐 옆으로 짐승 발자국이 선명하다. 더군다나 줄기가 물음표처럼 휘어진 일흔두 번째 씨방이 꽃대만 남았다. 나는 몸을 구부려 꽃받침을 확인한다. 함부로 뜯긴 자국이 선명하다. 톱니처럼 삐죽삐죽한 이파리도 무참하게 밟혔다. 도둑놈이 들어왔다. 내 꽃밭이 침범을 당했다. 나는 사라진 씨방을 찾아 바닥을 살핀다.

"혹시 이 꼬투리 못 봤어요?"

비닐하우스 밖으로 나오자 아저씨는 귀를 감싸쥐고 있다.

"야, 휴지 좀 가져와."

귀를 움켜쥔 손가락 사이로 선홍색 피가 흐르고 있다. 내 목에 두르고 있던 수건을 던져준다. 아저씨는 아까 병원에서 고름을 짼 것도 잊고 평소처럼 귀를 찔러댔다고 한다. 꿰맨 귓속이 터져버렸다. 멍청이 같으니라고.

"아프진 않아, 아프지는 않은데 피 나는 소리, 듣기 좋다. 물속에 들어갔다, 나갔다 하는 것처럼 귀에서 꼴꼴꼴 소리가 나."

아저씨는 지혈은 하지 않고 목에 수건을 대고 피를 받는다. 하얀색 수건이 뻘겋게 젖어간다. 자세히 보기 싫어 고개를 돌린다. 피는 정말 싫다.

"여기 비닐이 찢어졌어요. 꼬투리 한 개가 없어졌다구요."

"내가 뜯었다."

"왜요?"

"개 줬어."

개한테 줬다구? 아저씨는 눈짓으로 창고 뒤쪽을 가리킨다.

"저 새끼, 아주 늘어지게 잔다."

난데없는 꼬투리의 손실이 믿기지 않는다. 누구 맘대로 내 양귀비를 뜯어냈냐고, 대체 누구 맘대로, 내 허락도 안 받고! 아저씨의 손가락을 따라 창고를 보니 아무것도 없다. 그런데 담장 옆 둥그런 주목나무 아래에 시커먼 털뭉치가 길게 늘어져 있다. 개다. 다른 개도 아닌 바로 미친개다.

놈은 옆으로 드러누운 채 거슴츠레한 눈으로 나를 올려다본다. 그르르르. 콧등에 주름을 잡으며 허연 이를 드러낸다. 놈은 벌렁 뒤집어 뱃구레를 보여준다. 애교 떠는 것 같은 모양새로 징그럽게 커다란 젖꼭지를 보여준다. 그르르르. 다시 낮은 소리를 내지른다. 놈이 떠드는 말을 통역하자면 '네가 지난번에 무

160

슨 고기를 들고 다녔는지 나는 안다. 오늘은 봐줄 테니 다음부터는 조심해!' 미친개는 다시 눈을 감는다.

"이게 왜 여기 있어요? 미친개는 아무 데나 안 들어가는데."

"저놈 네가 달고 왔잖냐?"

나는 아저씨에게 장구공장 미친개가 왜 가출을 했는지에 대해, 시내 보신탕집 주인을 물어뜯은 사연을 들려준다. 더불어 장구공장 주인과 보신탕집 주인의 설전을 듣더니 아저씨는 목덜미에 말라붙은 피를 문지르며 몹시 즐거워한다.

"이놈이 전봉준이나 말콤 엑스 같은 종류구나. 저항하는 투사견공이네. 제법인데! 미친개가 원래 이름이냐?"

아저씨는 신이 나서 캬캬캬 웃는다. 도마뱀의 징그러운 웃음이다.

"검둥이라고 했던 것 같은데, 새끼 때부터 하도 짖어서 다들 미친개라고 불러요. 근데 씨방은 왜 뜯어요?"

"저게 마당까지 들어와서 얼마나 아우성을 치고 짖었는지 아냐? 그래서 내가 먹던 컵라면을 주니까 국물까지 싹싹 핥아먹더라. 더 달라고 꼬리를 살살 치기에, 에라 이거나 먹어라 하고 던져줬지. 켁켁 거리더니 금세 자빠져 자네."

"씨방 하나에서 아편이 팔 그램이나 나온다는데 아깝잖아요."

"이제 저놈에게도 인생의 다른 목적이 생길 거야."

동네 개까지 약쟁이로 만들 모양이군. 나한테는 걸핏하면 의심을 하고 난리를 치더니 개새끼한테는 씨방을 덥석 던져줘? 그런데 미친개는 정말로 아편에 취해서 자는 걸까?

살금살금 개 옆으로 다가간다. 놈이 누워 있는 자리 옆에는 이빨 자국이 선명한 씨방 꼬투리가 있다. 몇 번 씹어보다가 집어던진 모양이다. 나는 씨방의 뚫어진 틈새를 손으로 벌려본다. 덜 익어 투명한 씨앗이 가득 들었다. 끈끈한 수액이 만져지기는 하지만 투명한 유백색은 아니다. 그냥 물기 같다. 아직 덜 익어서 그런가? 씨방 껍질을 입에 집어넣는다. 읍, 지독한 냄새에 쓰디쓴 맛. 이게 뭐야. 퉤, 바로 뱉는다. 정말 지독하게 역하다. 사람이 먹을 맛이 아니다.

아저씨는 알코올 솜으로 귀를 소독한다. 귓구멍으로 들어갔던 솜은 죄다 핏빛이다. 셔츠 어깨 부분은 온통 시뻘겋다. 피 묻은 수건도 안 보이는 곳에 치워버렸으면 좋겠다. 그사이 부스스 일어난 미친개는 어슬렁거리며 마당을 걷다가 양동이에 담긴 물을 핥아 마신다. 한참 동안 게걸스럽게 먹더니 깊은숨을 몰아쉬며 그 자리에 도로 엎드린다. 마치 숙취에 시달리는 술꾼 같다. 아저씨는 미친개에게 고등어 통조림을 따주면서 말콤, 이리와, 말콤 엑스! 라고 기분이 좋은 목소리로 부른다. 그런데 미친개 말콤은 깡통의 냄새를 맡더니 털썩 누워버린다. 만사가 귀찮다는 태도다.

"미친놈이라 비싼 건 안 먹네요."

"쿤사 넌 몰라서 그러는데, 약발이 받으면 입맛이 없어서 아무것도 먹기 싫은 법이야."

아저씨는 말콤을 대견하게 바라본다. 나는 그 앞에서 침을 퉤퉤 뱉는다. 몇 번이나 입을 헹궈내도 입안이 쓴맛으로 텁텁하다. 고작 껍데기 좀 물어뜯었는데 이렇게 지독하다니. 충치의 커다란 구멍에도 쓴맛이 숨어 있다. 계속해서 입안의 침을 그러모아 뱉고, 뱉고 또 뱉어도 씁쓸한 냄새는 가시질 않는다. 나는 긁어낸 잡초들을 한데 모아 비닐하우스 밖으로 옮긴다. 덥다. 요 며칠 내내 후덥지근하게 덥다. 수분을 머금은 공기가 끈끈하게 뺨에 들러붙는다.

피 묻은 수건은 그 자리에 그대로 있다. 나무의자뿐 아니라 땅바닥에도 핏방울이 떨어져 있다. 손도 대기 싫지만 핏자국을 그냥 놔둘 수는 없다. 붉은색은 가만히 있어도 뭐라고 떠들어대는 것처럼 자극적이다. 잔상이 오래도록 남는다. 양동이에 넣고 피 묻은 수건을 헹군다. 차가운 물 때문에 기분이 좋다. 쏟아지는 물에 머리통을 들이대고 열기를 식힌다. 수건의 핏자국은 이제 여린 흔적으로 남아 내 손을 바쁘게 한다. 비누칠을 해서 문지르고 피 묻은 자국만 집중적으로 비비다가 다시 깨끗한 물로 헹군다.

아까부터 뭔가를 두들기는 소리가 들린다. 거실에서 새어나오는 드럼 소리라고 생각했는데 귀를 기울이니 대문 쪽에서 들린

다. 수도꼭지를 잠그자 신경질적으로 철대문을 두드리는 소리가
난다.

"여기 누구 없어요?"

아저씨는 성가시다는 듯 인상을 찌푸리며 자꾸 찾아오네, 공
무원이래, 라고 말한다. 나는 공무원이라는 말에 놀라 열어놨던
비닐하우스 문짝을 널빤지로 막고 바람구멍도 부랴부랴 가린다.
아저씨는 멀찍이 서서 남의 일처럼 구경만 한다. 문 두드리는
소리는 더욱 급해진다.

"문 좀 열어봐요, 거기 사람 있는 거 보입니다!"

아저씨는 멀뚱거리며 말한다.

"안 열어주면 그냥 가, 놔둬."

자꾸 오면 더 의심을 살 텐데. 저쪽에서 맘만 먹으면 낮은 담
장을 훌쩍 뛰어넘어 들어올 수도 있다. 나는 대문으로 뛰어가면
서 냄새를 맡는다. 양귀비 냄새가 나지 않나 확인을 한다. 비닐
하우스 안에 들어가면 단순한 꽃냄새라기보다는 특유의 묘한 냄
새가 고여 있다. 아저씨가 사온 이국의 흙 때문인 것도 같은데
줄기와 이파리를 만지면 특유의 냄새가 맡아진다. 공무원들은
그 냄새를 알아챌지 모른다. 아편을 탐지하는 수색견을 데리고
왔다면? 누가 보더라도 한눈에 알 수 있는 양귀비 밭이 버젓이
마당을 차지하고 있다. 죄목이 뭐였더라? 그래, 의약품관리법
위반, 의약품관리법 위반…… 아저씨는 문을 열지 말라고 손짓

을 한다. 내가 바깥에 대고 무슨 일이냐고 묻자, 대문 너머에서 골이 잔뜩 난 목소리가 들린다.

"군청에서 나왔습니다. 조장선씨 계세요?"

"군청에서 왜요?"

아저씨는, 자신은 세입자고 조장선이가 집주인이라고 낮게 대답한다. 그런 말은 직접 나서서 할 것이지. 집주인은 여기 없다고 하자 대문 밖에서 짜증스런 목소리가 들린다.

"군청 산림과에서 나왔어요. 민원 때문에 그러니 문 여세요!"

조금만 더 기다리게 하면 문짝을 부술 기세다. 어쨌든 마당으로 들어오는 것만 막으면 된다. 대문을 열자 쌀포대에 팔다리가 달린 것 같은 짤막한 체구의 남자가 땀범벅이 되어 나를 노려보고 있다. 키가 작아 내 얼굴과 닿을 뻔했다. 나는 양귀비 냄새를 분산시킬 목적으로 팔을 올려 남자의 얼굴 가까이에 들이댄다. 내 겨드랑이 냄새에 질식해다오.

"학생밖에 없어? 여기 살아?"

"뭐예요?"

아저씨가 내 뒤에서 머리통을 들이민다. 우리는 둘 다 문간에 바싹 붙어 서 있다.

포댓자루 같은 공무원은 땀을 줄줄 흘리며 언덕으로 오르는 길에 큰 바위가 길을 막게 된 것이 언제부터였는지, 누가 그렇게 한 것인지, 그 동안 왜 문을 열어주지 않았는지를 숨 쉴 틈도 없이 묻는다. 아저씨는 심드렁하게 자신은 모르는 일이라고 답한다.

"등산로에 대한 민원이 끊이지 않는데 그대로 두면 됩니까? 빨리 집주인한테 연락해서 시정을 해야죠. 이까짓 일 때문에 내가 이 험한 산을 몇번이나 오르락내리락했는지 알아요?"

포댓자루의 짜증내는 목소리가 몹시 거슬린다. 언덕으로 오르는 산길은 개인 소유가 아니라 군민들의 공동재산이라는 말을 하면서 공무원은 아저씨의 얼굴을 의미심장한 표정으로 올려다본다.

"그런데 어디 아프쇼? 거기 피가 묻었는데."

뭔가를 의심하고 있다. 내가 봐도 아저씨의 몰골은 끔찍하다. 피가 튄 셔츠에 귀에는 커다란 반창고를 붙이고, 목덜미의 검게 말라붙은 피는 또 어떻고. 그게 아니더라도 머리끝에서부터 발끝까지 불순한 냄새가 풍기지 않는가. 공무원은 안을 둘러보려는지 목을 길게 뺀다.

"아, 심심해서 귀를 후볐더니."

아저씨의 엉뚱한 대답은 그의 눈을 크게 벌어지게 만든다. 공무원은 아저씨와 나를 수상쩍다는 눈초리로 번갈아 보면서 묻는다.

"전입신고 했어요? 안에서 음악 소리가 계속 들리던데 뭐 하는 겁니까?"

포댓자루만한 공무원은 알고 싶은 것도 많다. 지나가는 말로 묻는 게 아니라 취조를 하는 것 같은 말투다. 그는 손에 든 서류철을 뒤지며 안으로 조금씩 발을 들여놓으려 한다. 나는 필사적으로 막아선다. 그때 내 다리 사이에서 뭔가가 용을 쓰는 게 느껴진다. 미친개다. 미친개는 사납게 으르렁거리며 바깥으로 빠져나가려고 기를 쓰고 있다. 놈은 포댓자루 인간의 냄새를 맡으며 털을 세우고 마구 짖어대기 시작한다.

"개 좀 묶어놔요! 이놈 근수가 꽤 나가겠네."

공무원이 뒤로 물러서며 말한다. 미친개 말콤은 커다란 대가리를 흔들면서 대문 밖을 향해 몸부림친다. 아저씨와 나는 눈을 마주치며 같은 생각을 한다. 말콤에게는 여기 있는 셋이 동등하게 낯선 사람일 뿐이다. 다만 놈에게는 아군과 적군을 나누는 한 가지의 판단기준이 있다. 단 하나의 판단기준! 아저씨와 나는 포댓자루 공무원이 그간 무엇을 즐겨 먹었는지, 말콤의 후각을 왜 자극했는지 금세 알아챈다.

"알겠어요, 바위는 치울 테니까 그만 가시오."

아저씨는 공무원을 안심시킨 다음 대문을 활짝 열어준다. 워워워! 말콤은 포악하게 짖으며 포댓자루 인간을 향해 쏜살같이 날아간다. 느닷없이 달려드는 미친개에게 놀라 냅다 달리는 포댓자루 공무원! 짤막한 팔다리가 지금부터 고생 좀 하겠다. 아저씨는 저놈이 기운 좋구나, 라며 능글맞게 웃는다. 공무원이 저 아래에서 소리친다.

"개 좀 붙잡아! 안 그러면 고소할 거야!"

"그 개는 우리도 몰라요. 떠돌이 미친개니까 광견병 조심해요! 광, 견, 병이요!"

말콤은 혼비백산한 공무원의 뒤를 쫓아 언덕을 튀어내려간다. 검은 타이어가 퉁퉁 굴러내려가는 것 같다. 포댓자루만한 공무원과 말콤은 순식간에 저 아래로 사라지고 없다. 우리는 생각지도 않은 지원군의 활약에 만족하며 철대문을 쾅, 소리나게 닫는다. 저리 가, 저리 꺼져 이 미친개야! 겁에 질린 목소리가 언덕 아래에서 처절하게 울려퍼진다. 역시 놈에게는 말콤보다는 미친개라는 이름이 어울린다.

15. 해고당하다

　태풍이 가까워지고 있다. 남해에서 북상한 태풍이 중부지방으로 진로를 바꾼 화요일, 축구시합은 후끈하게 달아올랐다. 회색 바람이 몰아치면서 흙먼지를 일으키지만 해가 따갑게 내리쬐이는 날보다 이런 날이 운동하기가 좋다.

　오늘은 열세 명이 모여서 칠 대 육으로 붙었다. 축구신동이 두 명 몫을 하고도 남으니까 우리는 여섯으로도 충분하다. 오늘 내가 맡은 역할은 공격수 라울이다. 박지성 역할을 하고 싶었지만 지난번 득점을 한 놈에게 위대한 이름을 빼앗기고 말았다. 그래도 라울이 어디냐. 지헌이도 박지성을 노렸다가 홧김에 차범근을 택했다. 감독 이름은 안 된다고 태클이 들어왔지만 분데스리가의 영웅은 불멸이라고 주장했다. 축구신동은 수식어가 필요 없는 베컴의 이름을 차지했다.

저쪽 팀도 만만치 않다. 축구를 레슬링처럼 하는 구십 킬로그램의 거구가 막강 수비수이다. 구십 킬로그램의 '축구계 최홍만'은 많이 뛰지 않는 대신 공터 한가운데서 기둥처럼 버티고 섰다가 근처로 날아가는 날파리들을 가볍게 퇴치한다. 지금까지 나는 네 번 넘어졌다. 뛰다가 지치면 건들거리며 소리만 지른다.

"박지성, 박지성!"

날아오는 공에 달려든다.

"지단 박치기!"

다들 저쪽에 대고 악을 쓴다. 왼쪽 수비가 비었다. 중거리슛 찬스를 놓치지 않고 맹렬하게 달려간다. 차범근은 상대편 골대 앞에서만 노닥거리며 공격수 흉내만 낸다. 수비해, 수비! 또 소리를 지른다. 내가 먼저 뛰어가는 수밖에 없다. 흙먼지 때문에 눈이 따갑다. 구름 틈새로 햇살이 쏟아져 일직선이 되었다. 곧 구름이 다 가려버린다. 전반전의 중반도 안 지났는데 현기증이 일 정도로 내내 뛰고 있다. 찼다 하면 공을 빼앗긴다. 언덕집에서 시간을 보내느라 기량이 많이 줄었다. 그런 사실을 들키기 싫어서 몸싸움이 벌어지면 제일 먼저 뛰어든다.

"롱슛!"

머뭇거리는 사이 지단이 신경질을 부리며 골을 빼앗아온다.

"드리블, 드리블!"

타이밍이 좋다. 저쪽 팀의 미드필더를 완벽에 가깝게 제압한다. 우리 편 주장이 골대를 향해 땅볼 슈팅! 너무 약했다. 저편의 지단이 사이드백을 제치고 달려든다. 역시 스피드가 좋다. 다들 열심히 추격하는 사이 우리 골대가 뚫리고 말았다. 축구신동이 혼자서 날뛴다고 될 일이 아니다. 형들은 내게 뭐라고 악을 쓴다. 스피드는 자신이 있지만 일 대 일 상태에서 상대가 가까이에 공을 몰고 오면 당황해서 골을 내주게 된다. 태클도 약하고 롱패스도 부진하다. 내가 공을 잡으면 다들 빨리 넘기라고 아우성들이다. 아무래도 시합이 끝나면 욕 좀 먹을 것 같다.

사실 끼워준 것만 해도 감지덕지다. 밀린 컴퓨터 대금을 납부했기 때문에 축구시합에 낄 수가 있었다. 학교 앞에서 마주칠 때마다 사채업자 새끼들은 나를 불러세웠다. 노골적인 돈 얘기는 않고 늘 내 부모의 안부만 물으며 빙글거렸다. 나는 놈들이 내 엄마 얘기를 하는 게 제일 싫다. 그래서 내가 먼저 돈 얘기를 꺼내 기한을 연장하거나 이자를 더 붙여주는 조건을 제시하기도 했다. 어쨌든 돈을 상납하자 뻑뻑한 체인에 기름칠을 한 것처럼 학교생활이 유연하게 잘 굴러간다. 그들에게 밉보이면 골 아파진다. 무적의 '센 놈'이 되어 버티거나 동네를 떠나야 한다. 돈은 아깝지만 나는 나대로 그들은 그들대로 서로가 서로를 이용하는 거라고 생각하면 그뿐이다.

하늘이 잿빛이다. 올해는 예년보다 태풍이 이르다고 하더니 금세 여기까지 닥칠 것 같다. 더워서 웃옷을 벗어던졌는데 차가운 바람에 오싹 소름이 돋는다. 주장 형이 상대편 지단을 마크하라고 한다. 나는 알겠다며 그쪽으로 곧장 달려간다.

"비켜, 새끼야."

"무릎 차지 마!"

"홀딩, 백패스!"

약간 어이가 없다. 내가 앞에서 얼쩡거리는 사이 축구신동이 지단의 공을 빼앗았다. 축구신동은 새로 산 푸마 축구화를 뽐내며 날쌔게 달려나간다. 지단은 내 신발에 침을 뱉는다.

"이 새끼가 까불어? 네가 그러니까."

지단, 사채업자 지단. 돈까지 바치면서 여태 참았는데 도저히 안 되겠다. 나는 골대 쪽으로 가다가 뒤돌아 지단의 정강이를 갈겨버린다. 발길질의 명수, 언덕집 아저씨한테서 배운 실력이다. 제2차 가격으로 정강이근육 사이 움푹 들어간 곳과 무릎 뒤쪽을 깔아뭉개버린다. "네가 그러니까 네 엄마도 그런 거야." 지단은 걸핏하면 그렇게 떠들어댔다. 잠깐 동안 바닥을 뒹굴던 지단이 개구리처럼 튀어오른다. 좆만한 새끼, 넌 위아래도 모르냐? 머리통에서 불이 번쩍하더니 옆구리로 강한 슛이 들어온다. 날아오는 발길질에 나도 반격을 하고, 지단을 뜯어말리는 지헌이까지 흙먼지를 뒤집어쓰고 나동그라진다. 내 목덜미에서 옷 찢어지는 소리가 나고 엎치락뒤치락하는 사이 다들 몰려든다.

"씹새끼야, 더 해봐, 더 해보라구!"

"그래, 오늘 끝까지 가보자, 개새끼야."

지단은 악을 쓰고 나는 형들에게 멱살이 잡혀 질질 끌려간다. 위아래를 모르는 새끼는 일단 밟아줘야 한다는 법칙이 적용된다. 몸뚱이 전체에 불이라도 붙은 듯 화끈거린다. 이런 일이 처음은 아니다. 우리는 한 번씩 돌아가며 발광을 한다. 축구를 하다가 미리 정해놓은 순서처럼 한바탕 지랄을 해야 진짜 해야 할 일을 한 것 같이 속이 후련해진다. 태풍이 오기 전에 눅신하게 얻어터지는 것도 나쁘지 않다.

내 또래들은 엎드려뻗쳐를 하고 사채업자 놈들에게 일제히 '줄빳다'를 맞는다. 애초부터 평등한 관계는 아니다. 나이에서 밀리고, 실력에서 밀리고, 돈으로도 밀린다. 지헌이가 각목으로 후려맞고 무너지는 순간, 자동차 경적 소리가 길게 울린다. 엎드린 채로 목을 빼서 보니 검정색 콜택시가 버려진 목재 더미 옆에 서 있다. 경적 소리는 계속해서 울린다. 주장이 내 머리통을 갈기더니 일으켜세운다.

"너, 빽 믿고 개기는 거지? 이다음에는 일가친척 다 끌고 와라, 엉?"

나는 택시 옆에서 서서 나를 기다리는 아저씨한테 어기적거리며 걸어간다. 무슨 바람이 불어서 여기에 나타난 거지. 가만히 집에 있으면 알아서 찾아갈 텐데. 흙투성이인 내 꼴은 둘째 치고 애들의 시선이 따가워서 바닥만 보며 걷는다.

"자식, 발길질이 많이 늘었어. 아주 깜찍한 발길질을 구사하더군."

아저씨는 말로만 듣던 공터축구를 직접 본 소감을 말한다.

아저씨를 밖에서 마주친 건 처음이다. 집구석에 있을 때와는 정말 다른 모습이다. 누에고치처럼 이불 속에 돌돌 말려 있는 꼴과 달리 이렇게 차려입으니 제법 근사하다. 가까이서 보면 귓속으로 밀어넣은 반창고가 허옇게 비치지만 멀리서 볼 때는 계절과 맞지 않는 진회색 양복이 중후하고 뭔가 있어 보인다. 여기는 뭐하러 왔느냐고 묻고 싶은데 얻어터진 주둥이가 부어서 발음이 샌다. 검은 택시는 아저씨를 기다리는 듯 조용히 서 있다. 마치 아저씨 옆을 지키는 말콤과 비슷한 분위기를 풍긴다.

"아버지 퇴원하셨냐?"

"내일 나올걸요. 왜요?"

"바위 치워야지. 공무원이 자꾸 찾아오면 안 되잖냐. 집도 내놓을 건데."

"집을 내놔요? 그건 어쩌구요?"

"그거? 수액 받은 다음에야 집이 나가겠지, 뭐. 이제 그거 받을 때 다 됐잖아."

아저씨는 품에서 하얀 봉투를 꺼내 내게 준다. 저번에 계산하고 남은 잔액이라고 한다. 나는 세어보지도 않고 뒷주머니에 쑤셔넣는다.

"그리고 이제부터는 일하러 오지 마. 내 이런 모습 자주 봐서 좋을 것도 없고. 비교육적이다, 이 말이야."

비교육? 언제는 교육적이었나. 이 아저씨가 지금 무슨 말을 하는 건지, 당최 모르겠다. 흠씬 두들겨맞은 몸뚱이에서 북소리 같은 것이 둥둥 울린다. 숨을 몰아쉴수록 둥둥거리는 울림이 목을 타고 얼굴 전체로 화끈하게 퍼진다. '줄빽다'는 종료되고 다들 찜질방 옆의 아지트로 가 있을 테니 그리로 오라고 소리를 지른다. 짬뽕국물에 군만두, 자장면…… 최고다. 배가 고파서 옆구리가 더 아픈 것 같다.

"그 일을 그만하라고요?"

아저씨는 말없이 고개만 끄덕인다.

"농담해요? 정말 가지 말아요?"

"응, 오지 마. 더이상 오지 말라고. 솔직히 말하면 이제는 줄 돈이 없다."

단호한 표정을 봐서는 진짜로 그러는 것 같다. 그런데 내 시선을 외면하는 아저씨의 태도는 뭐냐. 켕기는 게 없지는 않겠지. 치사하다, 정말.

"이제 와서 일을 그만두라고요? 다 해놓으니까?"

"다 해놓은 값을 지금 줬잖아. 그래서 뭐?"

아저씨가 그렇게 나오자 달리 할 말은 없다. 그러면 양귀비밭은? 내 정크노트는? 록음악을 들을 때처럼 온갖 생각과 기억이 한꺼번에 떠올라 혼란스럽다. 꽃밭은 원래부터 내 것이다. 내가 다 심고, 가꾸고, 씨방이 맺히도록 공을 들였다. 아저씨는 뒷짐 지고 서서 구경만 했다. 그저 씨앗만 댄 것이 아닌가. 나는 받아들일 수가 없다. 누구 맘대로!

"말도 안 돼요!"

"나도 스타일 다 구겼다. 오죽하면 전셋돈 받을 궁리를 하겠냐. 집은 이달 안에 내놓을 거야. 나도 이 년은 버틸 줄 알았는데 사기꾼 새끼들한테 싹 뜯기고 나니까 개털이 됐어. 돈은 조금 더 넣었다."

그 동안 수고했다며 내미는 아저씨의 손을 보며 나는 정신이 몽롱해졌다.

"혼자서 다 할 수 있겠어요?"

"말콤도 내 옆에 있으니까 심심치는 않을 거야."

그 동안 내가 해온 일이 뭐였는지 다 잊었나. 내가 미친개 말콤보다도 못하다는 말인가.

아저씨는 집을 정리하고 나면 중국으로 갈 거라고 한다. 중국은 전 세계 정키들에게 새로이 떠오르는 별천지라고 한다. 윈난 성이나 심천에는 공안의 눈을 피한 대규모 아편 밭과 중국 마피아가 운영하는 모르핀 제조공장이 있어 약값이 싸다고 한다. 또 중국인가. 중국산 농산물 때문에 다들 아우성인데 아편 농사까지 중국이 우세하다는 말인가. 왜 하필 중국이냐고 내가 묻자

176

아저씨는 원래 전통이 있잖아, 라고 말한다. 아, 맞다. 아편전쟁. 내 정크노트에는 변발을 한 중국인의 삽화가 들어 있는 아편전쟁의 내용이 제일착으로 붙어 있다. 그래도 그렇지 왜 하필이면 중국이냐고.

아저씨는 정차비가 무섭다며 뒤로 돌아 손을 흔든다. 나는 바람 빠진 공처럼 우그러져서 검은 택시에 올라타는 아저씨의 뒷모습을 바라본다. 자동차는 뿌연 먼지만을 남기고 사라져버린다. 이사를 하다니, 이건 정말 예상치 못한 일이다. 마치 퇴학을 통보받은 기분이다. 아편 농사꾼은 해고를 당했다. 너무나 간단하게 목이 잘리고 말았다. 목재 더미를 걷어찬다. 눈에 보이는 대로 걷어차고 집어던지고, 그래도 분이 풀리지 않는다. 턱은 화끈거리고 얻어터진 입술은 부어올라 감각도 없다. 입술을 빨자 쇳내가 물씬 풍긴다. 분홍빛 침을 퉤, 뱉는다. 오늘은 정말 재수 옴 붙은 날이다.

비척거리며 공터를 빠져나와 논둑길을 지난다. 다들 모여 있는 아지트에 가기 싫다. 장딴지가 결린다. 걸을수록 심하게 땅겨 너무너무 아프다. 그래도 걷는다. 더덕 이파리 향내가 바람에 감겨온다. 냄새가 진한 것이 몇 해 묵은 더덕 같다. 나는 더덕 향내를 친구 삼아 마냥 걷는다. 집으로 가는 반대방향에는 마땅히 갈 곳이 없다.

하늘은 꾸물꾸물 구정물색이다. 전에는 이런 날씨를 좋아했지

만 지금은 아니다. 열두 시간 꼬박 해를 봐야 양귀비꽃이 잘 핀
다는 말을 듣고부터는 태양이 구름 속에 숨어버리면 왠지 손해
를 보는 것 같은 기분이 들었다. 바람이 불면 많이 분다고 난리,
해가 뜨거우면 채소가 무른다고 아우성, 다들 날씨 얘기만 하지
않나. 이제는 어른들이 날씨에 민감한 이유를 나도 안다.

태풍을 대비하느라 사람들이 모래주머니를 쌓고 있다. 한참을
서서 멍하니 본다. 먹구름이 더 짙어졌다. 논바닥이 듬성듬성 보
일 만큼 모가 훌쩍 자랐다. 끝도 없이 너른 논이다. 다시 걷는
다. 오늘만은 초록빛이 보기 싫은데 사방 전부가 초록색이다. 바
위 사이에도 부처손이 피어 있다. 저 멀리까지 온통 초록빛. 시
선을 둘 곳이 없다. 초록빛만 보면 빼앗긴 내 밭이 떠오른다. 그
렇다고 눈을 감고 걸을 수는 없다.

생각할수록 화가 난다. 생각하고 또 생각해봐도 그것은 다른
누구의 것도 아닌 내 양귀비 밭이다. 눈을 감아도 어느 자리에
있는 꼬투리가 실하게 영글었고 그 옆에 있는 꽃대가 어떻게 휘
어 있는지 나만이 안다. 그런데 지금은 아저씨의 말 한마디로
내 꽃들이 깨어진 이미지가 되어 마구 폭발한다. 당장 가서 꽃
밭을 다 짓뭉개버리고 싶다. 그까짓 거 못 할 것도 없다.

이럴 줄 알았으면 모종화분에서 솎아낸 여분의 모종들을 우리
집 뒤뜰로 옮겨심을 것을. 그렇게 했어야 했다. 지금이라도 늦지
않았다. 내 손길이 닿은 것은 모조리 뽑아내 우리 집으로 옮겨

178

야겠다. 빨리 가서 양귀비를 파내야 한다. 전부 다 내 것인데 내가 왜 고민을 하나. 수액을 내는 일은 아저씨처럼 서투른 사람이 하면 다 망친다. 차라리 돈을 돌려주면 양귀비 꽃밭을 내 마음대로 돌보라고 하지 않을까. 정말 그렇게 말해볼까? 앞으로는 일당을 받지 않을 테니 꽃밭을 돌보는 일만은 내가 마무리짓고 싶다고 말해볼까.

돈이 문제가 아니다! 나는 철저히 이용만 당했다. 늘 십 분만 더, 십 분만 더 집안일을 봐달라고 하면서 밤이 되도록 놓아주지 않은 적이 얼마나 많았나. 다 해놓은 일을 생트집을 잡아 다시 한 적도 많았다. 돈도 늦게 줬고, 중간고사 전날까지 일을 하느라 시험을 망쳤었고, 축구시합에 못 나가서 형들에게 얻어맞은 적도 있었고! 그게 다 누구 때문인데! 내 마음은 올가미에 걸린 짐승처럼 날뛴다. 분통이 터져 당장 죽을 것 같다.

저수지가 보이는 언덕에 쪼그리고 앉는다. 바람이 풀을 건드리는 소리가 들린다. 미세한 숨소리 같다. 살아 있는 풀들의 속삭임. 나는 혼자서 중얼거린다. 아임 베리 프라우드 오브 유, 아임 베리 프라우드 오브 유. 나는 네가 자랑스럽다. 나는…… 자랑스러울 수 있을까. 자랑스러운 아들은 결코 아니지. 이렇게 버림받고 빼앗기고, 녹신하게 얻어터진 꼴을 엄마가 보면 뭐라고 할까. 아마 등짝부터 후려칠 것이다.

풀더미 위에 벌렁 누워 수수 이파리를 씹는다. 잘근잘근 씹으면 풋내는 사라지고 아주 쓴맛이 난다. 쓴맛이 단맛보다 좋을 때가 있다. 나는 지금 인생의 쓴맛을 보고 있는 건가. 나이 먹으면 이런 맛은 사라져버릴까. 아마 십 년 뒤에도 이러고 있을 것 같다. 쓴맛은 단맛이라고 내 혓바닥을 속이려 들면서. 그런데 정크의 맛은 어떤 것일까. 그것이 얼마나 대단해서 이런 시골에 숨어들었나. 나도 언젠가는 정크의 맛을 보게 되겠지. 하려고 들면 못 할 것도 없다. 멍하니 하늘을 올려다본다. 저수지 위의 노을빛이 화려하다. 단순한 분홍색이 아닌 먹구름에 탁한 진홍빛이 섞인 오묘한 색이다. 내게는 없는 색이다. 나는 그 색이 보기 싫어 눈을 감는다. 몸뚱이가 설탕물처럼 녹아내린다. 노곤하고 쑤신다. 졸음이 쏟아진다.

'자면 안 된다. 자면 안 돼.'

잠이 들라치면 언제나 몸이 따로 논다. 눈꺼풀이 무거워지면서 야한 생각이 들이닥치고 금세 몸이 달아오른다. 야한 생각이 먼저인지 발기가 먼저인지 모르겠지만 축축하고 보드라운 생각은 뒤죽박죽 엉켜버리고 내 물건은 불뚝거려 미칠 것만 같다. 어디에선가 달짝지근한 참외 냄새가 나는 것 같다. 넝쿨에 달린 참외 속은 뜨뜻하고 적당히 미끈거려 여자의 그것과 비슷한 느낌이라고 형들에게서 배웠다.

한 번 배운 건 열심히 써먹어 여름마다 푸르스름한 참외를 사흘에 한 개 꼴로 작살을 냈다. 아버지가 참외 도둑놈을 잡겠다고 설칠 때마다 나 자신이 혐오스러웠지만 하얀 송충이 같은 참외 속만 봐도 저절로 발기가 되었다. 여름이라는 계절을 생각하면 온통 미끈거리는 감촉에 달짝지근한 향기가 코끝에서 감돌았다. 달지만 서러운 냄새였다. 참외가 박살나도록 흔들고 또 흔들어도 채워지지 않는 무엇이 있었다.

있지도 않은 참외 향기를 떠올리며 팬티 속으로 손을 집어넣는다. 놈은 벌써 크게 부풀어 있다. 어떻게든 달래주지 않으면 폭발을 할 것이다. 양귀비 밭의 대롱거리는 씨방들이 생각난다. 솟구치고, 팽팽해지고, 들쑤셔대고, 흔들고, 시들고, 뿜어대고. 그것들이 하얀 정액을 싸대는 순간을 생각한다. 일제히 아편을 뿜어댈 것이다. 허옇고 *끈끈한* 액체!

나는 전력 질주를 한다. 달리고 또 달린다. 풀이 스치는 소리가 규칙적으로 들린다. 그런 소리에 집중을 하면 판타지가 깨져버린다. 다시 달린다. 미끄럽고 부드러운, 축축하게 벌어진, 풍만하고 탄력 있는…… 하고 또 하고, 하고, 싶어, 싶어…… 신음 소리가 나온다. 마침내 터질 듯 부풀어오른 양귀비 꼬투리는 허연 수액을 힘차게 뿜어낸다. 엄청나게 많은 양이다. 팬티는 엉망이 되었다. 꼬투리는 시들고 나는 젖은 아랫도리에 손을 넣은 채로 꼼짝도 하지 않는다. 차가운 물기가 후드득 얼굴로 떨어진다.

16. 개미들

"담배를 처음 피우면 눈물이 핑 돌 정도로 목이 아프고 가슴이 답답하다. 어지럽고 구역질이 난다(이건 나도 해봐서 안다). 아편도 마찬가지. 아편을 처음 피울 때는 정신을 잃을 정도로 고통스럽다. 하지만 담배처럼 두세 번 피우다보면 어느새 고통은 사라지고 온몸이 나른해지면서 쾌감이 느껴진다. 아편제를 복용할 경우 무조건 중독된다지만 실상은 그렇지 않다. 아편제들은 그 자체로는 비교적 안전한 약품들이다. 아편에 의한 수면시간은 사람과 흡입량에 따라 다르지만 십오 분에서 몇 시간 동안 지속되기도 한다. 극도의 나른함 속에서 차분하게 수면에 빠져드는 이 상태를 아편중독자였던 장 콕토는 '최고의 낮잠'이라고 불렀다.

이렇게 진행되는 나른한 낮잠은 오늘날 미얀마, 중국, 라오스,

태국 등지에서 여전히 행해지고 있으며, 최고의 낮잠에 필요한 기술과 도구 들이 계속 사용되고 있다. 대부분의 사람들은 아편을 먹거나 흡연하는 일이 천인공노할 범죄나 불법행위인 것처럼 인식하고 있지만 어떤 국가에서는 아편을 피우는 것이 지극히 합법적인 일이며, 특히 중동지역에서 아편은 핫도그용 소시지 크기의 막대 형태로 떳떳하게 판매된다. 아편은 문화적 차이 때문에 합법과 불법이 되는 것으로, 이슬람지역에서 술은 마약 이상 가는 불법물품이라는 점을 알아둘 필요가 있다."

여기까지만 베껴놓고 팔이 아파 멈춘다. 이런 글을 쓴 마틴 부스라는 사람은 아편에 대해 연구를 많이 한 것 같다. 이런 글만 봐도 '브레이키'가 걸리지 않는 중독이란 사람마다 받아들이기 나름이다.

『1단계 영문법』을 꺼낸다. 부사, 형용사, 목적어, 목적보어, 간접목적어, 직접목적어. 역시나 이런 딱딱한 단어만 눈에 들어온다. 영어단어는 아예 그림처럼, 기호처럼 낯설어 눈에 들어오지 않아 해독을 할 수가 없다. 지긋지긋한 영문법 책을 덮고 사전을 펼친다. 일주일에 걸쳐 넉 장까지는 그런대로 외워서 종이를 뜯어냈다. 시험 삼아 입에 넣고 씹자 찝찔한 먼지 맛이 느껴져 바로 뱉어버렸다. 염소도 내뱉을 만한 똥맛이었다. 『에센스 잉글리시-코리안 딕셔너리』의 9쪽부터는 진도가 나가지 않는다.

건넛방에서 아버지가 웅얼거리며 잠꼬대하는 소리가 들린다.

오늘도 아버지는 술을 마셨다. 퇴원 기념으로 '부여주막' 주인이 안주를 서비스해줬다고 한다. 그래서 오랜만에 아버지의 했던 말 또 하고 또 하고의 오토리버스 시스템이 가동되었다. 지겹게 들었던 아버지의 일화를 반복재생하자 묘하게 막막하고 외로운 기분이 들었다. 순식간에 아버지의 병원생활 이전으로 돌아간 것이다. 변한 건 하나도 없고 모든 것은 제자리에 잘 있는데 내 꽃밭은 사라졌다. 초록 빨강의 화려했던 내 밭만 송두리째 빼앗겨버렸다.

아버지의 술버릇도 아무 탈 없이 그대로였다. 술. 술. 술. 지독한 술냄새와 어눌한 말투, 건들거리는 몸짓. 질린다, 질려. 차라리 음주운전이라도 했다면 몰래 고발이라도 할 텐데. 왜 단순 음주는 봐주는 건가. 우리는 먹지도 못하게 하면서. 만약 아버지가 이슬람지역에서 태어났다면 중범죄자 취급을 받았을 것이다.

언덕집 아저씨도 이슬람 사람이었다면 지금처럼 숨어살 필요가 없다. 소시지처럼 생겼다는 아편을 시장에서 사와서 느긋하게 즐겼겠지. 텔레비전에 양질의 아편을 소개하는 광고가 등장하고 '다량 복용 시 인생이 쫑날 수 있습니다' 이런 경고문구 정도는 붙여주겠지. 명절이면 고품질 아편을 친척들에게 선사하는 풍습이 생길지도 모른다. 수요가 늘수록 시골의 너른 땅들은 점점 아름다운 양귀비 밭으로 변할 것이다.

금지를 금지하라, 금지 자체를 금기시하고 탄압하라. 슬리퍼

금지는 부당하다. 어리다고 반말 금지는 또 뭐냐. 하지 말라는 게 왜 이리 많아. 곰곰이 생각할수록 금지는 흔해빠졌다. 교복을 금지해다오. 부모가 자식을 양육해야 한다는 법을 금지해다오. 금지는 힘이 센 놈이다. 금지를 금지하면 금지는 안으로 숨어들어 부활을 꿈꾼다. 금지를 희망하는 부류들은 몰래몰래 금지를 살릴 수 있는 방법을 모색할 것이고. 누구는 금지를 비난하고 또다른 누구는 금지를 사랑하고. 금지가 없다면 아저씨는 평범하고 시시한 인간이 되어버린다. 금지가 사라진 아편은 커피처럼 흔한 기호식품이 된다. 금지를 금지하지 말라. 은밀한 즐거움은 사라지고 아슬아슬했던 긴박감이 사라지면 인생은 식어빠진 죽처럼 맛대가리 없어질 것이다.

슬슬 음률이 떠오른다. 입에 붙은 대로 노래를 부른다. 금지를 금지하라, 금지를 금지하지 말라. 실내화를 금지하라, 구레나룻을 금지하라, 술을 금지하라, 아편을 금지하지 마라. 술술 터져 나온다. 나도 천재인가. 어떻게 이렇게 간결한 음조가, 아니다, 이건 빌어먹을 '김미 어 리즌'이구나. 그래도 내가 만든 쪽이 훨씬 입에 잘 붙는다. 혼자서 천장을 보며 한참 개사를 하다가 공책에 적는다. 금지를 금지하지 말라. 인생은 식은 죽이 아냐.

이제 나의 정크노트는 72쪽까지 채워졌다. 정크라는 딱지가 붙은 여러 가지 것들을 한데 우겨넣자 내 노트는 양귀비 씨방보다 훨씬 통통해졌다. 마약을 운반하다가 총에 맞아 죽은 마피아들의 이야기는 이제 구식에 속한다. 정크를 찬미하는 시와 마약 파티로 유명한 방콕의 카오산 거리와 남부 해안의 코판간 섬의 하아드 린의 지도까지 첨부해넣었다. 당장은 못 가겠지만 언젠가는, 그 언젠가는 가기 위해 자료를 첨부했다.

과학을 이용한 아편 밀수업자들, 속칭 개미들의 기상천외한 행각은 끝이 없다. 자신의 질 속에 백사십이 그램의 헤로인을 숨겨 비행기에 탑승하려다 발각된 여자가 있었고, 마약을 담은 콘돔을 서른한 개나 위 속에 집어삼킨 사람도 있다. 어느 고령의 밀수업자는 자신의 흰머리에 헤로인을 발라 목적지에 도착한 다음 머리카락을 씻어서 약을 회수하기도 했다. 1992년 콜롬비아의 한 여성은 칠백오십이 그램의 헤로인을 열여섯 개의 비닐봉투에 넣어 봉인한 다음 자신의 엉덩이에 그것을 넣어서 수술했다. 성공적인 밀수를 시도했지만 그 여자는 마이애미 행 비행기에 탑승하려다가 붙잡히고 말았다. 참으로 대단한 엉덩이다!

이런 진기명기는 지금도 세계 곳곳에서 새로운 기록에 도전하고 있다. 이에 비하면 아저씨와 내가 양귀비를 숨기려고 골몰한 것은 매우 저급한 수준이랄까. 이런 일화를 읽을 때마다 나는 방바닥을 구르며 웃는다. 금기에 도전하는 지하세계 인간들의 이야기는 내게 작은 위로가 된다. 그들에게 희미한 동료애를 느끼며 더 많은 일화를 찾아 헤매게 된다.

아저씨는 약 때문에 중국으로 간다고 했는데 지금 중국의 상황을 보라. 중국은 대단히 살벌한 동네다. 중국에서는 마약 밀매자와 생산자, 소비자를 가리지 않고 공개처형을 한다. 헤로인 오십 그램 이상을 소지한 자는 무조건 사형이다. 외국인이라 해도 절대로 봐주지 않는다. 1993년에는 백 명 이상의 마약 밀매업자들이 처형되었다. 백 명씩이나 떼죽음을 당하다니! 그 이듬해에는 천이백 명의 밀매업자들과 일만 명의 중독자들을 체포하고 사백여 개의 아편굴을 폐쇄했다. 요새는 더 무시무시하겠지. 아저씨는 지금 사형대를 향해 자박자박 걸어가는 중이다.

아저씨가 중국 공안에게 중국말로 욕지거리를 들으며 처형대에 오르는 모습이 떠오른다. 중국제 오랏줄에 묶여 한국어로 마지막 유언을 할 것이다. 어쩌면 영어로 주절거릴지도 모르지. 쿤사, 너 때문이야. 이 새끼야! 네가 좀 말렸어야지! 살려다오, 살려줘! 아저씨의 최후의 한마디는 내 탓이 될 가능성이 높다. 더 늦기 전에 아저씨더러 정신을 차리라고 해야겠다. 중국은 위험하다. 중국산 농산물이 우리에게 맞지 않는 것처럼 중국산 아편도 우리에게 치명적이라고 설득을 해야겠다.

요 며칠간은 집에 일찍 돌아와 전화기만 노려보았다. 혹시나 아저씨가 나를 찾을까봐 조바심이 났다. 전화벨만 울리면 깜짝깜짝 놀랐지만 구십 퍼센트가 할머니 친구들이었다. 때때로 언덕 아래에 서서 그 집을 한참 동안 올려다봤다. 삼거리 슈퍼의

뚱보가 언덕집에 배달 가는 걸 목격하고는 침을 칵 뱉고 돌아왔다. 내가 없어도 아저씨는 굶어죽지 않고 잘 살고 있다. 돈만 더 준다면 뭐든 배달을 해주는 상거래 커넥션이 문제인 거다. 혹시 그거 불법 아닌가? 고발할까?

새로운 식물일지를 추가하지 못하는 내 정크노트는 나 못지않게 안달이 났다. 매일매일 정크에 대한 새로운 정보를 적어줘도 노트는 만족할 줄 모른다. 생생한 양귀비 냄새를 노트에 묻혀달라고 아우성이다. 닥치고 가만히 있어! 나도 미치겠다! 이불 속에 노트를 밀어넣고 형광등을 끈다. 할머니가 텔레비전을 켜놓고 잠들었나보다.

열린 창 틈새로 비가 새어들어온다. 방충망에 낀 먼지가 구정물이 되어 줄줄 흐른다. 문을 닫고 드러누워 가만히 빗소리를 듣는다. 이리저리 뒤척거리자 메밀껍질이 든 베개가 내 귀에 대고 사각사각 소리를 낸다. 드라마에서 튀어나오는 목소리는 벽을 타고 웅웅 울린다. "전하, 통촉하여주소서. 전하!" 조선시대의 관리들은 허구한 날, 저 말만 부르짖는다. 통촉 좀 그만해라. 제발.

처마 밑으로 떨어지는 물소리가 콸콸콸. 슬레이트 지붕을 때리는 빗소리가 점점 커진다. 비가 거세지려나. 양귀비 밭이 은근히 걱정이 된다. 얇은 모시이불을 머리끝까지 덮어쓴다. 엄마가 집을 나가던 날도 이렇게 비가 내렸다. 나는 내 방에 가만히 누위 아버지와 엄마가 싸우는 소리를 들었다. 언제나 같은 패턴의 대화. 당신이 사람이야? 못 살아, 이제 더는 못 참아. 뭔가가 부서지는 소리. 곧이어 뭐야, 왜 또 지랄이야? 이 쌍년아, 하면서 꽝, 벽에 부딪치는 소리가 들렸다. 늘 있는 일이었다. 깜빡 잠이 든 사이 마루 위로 여행가방 바퀴 굴러가는 소리가 들렸다. 잠시 뒤 바퀴 소리는 멈추었다. 문지방 틈으로 새어들어온 툇마루의 불빛이 가운데만 어두웠다. 엄마가 서 있구나. 누운 채로 문지방 틈의 어룽거리는 빛을 보고 있자니 한숨소리가 문밖에서 들렸다.

내가 나설 때가 아닌 것 같았다. 엄마가 가방을 끌고 버스정류장에 가면 그때 데리고 오려고 마냥 드러누워 빗소리를 듣고 있었다. 그런데 자동차 소리가 들렸다. 엄마가 운전기사와 흥정하는 말소리에 이어 자동차 문 닫히는 소리가 탁, 들리고 택시는 떠나버렸다. 엇, 하며 문을 열고 나가자 비가 억수같이 쏟아지는 컴컴한 마당. 자동차는 온데간데없었다. 나는 내 방에 누워서 그대로 당한 거였다. 거실을 사이에 두고 아버지는 안방에, 나는 내 방에 조용히 누워 있었다. 엄마가 어디쯤 갔을까, 이런 저런 생각을 하며 나는 고요한 빗소리에 귀를 기울였다.

사락사락 빗소리가 부드럽게 내 귀에 감긴다. 창을 두들기는 소리는 타악기 같고 처마 밑으로 떨어지는 물소리는 계곡의 물소리와 비슷하다. 빗소리란 언제나 특별한 음악 같다. 꽃밭을 잊으려고 눈을 감으면 비바람이 웅웅 짐승 우짖는 소리를 내고 머리맡의 정크노트는 말없이 나를 질책한다. 이제는 내 양귀비가 아니다, 이제는 오지 말라고 했잖아, 애써 마음을 잡아도 작년의 태풍 수해 때문에 농사를 망쳤던 사람들의 탄식과 울분이 떠오른다.

17. 소정이는 완벽해

두어 시간 잤을까. 꿈속에서 몇 차례나 언덕길을 올랐다. 동네 사람들이 들이닥쳐 아버지를 기어이 끌고 가는 소리를 들으면서도 꼼짝 않고 자는 척만 했다. 에이, 썅, 쉴 틈이 없어. 아버지는 술이 덜 깬 목소리로 투덜거렸고 동네 사람들도 불만이 이만저만 아니었다. 외지 사람들은 일당을 쳐주지만 우리에게는 무료봉사를 강요한다. 동네 노인들은 애향심 운운하지만 모르는 소리. 땅 소유자는 따로 있는데 여기 사는 사람들만 해마다 고생이다.

물받이통으로 빗물이 콸콸 쏟아진다. 어제오늘 내린 비로 신소 넘어가는 길까지 푹 잠겨버렸다. 언덕집은 괜찮을까. 아저씨는 지금쯤 약에 취해 집이 떠내려가도 모를 것이다. 날이 궂으면 몸이 아파 꼭 약을 했으니까. 비닐하우스 안의 바람구멍이 제일 큰 걱정이다. 한낮의 열기가 고여 꽃들이 익어버릴까봐 비닐하우스 옆구리마다 환풍구를 만들어놓았었다. 거센 바람이 그리로 달려들면 비닐이 다 찢어질지도 모른다. 그러면 양귀비 대는 부러지고 꺾이고…… 참 걱정이다.

우비를 걸치고 집을 나선다. 도저히 안 되겠다. 자다가 자꾸 깨고 마음만 졸이느니 한번 가봐야겠다. 잠깐만, 아주 잠깐만 들러서 양귀비를 보고 와야겠다. 시계를 보니 열한시 사십분이다. 나는 자전거를 언덕 쪽으로 돌려 페달을 급하게 밟는다. 사방은 침침하고 빗줄기는 지루하게 내리꽂히고 있다. 헐거워진 자전거 체인을 빡빡하게 조였더니 페달 돌리기가 전 같지 않다. 장딴지의 근육이 돌처럼 뭉쳐지는 느낌이다.

우비 입은 등판에 떨어지는 물소리가 요란해 마치 누군가가 나를 따라오며 채찍질을 하는 것 같다. 불빛이다. 승용차의 미등에 사선으로 내리꽂히는 빗줄기가 선명하게 보인다. 자동차는 흙탕물을 튀기며 내 옆을 쏜살같이 지나가고 나는 몸을 세워 페달을 힘껏 밟는다. 저 멀리 산허리에 뿌연 안개가 감겨 있다. 저수지에서 피어오른 물안개도 산허리의 안개와 손을 잡아버린다. 그러면 일 미터 앞도 보이지 않을 정도로 시야가 막막해진다.

안개는 이 지역의 단골손님이다. 겨울에는 도로마다 '안개 다발 지역'이라는 팻말을 붙여놓아도 자동차사고가 빈번하게 발생한다. 날이 궂으면 팻말은커녕 아무것도 보이지 않아 경고 표시는 있어봤자 소용이 없다. 군용트럭이 흙탕물을 튀기며 줄줄이 지나간다. 정말 비상사태인가보다. 자연은 원래부터 관대하지가 않다. 잘 구슬려 이용하고, 밉보이지 않게 조심해도 가끔씩 세게 얻어맞는 수가 있다. 변덕이 죽 끓듯 하는 자연 앞에서 게으름을 부리면 후회할 일이 생기기 마련이다. 자전거는 미끄러질 듯 위태롭게 도로 한복판으로 나아간다. 바닥에 새겨진 하얀 라인을 따라 빠른 속도로 나아간다. 빠르게 좀더 빠르게. 자전거와 나는 누가 먼저 지칠 것인지 내기를 한다.

쏟아지는 빗줄기에 모든 것이 침침해진다. 어둠의 저편에서 붉은 꽃이 환각처럼 피어난다. 흐릿한 붉은 꽃이다. 빗줄기에 번져 보이던 붉은빛이 또렷하게 다가온다. 눈을 깜빡여 시야를 막은 물기를 떨어뜨리고 보니 자동차의 붉은 브레이크 등이다. 웅덩이를 피하려고 잠시 섰던 자동차는 다시 붉은 등을 꽁무니에 켜고 달린다. 내가 미쳤나. 꽃에 중독되어버린 건가. 아저씨는 시각적인 중독이라고 했었지. 속도를 맞춰 자동차를 뒤따라간다. 무엇 때문에 내가 이렇게 서두르는지 모르겠다. 아저씨와 맞닥뜨리면 뭐라고 둘러대야 하나?

자전거 브레이크를 서서히 움켜쥔다. 자전거는 빗길에 미끄러지며 옆으로 간신히 선다. 가지 말까? 꽃이 망가지고 있는데 왜 꾀를 피우나. 나는 지금 양귀비 때문에 간다. 양귀비가 나를 기다리고 있다. 그냥 보고 오기만 하자. 다시 페달을 밟는다. 내 꽃밭에 가고 싶다. 금지된 내 꽃밭에 가고 싶어 금단증상이 일어난다. 나도 중독되었다. 시각적인 중독. 아저씨는 약을 얻을 목적으로 씨앗을 뿌렸지만 내게 양귀비는 뭐였던가. 아편에 대한 기대만이 전부는 아니었다. 씨방 꼬투리가 맺히기를 내내 기다렸지만 막상 꽃이 시들자 뭔가를 잃은 기분이 들었다. 꽃을 볼 때의 즐거움과는 비할 바가 아니었다.

첫번째 꽃이 피던 날이 생각난다. 두번째, 세번째…… 경쟁하듯 피어나던 양귀비들은 눈 깜짝할 사이에 비닐하우스 안을 다른 세상으로 만들어버렸다. 마당을 붉게 물들이던 꽃의 화려함은 그 자체가 나의 자부심이었다. 네 장의 양귀비 꽃잎이 나비 날개처럼 구겨졌다가 활짝 피어나면 또 금세 지고, 금세 피고. 꽃잎이 진다고 아쉬워하면 다른 놈이 성큼 피어 나를 위로해줬다. 진홍빛 꽃잎을 돋보이게 하는 건 잎 가운데 머금고 있는 보드랍고 노란 꽃술이다. 그것 때문에 양귀비는 아주 야한 모양새가 되었다. 야한 것, 아주 야한 존재. 아저씨도 꽃을 가까이 들여다보면서 징그러운 웃음을 머금곤 했다.

"이것들, 제법 에로틱한데. 자꾸만 보게 되네. 시각적으로도 중독이 되는 거야?"

나는 시각적인 중독이라는 말이 마음에 들었다.

대문을 열고 들어가자 처마로 콸콸 쏟아지는 물소리가 빗소리보다 더 거세게 들린다. 손전등을 켜고 마당을 살핀다. 철대문을 여는 소리에 말콤이 뛰어나와 왕왕 짖더니 꼬리를 살살 흔든다. 검은 털에서 물기가 뚝뚝 떨어진다. 마약 냄새로 훈련받다가 약에 중독된 마약 단속견 이야기를 읽은 적이 있다. 저도 모르게 중독된 단속견들은 마약을 악착같이 찾아낸 다음 어떻게든 그것을 먹으려 든다. 마약을 못 먹게 하면 포악해지고 사람처럼 금단증세를 보인다고 한다. 이놈이 다른 곳도 아닌 이곳에 깃들인 이유가 뭘까.

전등의 노란 불빛을 좌우로 흔들며 비닐하우스부터 들어간다. 바람구멍으로 비가 들이쳐 꽃밭은 커다란 물웅덩이가 되었다. 엉망진창이다. 온통 꺾어지고 주저앉은 양귀비 밭이 처참하기 짝이 없다. 무겁게 여문 씨방은 거의 물에 처박혀버렸다. 어디부터 손을 대야 할지 모르겠다.

비닐하우스 바깥에서 그림자가 어른거린다. 슬며시 내다봐도 기척이 없다. 조심조심 귀를 기울이며 흙을 퍼담는다. 고개를 내밀어 사방을 둘러보면서 공연히 머리털이 곤두선다. 숨을 죽여도 인기척은 없다. 컴컴한 비닐하우스 바깥을 찬찬히 보다가 나는 소리를 지를 뻔했다. 미친개 말콤의 퍼런 눈이 빛을 뿜어내고 있다. 그 옆에는 아저씨가 있다. 아저씨는 현관 계단에 앉아 조용히 비를 맞고 있다. 이런 제길, 간 떨어질 뻔했잖아. 아저씨는 전에도 대여섯 시간을 꼼짝도 않고 자기 무릎만 바라보며 앉아 있기도 했다. 언제부터 나와 있었느냐고 물어도 대답이 없다.

"태풍이 온대요. 여긴 태풍이 굉장하거든요."

나는 현관의 등을 켠다. 밝은 빛 아래 드러난 흙투성이 손을 숨긴다. 일부러 어둠 속에 선 채 묻지도 않은 변명을 한다.

"잠깐 와봤어요. 다 망가질까봐 잠깐 보러 왔어요."

아저씨는 내 말은 듣지도 않고 허공을 바라보며 웃는다. 아저씨, 아저씨. 팔을 흔들자 그의 멍한 웃음도 따라 흔들린다. 말콤은 바로 옆에 앉아 아저씨의 손을 핥는다. 왜 비를 맞고 있느냐고 물어도 대꾸조차 없다. 오늘은 차분하다. 여전히 멍한 웃음이지만 전에 없이 평안해 보인다.

"소정아!"

아저씨는 나를 올려다보며 멍청이처럼 웃는다. 순수한 기쁨이 넘실거리는 웃음이라 왠지 불길하다. 우산을 펼쳐 우산대를 어깨에 걸쳐준다. 대체 언제부터 이 비를 맞고 있었던 거야. 소름 돋은 얼굴이 시퍼렇게 얼어 몹시 추워 보인다.

"우리 소정이는 완벽해. 너무 완벽해. 애, 보조개 좀 봐."

오늘도 맛이 갔군. 오밤중에 마당에서 비를 맞으며 주절거리는 아저씨와 놀아줄 시간이 없다. 일단 큰 삽부터 찾는다.

비는 그쳤고 양귀비 꼬투리들은 물에 잠겨 가쁜 숨을 몰아쉬고 있다. 이건 순전히 아저씨 때문이다. 제대로 하는 건 하나도 없으면서 오지 말라고 큰소리는 왜 쳐. 그래놓고 이 지경으로 만들어버리다니. 철벅거리며 하우스 안으로 들어간다. 포기할 꽃

196

대는 하나도 없다. 숨이 붙어 있는 것들은 어떻게든 살아나려고 몸부림을 친다. 어루만져주고 훈김을 불어가며 보듬어주면 죽은 것도 살아난다. 바람구멍을 막고 삽으로 물꼬를 트는 사이 말콤이 컹컹컹 허공에 대고 낮은 소리로 짖는다. 기를 쓰고 삽을 놀려 군데군데 쌓인 흙을 긁어낸다. 갈퀴를 가지러 가는데 아저씨 때문에 신경이 쓰인다.

"우리 소정이…… 소정아, 운동화 구겨 신지 마."

들릴 듯 말듯 나직한 목소리가 몹시 다정하다. 아저씨는 여전히 꼼짝도 않고 앉아 있다. 달달달 떠는 뺨에 잔소름이 돋았다. 흐릿하게 보이는 아저씨의 눈동자를 가만히 들여다보니 눈빛이 전과는 아주 다른 것 같았다. 평소에는 얼마나 멍청이 같은가. 흐리멍덩하고 탁하고. 그런데 지금의 눈동자는 무언가를 열심히 보고 있는 것처럼 미세하게 움직이고 있다.

"아주, 한시도 가만히 있지를 않아. 정신없어. 가만히 좀 있어. 아빠, 힘들잖아."

나는 아저씨의 시선이 박혀 있는 허공을 본다. 시커먼 어둠 외에는 아무것도 보이지 않는다.

"뭐가 보여요?"

아저씨는 말없이 고개만 끄덕인다.

"뭔데요?"

설명을 해주지 않아도 나는 안다. 내 눈에 보이지 않는 그 무엇이 지금 아저씨의 눈에 잡혀 있구나. 귀머거리에게 음악이 들리지 않는 것처럼 내 눈에는 아저씨가 보고 있는 그 무엇이 보이지 않는다. 아저씨는 죽은 딸을 만나고 있다. 귀신에 씌인 건가.

"아저씨, 말 좀 해봐요. 뭐가 보여요?"

"좋아."

"행복해요?"

아저씨는 빙그레 웃는다. 눈가에 맺혔던 눈물이 주르륵 뺨으로 흐른다. 순간, 눈이 마주쳐버렸다. 거짓이 없는 맑은 눈이다. 아저씨는 울면서 웃는다. 내가 자꾸 말을 걸자 아저씨는 손을 내저으며 소정이가 연주를 시작했다고 한다. 아저씨는 내 귀에 들리지 않는 첼로 연주를 듣는 중이다.

나는 조용조용 나머지 작업에 매달렸다. 고인 물을 빼내고 누렇게 시든 가지와 잡초를 솎아냈다. 비닐하우스 천장은 비가 모여 커다란 웅덩이가 되었다. 밑으로 늘어진 비닐을 장대로 찔러 고인 물의 무게를 덜어준다. 비닐하우스 지붕에 파란색 방수포를 덮고 바닥에 못을 박아 단단하게 동여맨다. 이러면 태풍으로부터 안전하게 꽃들을 지킬 수 있다. 날이 개면 다시 천막 제거 작업을 해야 하기 때문에 이중으로 고생이지만 그건 아무것도 아니다. 내가 해야 할 일이 많다는 걸 확인할 때마다 기운이 절로 솟구친다.

말콤이 짖어대 비닐하우스 밖으로 나왔다. 우산은 벌렁 뒤집혀 바닥에 떨어져 있고 아저씨는 모로 쓰러져 있다. 여기서 자지 말고 안으로 들어가요. 비는 그쳤지만 으슬으슬 춥다. 흙 묻은 손으로 아저씨를 일으켜세우려 하자 손을 내젓는다. 뭐야, 아직도 연주중인가.

"약이 이젠 더 없는데. 깨면 지독하게 아프겠지."

"저 아편이 있잖아요."

"맞아, 그렇지…… 너, 아편 좀 어떻게 해봐라."

"그럼 다시 일해도 돼요?"

아저씨는 말없이 입꼬리를 위로 올린다. 긍정의 표시다. 돈은 안 받아도 된다고 혼자서 중얼거린다. 이사하는 건 취소했느냐고 묻자 비닐하우스를 가리키며 저것부터 치운 다음에, 라고 웅얼거렸다. 내가 일으켜주겠다고 하자 아저씨는 거친 숨을 몰아쉬며 고개만 내젓는다.

작업이 끝난 건 새벽 두시가 넘어서이다. 이상하게 피곤하지도 않고 졸리지도 않는다. 배는 고프지만 몸 전체의 긴장이 풀리지 않는다. 아저씨를 간신히 안으로 옮겼다. 오늘따라 저런 아저씨가 부럽다. 하루에 단 오 분이라도 미친 듯이 행복할 수 있다면 그걸로 된 것 아닌가.

깨끗이 손을 씻고 비닐봉지에 단단히 싸두었던 정크노트를 꺼낸다. 노트는 물이 한 방울도 묻지 않은 채 뽀송뽀송하다. 오늘의 기록은 단순하다. 쓸 것은 별로 없어도 기록을 하는 순간은 뭐라 말 할 수 없이 복잡한 감정에 휩싸인다.

태풍의 시작. 물꼬를 내고 지붕에 천막을 치다.
꽃대에 버팀대를 설치하고 끈으로 묶어줌. 창문을 막다.
복합비료 듬성듬성 뿌려주다. 오후 열두시 도착. 새벽 두시 작업 완료.

이제는 근무시간 기록이 필요 없다. 일당은 받지 않을 테니 시간 따위 문제도 아니다. 쓸 게 없다고 생각했는데 뭔가가 더 쓰고 싶어진다. 내일 다시 쓰자. 내일모레 그글피에도 새로운 기록을 추가할 수 있다.

18. 거지 대마왕

멀리서 보면 포클레인은 주황색 옷을 입은 외팔이 사내 같다. 아버지는 쇠사슬로 바위를 묶은 다음 신호를 보낸다. 조종석에 앉은 포클레인 기사는 외팔이를 움직여 바위를 들어올린다. 관절이 부드럽지가 않아 구식 로봇처럼 정해진 각도 안에서 움직인다. 우지끈 소리와 함께 흙먼지가 뽀얗게 피어오르고 사슬에 묶인 바위가 천천히 이동했다. 그렇게 바위를 하나씩 트럭에 옮겨싣는다. 트럭에 돌덩이를 던져넣을 때마다 요란한 굉음이 울린다.

"나도 중장비 자격증이나 딸까. 내 일당의 열 배다, 열 배."

아버지는 공사 견적을 내면서 연필심을 자꾸 혀로 핥아댔다. 조그마한 수첩에 계산을 하다가 숫자가 떠오르지 않으면 연필 끝을 또 혀에 대고 문질렀다. 더러워 미치겠네. 그거 빨아먹으면 맛있냐고 물었더니 괜히 주먹을 날린다.

"의사 선생은 왜 나와보지도 않아? 계산은 어른끼리 해야지, 네가 뭔데 감히 나서?"

아버지는 아저씨와 직접 흥정을 하려고 언덕집 문을 두드렸다. 아저씨의 상태를 보여줄 수가 없어, 의사 선생은 아픈데다가 병문안 온 손님이 있다고 했다. 아버지는 언덕집 아저씨가 만만한 봉이니까 어떻게든 견적을 부풀리려고 잔머리를 굴렸다. 처음부터 허무맹랑한 가격을 불렀다.

"저기서 다 보고 있어요. 작년 공사 비싸게 한 거, 저 아저씨 다 알아. 그러니까 이번에는 많이 붙이지 마. 알고 보니 빠꼼이더라고."

"알아? 다 알아? 지가 무슨 수로. 내가 바가지 씌운 적 있냐? 나, 사기 치는 사람 아냐. 그렇게 인생 사는 사람 아냐. 지난번에 어디 보자, 여기 기록이 다 있어."

보나 마나. 이번에도 그저 돌 좀 옮기면 되는 건데 공사 기간을 이틀로 늘려 잡았다. 포클레인, 트럭, 인건비는 그렇다 치고 저 비싼 돌들을 되팔면 이문이 얼만데.

언덕집 아저씨는 내게 백만원짜리 수표를 주며 "네 선에서 알아서 처리해. 이 이상은 없어." 대신 공사하고 남는 돈은 나더러 챙기라고 했다. 나는 내 귀를 의심했다. 떼어먹으라니! 우수리를 다 먹으라고! 아버지가 궁상스럽게 연필심을 핥는 동안 나는 내기축구에 참여할 수 있다는 기쁨에 들떴고 신형 휴대전화와 닌텐도 게임기, 새 자전거, 인터넷이 연결된 컴퓨터까지 상상했다. 동영상에 DMB도 되는, 화상전화가 가능한 은색 슬라이드폰이 눈앞에 어른거렸다.

"조경석 되팔면 돈 남으니까 그걸로 절반 보충하래요."

"정말 그렇게 말했어? 그럼 지가 가서 팔라고 해. 아, 이것 참. 손해가 막심한데."

손해라는 건 다 뻥이다. 집에서 노느니 나와서 일당이라도 버는 게 어딘데.

아버지는 포클레인은 하루만 부르고 나머지는 몸으로 때울 생각으로 공사 기간을 늘려 잡아 계산을 하다 지우며 이윤을 남기기 위한 숫자놀음의 갈등 속을 허우적거렸다. 쓰고 또 쓰고 지우고. 셈이 저렇게 느려서야. 아버지 머릿속에 든 놈은 허겁지겁 숫자 서랍을 열고 있었다. 자신의 하루 인건비에 트럭 대여 비용에 포클레인 일당은 이렇고 저렇고 느릿느릿. 아버지의 자그마한 수첩은 침 바른 연필심이 갈겨놓은 숫자로 가득 찼다. 마침내 궁상맞은 계산의 종착점에 도달. 아버지가 새 종이에 깨끗하게 다시 써준 견적서를 들고 언덕을 오를 때 나는 팔짝팔짝 뛰면서 콧노래를 불렀다. 무려 팔만오천원이나 내 수중으로 떨어진 것이다! 믿을 수 없는 금액!

언덕집 마당에서 삼십 분 정도 꼼지락거리다가 도로 내려가

풀 죽은 얼굴로 좀더 깎을 수 없느냐며 송구스러운 척, 더듬거렸다. 아버지는 당장 올라가서 따질 것처럼 펄펄 뛰다가 인상을 쓰며 다시 느려터진 계산을 시작했다.

"네가 잘 좀 말해봐. 네가 인마, 누구 아들이냐. 의사 선생이 병중이라 그런가, 전에는 따지지 않고 척척 잘만 들어주더니. 저렇게 큰 집 사는 사람이 우리처럼 하루 벌어 하루 먹는 사람들한테 짜게 굴면 안 되는 거 아냐?"

연필심을 혀로 핥으며 전체 견적에서 얇게 대패질을 하듯 빼기를 했다가 연필로 죽죽 긋고 손톱으로 톱밥을 긁어내는 것처럼 깎아냈다. 그 결과 오만원이라는 천문학적 금액을 다시 내 손아귀에 적선해주었다. 아버지는 속이 바짝 타들어가는지 담배 꽁초를 잘근잘근 씹으며 견적서를 새로 써주었다. 약간 켕기기는 했지만 내 속에서 번지는 사악한 미소를 감추고 어깨를 축 늘어뜨렸다.

슈퍼에 들러 아버지가 사오라는 포천 이동막걸리와 삼각주먹밥 등을 샀다. 언덕집 아저씨가 내는 거라며 아버지가 주는 막걸리 값을 받지 않았다. 아버지가 바위에 쇠사슬을 묶는 동안 자갈 위에 팽개쳐둔 더러운 수건과 생수통을 한 자리에 가지런하게 모았다. 아버지가 뒷주머니에 꽂고 다니는 작은 수첩이 펼쳐져 있었다.

각종 전화번호와 줄 돈, 받을 돈, 일당 계산과 외상값 등등이

빼곡하게 적혀 있다. 가지런한 줄에서 어긋난 글씨는 마치 초등학생의 그것처럼 몹시 조악하고 거칠다. 몇 장 들춰보다가 도로 내려놓았다. 얼굴이 뜨듯해지고 화도 났다. 그간 수없이 봐왔지만 새삼스럽게 정이 뚝 떨어졌다. 문득 언덕집 아저씨가 작성했던 정크노트가 떠올랐다. 비교할 가치도 없다. 비교대상이 틀렸다.

포클레인 기사 아저씨가 포클레인에 태워준다며 나를 불렀지만 나는 위에서 부른다는 핑계를 대고 언덕집으로 올라왔다. 작업을 더 지켜볼 마음이 들지 않았다. 뙤약볕 아래서 땀을 질질 흘리며 몸을 쓰는 일이 지독하게 싫었다. 이다음에 나더러 저런 일을 하라고 강요한다면 더 생각할 것도 없이 바로 죽어버릴 테다.

지글지글 끓는 마당에서 빨래가 바짝바짝 잘 마른다. 이불하고 찌든 옷가지들을 세탁기에 넣고 한바탕 돌렸다. 오늘 하루만 아저씨는 세 번이나 오줌을 지렸다. 많이 싸는 것도 아니고 질금질금. 지린내가 진동을 하는데도 옷 벗기 싫다고 신경질만 박박 부린다.

드럼 소리에 맞춰 파리채로 파리를 잡아 죽인다. 낮에는 파리를 잡고 어스름해지면 모기 사냥에 나선다. 리듬에 맞춰 파리채를 휘두른다. 벌써 스물다섯 마리. 방충망이 없어서 전국의 파리들이 거실에 다 모였다. 탁, 놓쳤다. 음악은 신명이 나고 전자기타 사운드에 저절로 폼을 잡게 된다. 펄떡 뛰어 천장에 붙은 파리를 공략한다.

아저씨는 그 동안 사용했던 주사기 안쪽에 말라붙은 하얀 가루를 긁어내고 있다. 부들부들 떠는 손으로 바늘을 쥐고 주사기 안을 조준한다. 허연 이마에서 식은땀이 흐른다. 아주 조그마한 가루라도 바늘 끝에 묻어나오는 게 있으면 아저씨는 얼굴을 일그러뜨리며 기뻐했다. 그렇게 해서 모은 가루가 코딱지만하다. 그것도 감지덕지인 듯 아저씨는 입술에 침을 발라가며 열중한다. 거슴츠레하게 뜬 눈을 억지로 치켜뜨며 초점을 맞추려 애쓴다. 바늘 끄트머리에 붙은 가루가 아저씨에게 남은 마지막 정크다.

책장을 뒤져 잡지를 꺼낸다. 오래된 잡지에 읽을거리가 더 많다. 선풍기도 없는 집구석이 더워서 잡지를 빌려가려고 했더니 아저씨가 나를 붙잡는다. 요새는 내가 집에 가려고만 하면 침울한 표정을 짓는다. 내일은 일찍 와, 알았지? 하며 늙은이처럼 움푹 들어간 볼을 우물거린다. 잇몸이 좋지 않아 입에 늘 피가 고인다고 한다. 분홍색 침을 퉤퉤 뱉으며 전화기만 붙들고 있다. 요 며칠 내내 그랬다.

수화기에 대고 고래고래 악을 쓰며 미친놈처럼 욕지거리를 했다. 몸을 덜덜 떨면서 백태가 잔뜩 낀 마른 혀를 달싹거렸다. "내 돈 떼먹고 잘살 줄 알아? 그래, 그렇다니까, 그놈들 다 튀어버렸어…… 세 번까지는 약속을 지키더니…… 난 돈 올려받으려고 그러는 줄 알았지. 그래서 선금 췄어…… 돈이 문제가 아니잖아. 당장 급한데. 씨발. 야, 나 지금 정말 죽겠어. 죽겠다고. 너라도 알아봐. 제발…… 도와줘. 나 지금 미친다고. 나 좀 살려줘라."

아저씨는 미친 듯이 화를 내다가 끝내는 울먹였다. 그리고 다른 곳에 또 전화를 해서 같은 얘기를 반복했다. 처음부터 끝까지 비굴하게 매달리면서 약만 구해다주면 뭐든 다 하겠다고 했다. 그다음부터는 누군가에게 약을 훔쳐오자고 열심히 꼬드기기까지 했다. "걸리기는 왜 걸려. 누가 물으면 내 이름 대. 내 이름 대면, 된다니까…… 있을 거야. 틀림없이 있다고. 야, 끊지 마. 야! 야! 이 새끼야!" 상대의 반응이 신통치 않다는 건 아저씨 얼굴만 봐도 쉽게 알 수 있었다.

"야, 이거 좀 해봐."

책을 꽂아두고 아저씨 옆에 가 앉는다. 답답해서 볼 수가 없다. 버려진 주사기를 보니 더 있다.

"남은 게 있네, 더 긁어봐요."

"눈깔에 뭐가 보여야 하지."

"눈을 크게 떠요, 감지 말고."

"돋보기가 필요해. 노안이야. 노안이 온 거야. 눈깔도 맛이 갔어."

주사기를 빼앗아 바늘로 살살 긁어낸다. 아저씨는 가위를 가져오라고 한다. 그래, 가위. 주사기의 반을 자르면 쉽게 뺄 수가 있겠다. 가위로 플라스틱 주사기를 자른다. 뿌직, 플라스틱 조각이 사방으로 튄다. 다 쓴 치약 튜브를 반으로 자르면 생각보다 많은 치약을 얻을 수 있는데 이건 너무 박하다.

나는 또다른 주사기를 가위로 싹둑 자른다. 플라스틱 부스러기와 말라붙은 가루가 뒤섞일 것 같다. 어쨌든 바늘로 주사기 안쪽에 말라붙은 가루들을 살살 긁어낸다.

"두 가지 방법이 있어. 여기서 약을 먹다가 죽든지 서울 가서 돈을 구해가지고 중국에 가서 약을 먹다가 죽든지. 여기를 떠나야겠다. 이래가지고서야 얼마나 버티겠냐."

부엌의 믹서기 앞에 약 껍질이 수북하다. 타이레놀, 게보린 등등의 온갖 진통제를 한 보따리 까서 주스에 넣고 갈아마셨다. 고통은 잦아들어도 속이 깎여 죽을 것 같다고 했다. 진통제 짬뽕인 '정글주스'는 그럴듯한 대안이 아니다.

"집 내놨다는 건 어떻게 됐어요?"

"당장 복비고 뭐고 없는데 뭘."

"수액을 받아야죠. 다 익었어요. 얼마나 탱글탱글한지."

"지금 해."

"수액은 밤에 받는 거죠. 낮에 하면 말라붙어요."

말라붙는 건 둘째 치고 언덕 아래에서 아버지가 작업을 하고 있다. 더군다나 오늘은 축구시합. 날이 이렇게 더운데도 저쪽에서 시비를 걸었기 때문에 어쩔 수 없다. 세계 한판 붙어야 한다.

"오늘 축구시합이 있는데요, 이번엔 돈이 걸렸어요. 일 인당 만원이라고요. 내기축구 알아요?"

"닥치고 혁대나 가져와."

아저씨의 얼굴은 땀으로 번질거린다. 버짐이 잔뜩 피고 땟국이 줄줄 흐르는 더러운 얼굴. 머리카락에는 비듬이 허옇게 일어나 있다. 오, 거지 대마왕. 정크계의 거지 왕초. 기념사진이라도 한 방 찍어주고 싶다. 길에서 이런 몰골의 걸인을 봤더라면 재수 없다고 침을 뱉었을 것이다.

아저씨는 새끼손톱만큼 모은 하얀 가루를 숟가락에 올려놓고는 물에 갠다. 이때만큼은 덜덜 떨리는 손짓도 신중해진다. 라이터가 켜지지 않아 쌍욕을 내뱉다가 간신히 성공한다. 파란 라이터 불꽃이 숟가락 밑에서 묵묵히 흔들리고 있다.

"이것 좀 들고 있어."

숟가락을 건네받자 긴장이 된다. 한 방울이라도 흘릴까봐 내 손가락이 가늘게 떨린다. 라이터 불에 손톱 끝이 누렇게 타들어간다. 뜨겁지만 참는다. 숟가락을 놓치거나 쏟으면, 흠, 내가 죽여달라고 사정할 때까지 끔찍한 고문을 할 것이다. 아저씨는 감질나서 죽겠다는 표정으로 숟가락만 애타게 보다가 왼쪽 팔뚝을 혁대로 조이기 시작한다. 햇살 아래 드러난 아저씨의 팔뚝에는 후춧가루를 뿌려놓은 것처럼 바늘 자국이 가득하다.

"혈관이 가늘어서 찾을 수가 없네. 씨발. 여기다 할까."

나는 아저씨 팔뚝의 혁대를 풀어 오른쪽 팔에 감아준다. 오른쪽 팔은 비교적 깨끗하다. 뼈마디가 드러난 가느다란 팔뚝에 시퍼런 핏줄이 도드라져 보인다. 마치 전자부품 속 파란 전선 같다. 원래 저렇게 핏줄이 많은 건가. 나도 그런가. 내 팔뚝을 들여다보는 동안 아저씨는 한 손으로 주사기에 약을 채워넣는다. 거지처럼 주워모아 주사기 하나를 간신히 채웠다. 울부짖던 노랫소리도 때맞춰 잠잠해진다. 둥둥두둥 베이스기타. 집 안의 모든 공기가 주삿바늘 끝에 모였다. 자, 드디어! 나도 모르게 침을 꿀꺽 삼킨다.

"쿤사, 네가 해봐. 초점이 안 맞아. 손이 제멋대로 움직여."

"내가 왜요? 주사 싫은데."

"지금 이것저것 가리게 생겼니? 빨랑 해, 새끼야."

아저씨는 주삿바늘을 꽂을 자리를 볼펜으로 표시해준다. 내키지 않지만 주사기를 건네받는다. 막상 바늘을 꽂으려니 망설여진다. 내가 머뭇거리자 아저씨는 신경질을 부린다.

"뭐 하냐? 빨리 해!"

아저씨 팔뚝의 볼펜 자국에 주삿바늘을 겨냥한다. "이게 마지막이야. 마지막 주사. 낮춰, 주사기를 낮추라고." 아저씨의 주문대로 주사기를 팔뚝에 닿을 정도로 눕혀서 주사기의 피스톤을 민다. 하얀 액체가 아저씨의 팔뚝 속으로 들어간다. 의외로 간단하다. 그런데 공범이 된 기분이다. 공범이라. 묘한 쾌감이 인다. 주사를 맞은 건 아저씨인데 이상하게 내 기분이 묘해진다. 졸음이 쏟아지기도 하고 어깨에 들어갔던 힘이 풀리면서 몸이 노곤해진다.

아저씨는 사랑하는 정크를 몸에 넣자마자 소파에 고꾸라진다. 사흘 넘게 불면의 나날을 보냈기에 잠부터 자야 한다고 선언한다. 그런데 자는 것 같지는 않다. 혼자서 씩씩거리며 소파 위에서 이리저리 뒤척거린다. 나는 시계를 보며 축구시합을 하러 갈 준비를 한다. 양말을 신고 운동화의 흙을 턴다.

"내가 잘 때까지만 있어."

소파 귀신이 웅얼거린다.

"오늘 시합이라니까요. 돈 따올게요."

"나쁜 새끼…… 형광등 켜놓고 가. 자다 깨면…… 무서워."

운동화 끈을 질끈 동여맨다.

"애개개, 무서워요? 쳇, 오줌이나 지리지 마요. 빨래하기 귀찮아."

아저씨는 자살골이나 넣으라고 저주를 하며 이불을 머리끝까지 덮어쓴다. 덥지도 않나.

19. 수액을 받다

해가 떨어지고 기온이 내려가자 준비물을 챙겨 비닐하우스 안으로 들어간다. 전선을 끌어와 스탠드 불을 켜자 하얀 불빛을 받은 꽃대들이 기괴하게 살아난다. 철사처럼 구부러진 꽃대들 사이로 기다란 그림자가 얼기설기 얽혀 있다. 제일 큰 놈부터 시작한다. 길쭉하고 둥근 꼬투리가 손 안에 알맞게 들어온다. 껍질은 단단하고 속은 뭉클하다. 전기스탠드를 가까이에 놓고 숨까지 참아가며 치밀하게 살핀다. 가슴이 두근거린다. 어떻게 칼을 대야 할지 모르겠다.

바스락. 비닐하우스 밖에 수상한 인기척이 있다. 잽싸게 불부터 끄고 꽃대 사이에 웅크리고 숨는다. 불빛 때문에 누군가가 다가왔는지 모르겠다. 사방은 너무 고요하고 달빛은 무심하게 쏟아져들어온다. 심장소리가 가슴에서 빠져나와 턱밑에서 쿵쾅거린다. 누가 왔나? 혹시 아버지가 작업을 하다가 물을 먹으러 왔나? 납작 엎드려 귀를 기울이자 발소리가 가까이 온다. 빛 바깥의 어둠을 살핀다. 시퍼런 눈깔 두 개가 허공에 떠 있다. 망할 놈의 미친개. 말콤은 내가 비닐하우스 안에 들어가면 저도 따라 들어오려고 낑낑거린다. 내가 방심한 사이 씨방을 다섯 개나 작살낸 놈이다.

스탠드 불을 켠다. 하얀 불빛은 흔들리는 꽃대들을 교교하게 핥아준다. 나도 모르게 깊은 한숨이 나온다. 두려워할 것 없다. 여태 이 순간을 기다려왔잖아. 왼손으로 꽃대를 부여잡고 솜털 투성이 꼬투리 표면에 커터칼을 살짝 댄다. 너무 깊어도 너무 얕아도 안 된다. 상처가 너무 깊어 수액이 과하게 나오면 꼬투리가 시들어버리고 너무 얕게 그어 수액의 추출 속도가 더디면 딱지가 앉아 말라버릴 수도 있다. 그러면 더이상의 수확을 기대할 수 없게 된다.

아저씨의 노트에서 읽었다. 커터날을 일 밀리미터가량만 집어넣어 표면을 내리긋는 방법. 칼을 그었는데 흔적조차 없다. 잠잠하다. 다시 한번 칼을 그을까 망설이는 사이 하얀 양귀비 수액이 점점이 비친다. 한 방울이라도 놓칠세라 재빨리 종지를 밑에 받친다. 성공이다. 완전한 우윳빛이다. 그 옆으로 한 줄을 더 긋고 또 내리긋고. 세로로 난 칼자국마다 정액 같은 허연 액체가 조금씩 비어져나온다. 감질난다. 좀더 뿜어봐! 제대로 싸보라고. 문질러줄까? 내가 손가락으로 조심조심 건드려줘도 이 오만한 꼬투리는 하얀 방울을 너무나 인색하게 떨어뜨린다.

씨방 하나마다 몇 번씩은 더 뽑아 먹을 수 있다. 나는 수액을 남김없이 빨아먹을 것이다. 쪼그려앉은 다리가 저리다 못해 감각이 없다. 콧등에 침을 발라가며 자세를 유지한다. 떨어지는 수액을 한 방울이라도 놓칠 수 없다.

수액의 야릇한 냄새가 코를 찌른다. 칼에 묻은 생아편을 혀로 핥는다. 쓰다. 뒷골이 서늘할 정도로 쓴 맛이다. 입안에 들러붙은 고약한 냄새를 내보내기 위해 큰 숨을 내뱉는다. 내 거친 숨결에 꽃대가 미세하게 흔들린다. 무릎을 세우고 앉아 또다른 씨방에 칼을 댄다. 이번에는 칼 놀림이 거침없다. 씨방 꼬투리도 내 요구에 순순히 응해주는 것 같다. 순서를 기다리는 다른 놈들을 슬쩍 본다. 내가 해야 할 많은 일들도 내 속에서 순서를 기다리고 있다. 노트도 정리해야 하고 아편도 만들어야 하고, 이제부터 정말 바빠질 것이다.

흙바닥에 엎드려 기록한다. 오른쪽 어깨가 결리고 아파도 이것만은 꼭 해야 한다.

서른다섯 개의 씨방에서 수액을 받다. 플라스틱 통 반 개 분량.
수액을 건조시킬 김말이 대나무발이 필요. 돗자리가 나을까?

샤프 꽁무니를 꾹꾹 누르고 있는데 가래 끓는 목소리가 등뒤에서 들린다.

"전화 좀 해."

아저씨가 벌벌 기어서 비닐하우스 안으로 들어왔다. 어둠 속에서 보이는 아저씨의 몰골은 귀신 같다. 허옇게 말라붙은 입술에 눈곱이 잔뜩 낀 눈, 헝클어진 머리. 관 뚜껑을 열고 나온 송장도 아저씨보다는 생기가 넘칠 것이다.

"중국집이요? 뭐 시킬까요?"

아저씨는 양귀비 위에 벌렁 눕는다. 헉헉 몰아쉬는 숨에 양귀비 줄기가 흔들거린다.

"안 되겠어. 전화해…… 씹새끼들. 나 좀 데려가라고 해…… 병원도 좋고…… 감방도 좋아…… 혼자 있는 거 싫다. 번호 불러줄게. 눌러. 구, 삼, 이에 사, 오, 팔……"

아저씨는 휴대전화를 내게 던져준다. 긴급연락처 말인가. 아저씨는 자신이 죽거나 심하게 아프게 되면 그리로 연락을 하라고 했다. 내 귀한 양귀비를 깔고 누워 뭐 하는 짓인가. 씨방이 터져버리면 어쩌려고. 정말 힘든 모양이지. 당장 급하다고 해서 씨방을 다섯 개나 따줬다. 그래도 저 아우성이라니.

휴대전화를 집어들었다. 불러주는 대로 버튼을 누르면서도 고민이 된다. 아저씨는 이 톤 트럭에 깔린 것처럼 몸이 끔찍하게 아프다고 한다. 그게 대체 어떤 상태인지 몰라도 전화를 하라고

할 정도면. 아저씨와 친한 사람들을 불러들이는 건 재앙이다. 재
앙. 자기 입으로 말해놓고. "별일 아니면 가급적 전화질 하지
마. 아주 무서운 사람들이라서 여기 오기만 하면 양귀비 밭이고
뭐고 다 끝장이 날 테니까." 신호음이 들리기 전에 전화기를 꺼
버리고 종지에 담긴 수액을 아저씨에게 권한다.

"이거라도 먹어요. 좀 있으면 괜찮아질지도 모르는데."

아저씨는 종지를 손으로 쳐버린다. 종지가 바닥에 나뒹군다.
이런 염병할, 이걸 채우느라 얼마나 고생을 했는데. 다리에 쥐가
나서 죽겠다. "이쪽으로 누워요. 씨방 다 터져." 아저씨 팔목을
잡아 질질 끈다. 아, 빌어먹을. 줄기에 매달린 이파리와 씨방이
우수수 쓰러진다.

"전화나 해. 제발."

음산한 목소리를 내며 아저씨가 애원을 한다. 다시 버튼을 천
천히 누르며 궁리를 한다. 전화를 받으면 뭐라고 해야 하나. 주
소를 불러줘야겠지. 여기는 오지 말아요. 집은 가만히 두고 아저
씨만 데려가세요. 발신음이 수화기 너머에서 들린다. 반복되는
음을 들으며 속이 타들어간다. "양귀비 밭이고 뭐고 끝장이 날
테니까. 양귀비 밭이고 뭐고……" 몰래 끊어버린다.

아저씨는 전화를 계속 해보라는 뜻으로 손을 위로 흔든다. 알
게 뭐냐. 나는 수액을 받아야 한다. 생각해봐라. 무엇 때문에 여
태 그 고생을 했나. 비닐하우스 안은 정말 덥다. 밤이 되어도 낮

동안의 열기가 그대로 고여 있다. 창을 열어 바람이 들어오게 한다. 다시 칼을 든다. 수액이 점점이 떨어져 종지로 모인다. 지금부터가 진짠데. 나를 방해하지 마라. 제발 입 닥치고 가만히 좀 있어. 아저씨가 내 바지춤을 잡아당긴다.

"전화해봐. 해봐…… 일 분, 일 초도 못 참아. 이 씹새끼야, 전화해. 당장."

아저씨는 덜덜 떨며 눈알을 까뒤집는다. 몸을 뒤집으며 요동치는 바람에 꽃대가 쓰러지고 꺾이고.

"거기서 일어나요. 다 망가지잖아! 전화는 직접 하셔. 수액 받고 있는데. 이거보다 중요한 일이 어디 있어!"

"쪽팔리잖아…… 쌍놈의 새끼야, 말 좀 들어. 헉, 헉. 여기 약쟁이 한 마리가…… 죽어간다고 하라고."

아저씨는 꼬투리를 손에 쥐고 이걸로 될 일이 아니라고 한다. 나는 수액 받기에 집중을 한다. 이걸 받아서 잘 말리면 순수 아편이 된다. 농도가 높은 아편을 주면 아저씨도 정신을 차리고 기뻐할 것이다. 그러면 된다. 그러면 되는 일이지. 이 고비를 잘 넘겨야 한다. 냉정해지자.

"전화해…… 씨발, 전화해…… 헉, 헉. 여기…… 송장 치우러 오라고 전화해. 이 새끼야. 내 말 들으라고!"

아저씨가 헐떡거리며 내 칼을 빼앗아버린다. 자기 말을 들으라고 발길질을 해댄다. 까짓거 아프지도 않다. 누워서 뒹굴뒹굴

양귀비 위를 굴러다니며 짓밟고 지랄을 한다. 퍽퍽 씨방 터지는
소리가 난다.

"전화 안 받잖아, 그만 좀 해! 아이 씨발, 다 망가지잖아!"

아저씨는 발광을 하다가 냉장고에 붙여둔 종이를 가져오라고
한다. 비닐하우스 밖으로 나오자 머리가 핑그르르 돈다. 마당에
서 숨을 고른 다음 거실로 들어간다. 물을 마시고 소파에 풀썩
주저앉는다. 저 악마 놈만 없으면 내 속이 편하겠다. 냉장고에
붙여둔 쪽지는 빛이 바래 누런색이다. 망할, 저 혼자 살겠다고
발버둥이냐. 종이를 짝짝 찢어버린다. 양귀비가 우선이다. 네놈
이야 죽든지 말든지. 알게 뭐냐.

비닐하우스에서 새어나오는 스탠드 불빛이 거칠게 어룽댄다.
말콤이 비닐하우스 앞에 서서 컹컹컹 짖으며 꼬리를 흔든다. 후
닥닥 하우스 안으로 뛰어들어가자 아저씨가 양귀비를 짓밟고 있
다. 으아아 소리를 지르며 공포에 질린 얼굴로 방방 뛰고 있다.
스탠드 불빛에 커다란 그림자가 불쑥불쑥 일어선다.

"야, 이거 어떻게 좀 해봐라. 으아아, 어디서 이런 게 나타났
어! 이것들 다 죽여! 죽여버려!"

커다란 쥐가 아저씨 몸에 기어오른다며 펄펄 뛰더니 칼을 휘
두른다. 자신의 얼굴을 칼로 마구 긋는다.

"한 놈 죽이고, 이놈도 죽이고, 이쪽 귀에 붙어서 지랄이네.
이놈도 죽여!"

218

아저씨는 울음 섞인 비명을 내지르며 발광이고 나는 다릿심이 풀려 주저앉는다. 이게 무슨 꼴인가. 짓밟혀버린 내 밭. 완전히 쓰러져버린 양귀비들. 짓이겨진 꼬투리들. 믿을 수가 없다. 털썩 주저앉는다. 이렇게 끝장이 나다니. 터져버린 꼬투리들을 하나하나 주워모은다. 정말 어떻게 해야 할지 모르겠다. 쓰러진 줄기 사이로 간신히 성한 몸을 보존한 씨방도 보인다. 저 미친놈이 더 발광하기 전에 빨리 숨겨두어야겠다. 목울대가 울컥한다.

"네가 뭔데 이렇게 해! 다 내 거야. 네가 뭔데. 씨발."

아저씨는 칼을 귓속에 집어넣고 마구 후벼판다. 콱콱 내리찍는다. 생감자를 송곳으로 내리찍는 소리처럼 들린다. 아저씨의 뺨과 목이 붉은 피로 범벅이 되었다. 신음소리도 없다. 천연덕스러운 얼굴로 자신의 귀를 칼로 후벼파고 있다. 뭉글뭉글한 피가 어깨와 웃옷으로 줄줄 흘러내린다.

"간지러워…… 미치겠다."

이제는 커터칼로 발등을 쭈욱 가른다. 흙투성이 지저분한 맨발을 칼로 내리긋는다. 무감각한 표정이다.

"이거 봐. 이 발가락뼈 이름이 뭔지 아냐?"

발등에서 검은 피가 솟는데 아저씨의 목소리는 차분하다. 너무 차분하고 억양이 없어서 기계음처럼 들린다. "여기 있는 신경 이름도 나는 다 기억 나. 정말 골 터지게 외웠었지." 나는 아저씨의 칼을 빼앗으려고 버둥거린다. 아저씨는 그런 행동이 즐

겁다는 듯 깔깔 웃는다. 머리통을 갈겨버렸다. 악마 같은 얼굴이
다. 살기가 서렸다. 칼을 빼앗으려 덤비자 미친놈이 칼을 휘두른
다. 순간, 손바닥에서 불꽃이 인다.

"미친놈아, 가만히 있어! 제발 가만히 좀 있으라고."

아저씨를 붙잡고 엎치락뒤치락 안간힘을 쓰는데 내 손바닥에
서도 피가 펑펑 솟구친다. 아저씨의 몸은 끈적이는 피로 푹 젖
었다. 피비린내가 코를 찌른다. 비닐벽에 흩뿌려진 핏자국. 쓰러
진 양귀비들도 피를 뒤집어쓰고 있다. 지옥이 따로 없다. 간신히
빼앗은 칼을 비닐하우스 밖에 던져버린다.

마당의 어둠은 피 묻은 칼을 소리없이 삼켜버린다. 손바닥에
서 뜨거운 게 흐른다. 화상을 입은 듯 화끈거리는 손을, 추를 매
단 듯 무거워진 손을 떼어버리고 싶다. 언덕 아래 오종종하게
모여 있는 노란 불빛들을 보자 눈물이 날 것 같다. 미치겠다, 정
말. 사람을 불러야 한다. 신고를 해야 하나…… 차라리 죽어버
리지. 깨끗이 죽어버려. 저런 인간이 있었다는 흔적조차 깨끗하
게 사라졌으면 좋겠다.

20. 눈물의 냄새

학원 교실은 환하게 켜놓은 형광등 불빛 때문에 언제나 눈이 시리다. 억지로 눈을 까뒤집고 졸음을 참으면 선생의 목소리가 이명처럼 왕왕거린다. 교실 사면은 하얀 시멘트벽, 칠판도 화이트보드, 벽에 걸린 시곗바늘은 느릿느릿. 사면의 벽이 매일 조금씩 전진하여 교실을 좁게 만드는 것 같다. 점점 좁아지다가, 친하지도 않은 애들과 쥐포처럼 납작해질 거라 생각하면 억울해서 눈이 번쩍 떠진다.

유리창 너머로 외벽 현수막이 보인다. 경시대회 수상자의 이름이 한가득 인쇄되어 있다. 거꾸로 읽어야 하는 커다란 글자들을 보며 따분한 시간을 견딘다. 다쳤던 손바닥은 아물었지만 필기가 전 같지 않다. 수업시간이 길고 지루한 데 비해 세월은 획획 잘도 지나간다. 학원 교실에서 에어컨 바람을 맞으며 여름방학을 소모했고 이제 이학기에 들어서자 단조로운 감옥생활은 더욱 빡빡해졌다.

여름방학이 시작되자 금매에서 제일 세다는 학원에 들어가 학력테스트를 받았다. 빵점, 불합격. 시설 좋은 다른 학원에서 또 테스트. 역시나 같은 결과. 큰어머니는 떡집과 가까운 소규모 보습학원에 나를 집어넣었다. 실력을 올려 좋은 학원에 다시 들어가자는 전략이다. 여기는 규모가 작아 수준 떨어지는 꼴통들만 모인 줄 알았더니 그렇지도 않다. 초등학교 때부터 학원 뺑뺑이에 이골이 난 애들이다. 시커먼 촌놈은 나 혼자다. 학원 애들은 나를 외계인 취급한다. 야, 인마! 지구에 온 목적이 뭐냐?

아침에는 큰아버지 차를 타고 성내로 등교한다. 학교에 가면 비로소 안심이 된다. 전과 다름없이 쓸데없는 짓만 하며 시간을 보내고, 수업이 끝나면 짤없이 버스를 두 번 갈아타고 먼 길을 돌아온다. 지척에 내 집을 두고, 초록빛 산과 들판을 내버려두고 회색의 거리로 돌아올 때의 심정이란. 버스에 앉아 여물어가는 벼가 그득한 너른 평야를 휙휙 지나며 내가 어디로 가고 있는지에 대해 생각했다. 나는 어디로 가고 있는지, 내 인생은 어디서 헤매고 있는지 도무지 알 수가 없다.

마침내 학원의 사교시 수업이 끝났다. 으아아 기지개를 켜는 놈, 선생을 붙들고 질문을 하는 놈. 욕으로 시작해서 욕으로 끝나는 여자애들의 미친 수다를 들으며 참고서를 챙겨넣고 잽싸게 빠져나갈 준비를 한다. 오래 있으면 시멘트 독에 질식당할 것 같다. 서서히 죽이기 때문에 죽는 줄도 모르게 하는 비정한 아우슈비츠. 지금은 탈출의 기쁨을 만끽할 시간이다.

"이호준, 교실 들어올 때 흙 좀 털고 들어와."

선생이 나를 지목한다. 과연 내가 앉았던 의자 밑에만 붉은 흙으로 지저분하다. 진흙이 덕지덕지 붙은 내 운동화가 화근이다. 우물쭈물 발걸음이 떨어지지 않는다.

"뭐 해? 그냥 가. 다음부터 신경쓰라고."

빌어먹을, 고마워라. 선생에게 인사를 넙죽하고 교실을 나선다. 알았다, 알았다고. 성내에서 묻힌 흙은 다 그곳에 털고 오마. 그 좋은 흙을 여기 보태줄 수는 없지. 복도를 지나자 애들이 엘리베이터 앞에서 북적거린다. 엘리베이터는 처음 탈 때나 재미있었지 겨우 사층인데. 계단 손잡이를 미끄럼처럼 타고 내려온다.

건물 밖으로 나와 편의점이나 식당 간판의 불빛을 따라 걷는다. 새로 개업한 상점이 날마다 들어선다. 딱딱한 보도블록을 지나 아스팔트로 내려간다. 내 운동화에 붙은 성내의 흙이 조금씩 떨어지고 있을 것이다. 여기 사람들은 흙을 더러운 것으로 취급한다. 도시 흉내를 내느라 사방을 시멘트로 가두고 초록빛을 감춰두고 있다. 어디를 둘러봐도 그렇다. 흙이 없으니 초록빛도 드문드문 보인다. 아파트 화단에 심어둔 철쭉이나 비싼 소나무 들은 낯선 곳에 온 손님처럼 어정쩡하게 서 있다.

가로수 아래 좁은 틈으로 잡초들이 보이기는 한다. 스테인리스 가로대 틈으로도 자그마한 풀이 비어져나왔다. 질긴 놈들은 어디로든 뚫고 나온다. 여기 사는 사람들은 알까. 내 눈에는 아스팔트 아래 갇혀 있는 많은 것들이 보인다. 땅을 뚫고 나갈 날을 기다리는 푸른 것들의 분노가 느껴진다. 이 안에 얼마나 많은 것이 바글바글 들어 있는데. 아무리 시멘트를 들이부어 숨통을 틀어막아도 그들은 죽지 않는다. 저 건물 밑에도, 높은 아파트 아래 땅속에도 초록이 숨어 있다.

정류장으로 버스가 들어온다. 사람들이 피로한 얼굴로 버스에서 내리고 가게 안의 불빛은 하나둘 꺼지고 있다. 시커먼 쇼윈도에 내 얼굴이 비친다. 형광등 아래서 문제만 풀며 영양가를 다량 섭취해 얼굴이 찐빵처럼 푸짐해졌다. 교복이 작아져 단추를 채울 때마다 힘이 들어간다. 오랫동안 나를 괴롭히던 충치도 치료했다. 불명예스러운 '충치박사'라는 별명을 얻으며 열흘 넘게 치료를 받았다. 큰어머니는 흡족한 표정으로 영수증에 사인을 척척 했다. 치료비를 알고 내가 입을 짝 벌리자 큰어머니는 손사래를 쳤다.

"나도 직장생활 시작해서 번 첫 월급, 치과에서 다 날렸어. 충치대장이라는 소리를 나도 들었다니까. 부모가 없어서 그런 거야. 엄마 없는 애들은 치과에 제때제때 데리고 가질 않아 남모르게 고생을 하는 거야. 이제 시원하지?"

시원하기는. 아파서 죽는 줄 알았다. 큰어머니는 예전의 자신으로 나를 생각하는 걸까. 설마, 그대는 여탕, 나는 남탕, 체형도 다르고 식성도 다르고. 나는 엄마가 집을 비웠을 뿐 고아가 아니다. 고아, 고아…… 달리 생각해보면 나는 고아보다도 못하다. 집에서 내쫓겨서 더부살이중이니까.

언덕집 아저씨의 그런 꼴을 아버지에게 보여준 내가 미친놈이지. 아버지는 두고두고 나를 들볶았다. 아저씨를 그 지경으로 만든 건 바로 나라고 다그쳤다. "아니, 지 몸을 그렇게 만드는 놈이 세상에 어디 있냐? 자해 같은 소리 하고 있네." 응급실에서 의사가 묻는 말에 대답을 하는 걸, 옆에서 다 들어놓고 딴소리였다. 성추행이라니, 참으로 수준 낮은 상상력이다. 아저씨에게 성추행을 당했느냐며 꼬치꼬치 묻고 또 묻고, 주먹질의 오토리 버스 재가동. 붕대로 처맨 손이라 방어도 못 하고 그저 처맞았다. 내 서랍에 든 돈을 증거물로 들이대며 '몸 대주고 이 돈을 받은 게 틀림없다'면서 지랄발광을 했다. 당장 큰집으로 가버리라고 하기에 후딱 짐을 쌌다.

야릇한 오해 따위는 별것 아니다. 얻어터지는 것도 별것 아니다. 차라리 맞는 게 속이 편했다. 세게 후려쳐달라고 사정을 하고 싶었다. 얻어터져 풀썩 바닥에 곤두박질칠 때마다 짓밟힌 양귀비 밭이 떠올랐다. 양귀비들도 나처럼 당했다. 맞고, 밟히고.

사정없이 뽑히고…… 배신감! 그래, 나를 힘들게 한 건 배신감 때문이었다. 내가 아는 정크는 그런 피비린내를 풍기면 안 된다. 정크는 내 뒤통수를 쇠망치로 후려갈겼다. 정키의 칼부림은 나의 성스러운 노트를 파멸시켰다.

아저씨는 이미 죽었을지도 모른다. 병원에서는 서울에서 사람들이 내려와 아저씨를 싣고 갔다고 했다. 그러고는 아무 연락이 없다. 죽었으니까 연락이 없는 거다. 그런 자식은 죽어 마땅하다. 자꾸 생각할수록 분통이 터진다. 잊으려 해도 울분이 솟구친다. 가만히 있다가도 으아악 소리지르며 머리카락을 쥐어뜯는다. 냅다 걷어차고 싶은데 돌멩이가 안 보인다. 돌멩이조차 없는 깔끔한 보도블록이 싫어서 미치겠다.

상가의 불은 거의 꺼졌고 떡집 간판만 훤하다. 아, 또 저런 표정. 큰어머니는 낮은 촉의 노란색 백열등 아래서 멍한 얼굴로 떡을 씹고 있다. 우걱우걱 입만 우물거리고 있다. 그래도 오늘은 울지 않아 다행이다. 떡집 유리문을 톡톡 두드리자 큰어머니는 그제야 정신을 차린다. 커다란 몸집을 재게 움직여 서둘러 소등을 하고 셔터를 내린다. 기계적인 동작으로 착착 움직인다. 순식간에 셔터에 자물쇠까지 채웠다. 큰어머니와 나는 나란히 컴컴한 길을 걷는다. 큰어머니 손에 든 비닐봉지가 부스럭거리는 소리를 낸다. 저 속에는 또 뭐가 들었나. 소주병? 아님 감기약? 본인은 부인하겠지만 내가 아는 한, 큰어머니는 이미 중독자 반열에 들어섰다.

"오늘은 선생님한테 안 혼났어? 애들이 따돌리거나 그러지 않아?"

"지들이 뭔데 나한테 까불겠어요."

큰어머니는 떡을 한 번 더 돌릴까, 혼자 중얼거린다. 학원 선생들은 나를 한석봉이라고 부른다. 아깝기도 하고 쪽팔려서 싫다.

"하지 마요. 그런 놈들한테 떡을 왜 먹여요. 쌀값이 얼마나 비싼데."

큰어머니는 호탕하게 껄껄 웃으며 떡집 홍보도 할 겸 겨울방학 시작할 때 학원에 꿀떡을 돌리겠다고 한다. 아, 그때까지 내가 여기 있어야 하는구나. 참으로 막막하다. 엘리베이터가 일층에 내려왔다. 큰어머니가 층 번호를 누르느라 봉지를 바꿔 들자 안에서 딸그랑 병 부딪치는 소리가 들린다. 소리가 높고 맑다. 약병이 아니고 소주병이군.

번호 키를 띵띵띵 눌러 철문을 열고 어둠 속으로 들어간다. 텔레비전을 켜 볼륨을 높이고 방마다 불을 환하게 밝힌다. 내가 손을 씻고 옷을 갈아입는 동안 큰어머니는 밤참을 차리느라 분주하다. 조리대 앞에서 부산을 떨며 씽크대 밑의 소주병을 꺼내 몰래 병나발을 분다. 마치 때맞춰 보약을 마시듯 빠르고 간단하게 처리한다. 아까 저녁을 차릴 때도 잽싼 동작으로 소주 반병을 들이켰고 지금은 나머지를 끝장낼 시간이다.

큰어머니는 우리 아버지와는 달리 술냄새를 풍기거나 해롱거리는 일이 없다. 전혀 티를 내지 않기에 아무도 모를 것이다. 나 역시 우연히 목격을 하고도 소주병에 든 물이려니 했다. 재활용품을 정리하다가 박스 안에 든 무지막지하게 많은 빈 소주병과 감기물약을 발견하고는 가슴이 철렁 내려앉았다.

불온한 조짐은 빈 병들뿐이 아니다. 큰어머니는 때로 소리없이 눈물을 흘렸다. 내가 알던 사람이 아닌 것 같아 참으로 의외였다. 눈물샘이 고장났나? 콧물이 위로 흐르나? 가끔은 다림질을 하다가도 주르륵 눈물을 흘렸고 부엌창의 검은 유리를 통해 큰어머니의 축축하게 젖은 얼굴이 보일 때도 있었다. 아무 내색 없이 말짱한 척을 하니 나도 모른 체할 수밖에.

방금까지 눈물을 흘리던 사람이 호탕하게 껄껄 웃어대는 걸 보면 내 시력을 의심하게 된다. 내 눈깔이 썩은 거야. 그러나 아무리 눈물을 말끔히 닦아내고 활짝 웃어도 지울 수 없는 흔적이 있다. 약간 비릿하고 시큼한 눈물 냄새. 훌쩍 코를 들이켜는 소리나 어깨를 들썩이는 흐느낌이 없어도 눈물의 냄새는 사라지지 않는다.

집 안에 기름 냄새가 자욱하다. 오밤중에 듣는 지글지글 튀기는 소리는 어쩐지 처량하다. 감자튀김이 접시 위에 봉우리를 이룬다. 케첩도 사발 한가득 담아준다.

"어서 많이 먹어."

"옙!"

되도록 많이 먹어야 한다. 내 역할은 그것이다. 외계인이 지구에 온 목적은 큰어머니의 '말라빠진 조카 살찌우기' 프로젝트 때문이다. 큰상궁마마는 내가 밥을 잘 먹을 때, 그리고 나 때문에 돈을 쓰게 될 때 흡족한 미소를 짓는다. 그 외에는 늘 시무룩하다. 큰아버지도 비슷한 표정이다. 새둥지 같은 가발을 벗어던진 큰아버지가 조용히 소파에 앉아 있는 걸 보면 아주 다른 사람 같다. 큰어머니야 원래 말이 없지만 평소의 큰아버지는 우리 아버지 버금가게 주절주절 말이 많은 사람이었다.

큰어머니는 내내 거실에 있다가 큰아버지가 일찍 들어오면 건넛방으로 쑥 들어간다. 자석의 같은 극처럼 서로 일정한 거리를 유지한다. 609동 701호 부부는 대화도 없다. 이 동네에 살게 되면 다 그렇게 되는지도 모른다. 시멘트 독 때문이겠지. 늘 어색하고 냉랭한 분위기라 나의 더부살이는 가시방석에 앉은 것 같다.

"왜 더 먹지 않고."

식탁 위에 감자튀김을 반 정도 남기자 큰어머니가 아쉬운 표정을 짓는다.

"큰아버지도 드셔야죠."

"다 먹어. 그 사람은 내가 만든 음식은 전부 맛이 없대. 정말 그렇게 맛이 없어?"

"아니, 최고예요. 울트라 킹왕짱!"

엄지를 추켜올리자 큰어머니는 신이 나서 호탕하게 웃어젖힌다. 껄껄 계속 웃는다. 잠시 쉬었다가 다시 웃는다. 너무 오래 웃는다. 많이 웃을수록 서글퍼 보이는 웃음도 있다.

큰어머니는 하품을 하면서 먼저 자라고 한다. 큰아버지는 오밤중이나 돼야 귀가해서 낚시 프로그램을 보다가 소파에서 잔다. 아침에는 나를 태워준다고 함께 나서지만 집에는 언제 들어오는지 알 수 없다. 잠결에 드드득 소파 가죽 밀리는 소리가 들리면 큰아버지가 거실에서 자고 있음을 짐작한다. 큰아버지가 집에 들어오지 않은 날은 큰어머니가 '새벽에 들어와 새벽에 나갔다'고 설명해준다. 나는 관심도 없는데 말이다.

내 방에 들어와 침대에 풀썩 눕는다. 침대란 묘하게도 몸을 대기만 하면 눕게 된다. 침대에 누우면 푸욱 땅속으로 꺼지는 기분이다. 이 집에 들어와 이 침대에서 잠을 청한 뒤로는 걸핏하면 가위에 눌린다. 의식은 명료한데 몸이 움직여지지 않아 이렇게 죽는 건가, 겁이 난다. 침대에 귀신이 붙었는지도 모른다. 마치 내 몸에 시멘트를 부은 것처럼 옴짝달싹 못해, 날이 새면 바로 짐을 꾸려서 성내로 튀어야겠다는 결심을 하게 된다. 달콤하고 편한 잠이 그립다. 아편 생각이 간절해진다. 언제쯤 집에 가게 될 것인가.

어둠 속에서 양 손바닥을 좍 편다. 새로 얻은 손금처럼 칼자국이 세로로 죽죽 그어졌다. 이게 운명선, 이건 태양선. 할머니는 좋은 걸 얻었으니 앞으로 운수대통할 거란다. 운수대통이라니. 출세하면 아저씨 덕분이라고 감사해야 하나.

까만 선글라스를 쓰고 언덕집에 도착했다. 오늘도 말콤 혼자 지키고 있다. 대문을 열쇠로 따기가 무섭게 말콤이 펄펄 뛰며 반긴다. 지헌이는 말콤을 만져보려고 안달을 떤다. 와, 미친개! 오랜만이네. 말콤이 냉정하게 가버리자 지헌이는 선글라스를 벗고 마당을 두리번거린다. 논평은 가혹하다.

"밖에서 볼 때는 호화판인 줄 알았는데 낡아빠진 집구석이네. 수영장 같은 거 없어? 진단이 딱 나와. 한마디로 구려."

가만, 문을 열 때 종이가 없었다. 언덕집에서 나올 때면 늘 대문 틈에 쪽지를 끼워두었다. '훔쳐갈 게 없는 빈집이니 손대지 마시오, 도둑놈아. 문의사항은 이리로 전화' 우리 집과 큰집 전화번호를 적어둔 종이는 언제나 고스란히 끼워져 있었다. 바람에 날아갔나? 마당을 세심하게 살펴도 쪽지는 보이지 않는다. 대문 밖도 마찬가지. 도둑이 들었나? 현관문을 열고 바닥에 뿌려둔 밀가루를 살핀다. 신발장, 마루에도 밀가루는 허옇게 뿌려진 자국 그대로이다. 누군지 모르겠지만 왜 전화를 걸지 않았을까. 하기는, 우리 집이나 큰집이나 낮 동안은 빈집이나 마찬가지. 다시 쪽지를 끼워놔야겠다.

지헌이가 쭐레쭐레 따라와 집 안을 둘러본다.

"뭐야, 가구도 없네? 우리 집보다도 별로네. 존나 후지구만."

괜히 내 기분이 상한다.

"먹을 거 없냐? 출출하다."

"냉장고 텅 비었어. 낙엽이나 삶아 먹든가."

지헌이가 신을 벗고 들어가려고 해 "야, 야, 볼 것도 없어. 들어가지 마" 간신히 밀어내고 현관문을 닫는다.

오후수업이 없는 수요일이나 주말이면 짬을 내 언덕집에 오른다. 등산로가 생긴 다음부터 근처를 오가는 사람들이 부쩍 늘었다. 마당에 무성한 잡초가 누렇게 시들어 엄청나게 지저분해졌다. 빗자루를 들고 낙엽을 쓸어모은다. 한 번에 태우려고 모아둔 쓰레기 더미에 뽑아버린 양귀비 가지들이 누렇게 시들어 있다. 말라비틀어진 꼬투리, 꼬투리들.

"그 인간은 어디 갔냐?"

"죽었어."

"뭐? 진짜? 여기서 죽었냐?"

"아니, 몰라. 병원에 갔는데…… 아마 죽었을 거야."

"야, 여기 으스스하다. 죽은 사람이 살던 집이라. 밤에 와볼까? 귀신 나오겠어. 꺽다리 귀신. 어, 어. 미친개 사냥했네."

말콤이 두더지 시체를 물고 지헌이를 노려보고 있다. 등짝의 털이 곤두섰다. 개를 좋아하는 지헌이의 입이 헤벌어진다.

"미친개 새끼 가졌구나. 저 젖꼭지 좀 봐. 누가 널 이렇게 만

들었냐? 동네방네 돌아다니면서 할 짓은 다 하네?"

"이게 암놈이라고?"

뒷마당으로 뛰어가는 말콤의 뒤태가 둥글둥글, 전과 달라 보인다. 젖이 축 늘어져 덜렁거린다. 지헌이는 당장 사료를 가져오겠다고 나선다.

"돈 있어? 사료 값 비싼데."

"우리 옆집에서 키우던 진돗개 죽었잖아. 먹다 남은 사료가 이만한 거 한 포대나 있어. 우리 집 퇴비 귀신이 손대기 전에 후딱 가져와야지."

"여기 오래 있을 시간 없으니까 빨리 와!"

쓸어모은 낙엽을 태우려는데 성냥통이 축축하게 젖었다. 성냥 끄트머리의 동그란 황이 손을 대자마자 깨져버린다. 물 고인 돌확 안에 파란색 라이터가 들어 있다. 햇살을 받아 물 전체가 파랗게 빛난다. 집 안에 다른 라이터가 있겠지.

현관을 열고 들어가 창문부터 열어둔다. 집 안에 갇혀 있는 습기와 냄새를 날려버린다. 천장과 창틀마다 전에 없던 거미줄이 잔뜩 껴 있고 책상 위는 먼지가 뽀얗다. 너무 잠잠하고 고요해 집 안 전체가 죽어버린 것 같다. 레코드를 꺼내 턴테이블에 넣는다. 플레이 온. 낡은 레코드판이라 지글지글 끓는 소리를 낸다. 비로소 숨죽이고 있던 공기가 살아난다.

오늘따라 왜 이리 슬픈 곡이 나오나. 허니드리퍼스의 〈sea of

love). 서글픈 음악을 들으며 바닥에 벌렁 눕는다. 천장의 파리똥을 올려다본다. 레코드는 필요 없고 책이라도 가져가면 좋겠다. 뭐에 쓰려고? 저걸 읽을 수나 있어, 네 주제에? 그래도…… 책이니까 폼 나잖아. 다른 것도 아닌 공부했던 흔적이 남아 있는 책들인데. 저런 건 어디서도 구할 수가 없다.

드러누운 채 손을 뻗어 책장의 책을 쓸어내린다. 두꺼운 책, 붉은 표지의 영문 책, 한문으로 적힌 표지들, 표지들. 아무거나 골라 펼치자 먼지가 풀풀 날린다. 갈피에서 묵은 종이 냄새가 물씬 풍긴다. 서너 권을 빼내 머리 밑에 벤다. 잡지도 가져갈 수 있는 만큼 빼낸다. 아저씨에겐 필요 없는 물건이니까 훔치는 게 아니다. 쿵쿵거리는 비트에 맞춰 내 심장이 벌렁거린다. 심장소리로 온몸이 쿵쾅쿵쾅 북소리를 내던 그날이 생각난다.

그날, 여기로 되돌아왔을 때 아버지가 허억 하며 낮게 내지르던 비명을 잊을 수 없다. 피투성이 아저씨를 발견하고는 어쩔 줄을 몰라 허둥지둥. 파출소! 아니, 아니, 구급차! 빨리 전화해! 전화! 형광등 아래서 피 묻은 내 손을 보더니 더 큰 비명을 질렀던 아버지. 구급차가 언덕 아래에 도착하자 아버지는 아저씨를 둘러업었다. 바윗돌을 치워서 그나마 다행이라는 생각이 들었다. 아저씨의 휴대전화가 계속 울렸다. 아버지가 손을 대려고 해 내가 빼앗았다. '이 번호로 전화가 와 있기에 걸었다'는 차분한 목소리가 들렸다. 어떤 설명을 했는지 확실한 기억은 없다. 다만 약물중독자, 전직 의사, 뭐 그런 얘기를 두서없이 주절거렸는데 전화기 너머의 상대는 금세 알아듣는 눈치였다. 지금 병원으로 가는 중이라고 하자 "거기가 어딥니까? 나라가 어디냐고요?" 라고 물어왔다. 나라? 어느 나라? 여긴 대한민국인데요.

선반에 올려둔 플라스틱 통을 꺼낸다. 황갈색으로 진해진 아편 덩어리는 도토리묵처럼 보인다. 랩으로 잘 봉했는데도 날파리가 빠져 죽어 있다. 다 망가진 밭에서 성한 꼬투리를 골라 수액을 쥐어짰다. 그렇게 안간힘을 써서 기어이 아편을 얻었다. 풍요로웠던 양귀비 밭은 이제 이 덩어리로 남았다.

끈끈하게 굳은 아편을 비닐에 담는다. 이게 여기 있으니 자꾸만 언덕집에 오게 된다. 이제 맛볼 차례가 아닌가. 나는 큰어머니를 보며 자신감을 얻었다. 큰어머니의 음주 습관은 아버지와 다르다. 깔끔한 고수의 내공을 보여준다. 아버지나 아저씨처럼 떠들썩하게 탐닉하는 사람이 있는가 하면 큰어머니처럼 내색을 않는 사람도 있다. 음주 대표주자로 아버지, 정크 주자로 아저씨가 '개망나니' 팀으로 뭉치고 큰어머니와 내가 '쥐도 새도 모르게' 팀을 구성할 수 있겠다. 정말로 쥐도 새도 모르는, 이성적인 정키가 될 자신이 있다.

21. 샹그릴라

개똥처럼 되직한 덩어리는 잔 바닥에 가라앉았다. 검은 기포가 덩어리에 달라붙었다가 수면으로 떠오른다. 마구 휘젓다가 한 숟갈 입에 넣어본다. 으윽. 혀가 찌르르. 모두가 사랑하는 콜라가 거지 양말 빤 물처럼 끔찍해졌다. 맛을 희석하는 방법이 없을까. 싱크대 밑을 뒤진다. 큰어머니의 빈 소주병, 빈 약병, 또 소주병. 절반 남은 소주를 발견했다. 콜라에 소주를 찔끔 붓는다. 알코올의 휘발성분이 고약한 냄새를 날려줄 것이다. 소주병들 사이의 분홍색 약은 무슨 맛일까. 달콤한 딸기 향이다. 이것도 아낌없이 콜라 잔에 부어버린다.

전체적으로 걸쭉하고 탁한 갈색이 되었다. 숨을 참고 원샷한다. 꿀꺽꿀꺽 삼킬 때마다 굵은 덩어리가 목구멍을 막는다. 귀여운 딸기 향이 활명수 먹고 토한 맛으로 변했다. 컵을 내려놓고

236

진저리를 친다. 으윽, 역하다. 자꾸 구역질이 나려는 걸, 입을 틀어막고 억지로 참는다. 누룽지 사탕을 우적우적 씹는다.

큰아버지는 낚시를 갔고 큰어머니는 내일 개업하는 가게가 있어 시루떡을 안치러 갔다. 밖에는 비가 내린다. 빗소리는 들리지 않는다. 처음에는 그 사실에 놀라 적응을 할 수 없었다. 어째서 빗소리가 들리지 않느냐고 물었더니 고층 아파트는 다 그렇다고 한다. 이 집이 공중에 붕 떠 있다는 말이었다. 땅과 멀어진 상태. 빗방울은 땅에 닿고 나는 공중에 떠 있다.

작정을 하고 침대에 누웠다. 눈이 초롱초롱해 잠이 오질 않는다. 몸을 뒤챌 때마다 메밀껍질이 든 베개가 사락사락 속삭인다. 네 몸은 무쇠 덩어리냐? 둔한 놈 같으니. 단순하고 우직한 내 육체를 비웃고 있다. 효과가 전혀 없는 건가. 너무 멀쩡하네. 시계는 규칙적인 초침 소리를 내며 나를 괴롭힌다.

다시 거실에 나가 텔레비전을 켠다. 울고 짜는 주말의 영화, 통촉해달라고 소리지르는 사극, 지루하게 생긴 인간들의 토론회. 채널을 이리저리 돌려봐도 볼 게 없다. 신문을 펼친다. 입김을 분 것처럼 글씨가 모로 쓰러져 있다. 눈꺼풀이 무겁다. 입이 찢어져라 하품을 하는데 속이 메슥메슥. 체한 건가. 큰어머니가 끓여준 육개장이 맛있어서 두 대접이나 밥을 말아 먹었다. 차멀미를 하는 것처럼 식은땀이 흐르며 머리가 핑그르르 돈다. 토할 것 같다. 화장실로 직행한다.

변기 구멍에 대고 몸을 숙이자 나오는 게 없다. 손발이 차갑게 식어가고 있다. 손가락을 목구멍에 밀어넣는다. 목젖을 건드려 바로 좌악 토해버렸다. 시커먼 액체가 변기의 고인 물과 섞인다. 으, 냄새. 아편 냄새. 이것 때문이다. 나랑은 궁합이 안 맞는 모양이다. 헐떡헐떡 숨을 몰아쉬면서 차갑게 식어가는 내 몸의 변화를 느낀다. 다시 소식이 와 변기에 머리를 처박고 짐승처럼 우짖으며 토한다. 저녁에 먹은 육개장이 세상 밖으로 나왔다. 눈물, 콧물이 얼굴에 홍건해진다. 손이 덜덜 떨린다. 변기 레버를 내리자 토사물은 회오리 속으로 휩쓸려가고 맑은 물이 새로 고인다. 변기에 든 맑고 깨끗한 물이 이상하게 무섭다. 악마의 얼굴이 들어 있는 것처럼 소름이 끼치면서 몸이 덜덜 떨린다.

화장실 바닥에 널브러졌다. 차가운 타일이 뺨에 닿는다. 침대가 있는 내 방으로 가고 싶다. 내 방으로 가려면 택시를 불러야 할까. 119가 낫겠지. 아저씨처럼 구급차를 타고 성내로 돌아가고 싶다. 변기 옆 알루미늄 양동이에 내 모습이 비친다. 굴절된 동그란 몸, 길게 퍼진 얼굴. 눈을 감아버린다. 차가운 타일의 감촉이 온몸으로 퍼진다.

호흡이 가빠진다. 몸이 굳는다. 마비가 된 것 같다. 손가락은커녕 눈꺼풀을 들어올릴 기운조차 없다. 이건 아니잖아. 이건 아냐. 이런 건 싫어…… 이게 바로 그것인가. 그것. 아편의 위력. 샹그릴라. 지상에는 없는 천상의 기쁨? 개새끼. 나한테 거짓말을 했어……

소리가 들린다. 졸졸졸 흐르는 물소리. 바깥의 빗소리인가? 아니다. 내 속의 피가 돌아다니는 소리다. 핏속에 이물질이 많아 혈관은 다급해졌다. 피부세포가 각질이 되어 비늘처럼 벗겨지고 새살이 돋는 소리가 들린다. 빗소리도 들린다. 드디어 들리는구나. 작은 빗방울이 내 눈에 보인다. 맑은 빛을 머금은 투명한 구슬들이 찬란하게 퍼진다. 물방울은 일제히 얼어붙어 눈의 결정이 된다. 사방으로 흩어진다. 눈의 결정은 참으로 다양하고 아름답다. 각자의 음악을 가지고 있다. 주변이 온통 환하다. 빛이 난다.

어지러움은 순간 사라지고 멀쩡해졌다. 속을 비워내자 금세 좋아지는군. 거울을 보며 지저분한 입을 닦고 헝클어진 머리를 손질한다. 그런데 거울에 비치는 목욕탕 벽이 서서히 움직인다. 타일과 수도꼭지와 때수건의 경계가 흐트러지면서 서로 이글거리며 뭉쳐지고 흐트러진다. 색도 변했다. 제각각 형광색으로 변한 빛깔과 형태의 윤곽이 허물어지면서 내 몸까지 쑤욱 빨아먹는다. 악! 그만 좀 해! 미친듯이 엉키는 모양이 야하고 징그러워 덜컥 겁이 난다. 색의 향연에 골이 빙글빙글 돈다. 빙글빙글빙글…… 어지러워서 다시 토할 것 같다.

얼마나 버텼을까? 적어도 7박 8일은 지났을걸? 도망가자! 도망가! 목욕탕은 미쳤어! 문을 열고 나가자 어마어마한 소음에 귀가 뻥 뚫린다. 엄청나게 많은 관중이 환한 조명 아래 환호성을 지르고 있다.

나는 〈도전! 골든벨〉의 최종주자다. 사회자가 마지막 질문을 던진다. 친구들이 침을 꼴깍 삼키며 나를 응원하는 긴장된 순간. 자, 석가탑이 새겨진 동전은? 나는 화이트보드에 거침없이 정답을 적어내려간다. '십원짜리.' 화이트보드를 들어올리자 팡파르가 울리며 환호가 터진다. 고작 십원짜리 정답으로 골든벨을 울린 나는, 쏟아지는 꽃가루와 환호성 속에서 희희낙락이다. 방청석에서 손을 든 사내가 이의를 제기한다. '석가탑이 아니라 다보탑이죠! 문제가 틀렸어요. 무흡니다, 무효!' 이런 제길. 관중들이 술렁인다. 패자가 될 수 없는 나는 하늘에 대고 손톱을 튕긴다. 위에서 압력밥솥 뚜껑이 슝 떨어져 이의를 제기한 사내의 머리통을 강타한다. 이것으로 저항은 간단하게 제압하고 승리를 만끽한다. 환호성과 찬사의 세례! 상품은 휴대전화와 노트북, 닌텐도 게임기!

둥둥둥 낮은 기타 소리가 들린다. 베이스기타? 삐리링, 이건 리드기타! 피아노와 드럼 소리가 들리자 짜증이 난다. 여기서도 록이냐. 록은 싫어. 나는 힙합, 댄스가 좋아. 오호, 댄스뮤직. 둘, 셋, 넷, 현란한 댄스뮤직의 향연. 나는 비보이가 된다. 박자가 딱딱 맞아떨어진다. 사람들이 모여들고 댄스배틀이 시작된다. 교장 선생의 까투리댄스가 빠질 리가 없지. 테크노 버전의 까투리타령을 따라 군무가 시작된다. 모두들 혼연일체가 되어 춤의 세계로 흠뻑 빠져들었다. 헤드뱅잉을 하며 싱어송라이터의 진수를 보여준다.

금지를 금지해, 금지를 금지시켜! 금지하지 마라!

죽지 마, 울지 마, 먹지 마, 자지 마, 웃지 마, 담배 피우지 마, 슬리퍼 신지 마,

금지를 금지해, 금지를 금지시켜! 금지하지 마라!

울어도 돼, 죽어도 돼, 말해도 돼, 먹어도 돼, 뭐든지 다 해봐, 네 맘대로.

사람들이 굉장히 많다! 큰어머니는 기다란 가래떡을 빙글빙글 돌리고 엄마, 아저씨, 아버지, 할머니, 지헌이네 식구, 장구공장 공장장과 그의 라이벌, 저런, 달팽이 노인도 틀니를 끼고 어설프지만 매우 성실하게 춤판에 끼어든다. 나는 선두에 서서 스타가 되었다. 하늘에는 압력밥솥 뚜껑이 슝슝 날아다니고 열광하는 수천 명의 팬들이 내 몸짓을 따라 펄펄 뛴다. 자식, 서태지가 부러웠던 거냐? 그런 거야? 나는 나를 바라보며 주절거린다.

눈썹 사이가 간지럽다. 근질근질해서 벅벅 긁었더니 미간 사이로 뭔가가 나온다. 불쑥 튀어나온 그것은 점점 커진다. 손에 잡히는 대로 쑥 잡아뺐다. 발이 나오고 다리에 이어 몸통, 갈라진 미간의 틈으로 내가 빠져나오고 있다. 넌 누구냐? 두 개의 나는 서로를 바라본다. 내 의식도 자연스럽게 분리가 된다.

미간에서 튀어나온 나는 미소를 지으며 세상을 바라본다. 나의 시선은 이리저리 떠돈다. 마치 날개를 단 새처럼 세상을 내려다본다. 모든 사람들의 미간에는 작은 틈새가 있다. 까불고 돌아다니는 몸통에 든 자아보다 훨씬 현명하고 성숙된 자아가 그 안에 들어 있다. 사람은 대단히 힘들거나 대단히 기쁠 때, 비로소 미간에 든 자아의 존재를 인식한다. 원래 알고 있던 것처럼 자연스럽게 알게 된 사실이다.

미간에서 튀어나온 나는 가볍게 공중으로 떠오른다. 몸이 작아지고 작아져 한 줌 빛이 되었다. 잔잔한 바다를 지나 높은 산 꼭대기를 지나 갈대가 흔들리는 들판을 지나 사람들에게 간다. 아이들의 미소, 울부짖는 목소리, 조용한 탄식…… 기쁨과 고통이 뒤섞여 부글거린다. 햇빛은 찬란하고 푸르른 나뭇잎 사이로 머금은 빛이 하늘거린다. 땅속에는 사이가 좋았던 연인들의 유해가 들어 있다. 그들은 이미 다른 생을 살고 있다. 땅의 양분을 취한 과실은 탱글탱글 무르익고 황금색 벼는 무거운 낟알을 머금고 있다. 세상은 잘 돌아가고 있다. 울부짖는 이들에게 다가가 속삭인다. 고통은 성장을 위한 진통이고 과정이다. 한낱 과정이니 그대로 살아라. 그대로 살다가 원래 있던 자리로 돌아가라. 세상은 역할을 맡은 배우들의 세트장. 이번에 내가 맡은 인생은 음, 알았다, 알았어. 잘해낼 자신이 있다. 나는 이번 생에서도 많이 울고, 많이 웃고, 격렬한 감정과 고단한 노동을 통해 깨우칠 것이 많다. 아주 많다. 이번에는 잘해낼 자신이 있다. 나는 둥둥 떠올라 내 몸을 찾아낸다. 십원짜리 나의 미간 사이로 쏙 들어간다. 분리되었던 둘은 다시 하나가 된다.

세속을 즐기는 십원짜리 나의 활약은 대단하다. 베컴과 라울, 지단과 동등하게 축구시합을 한다. 주성치 형님의 〈소림축구〉 버금가는 불꽃슛의 연속이다. 붕 날아 냅다 차면 바로 삼점슛, 골인! 농구도 아닌데 삼 점씩이라니! 전반전에서 이미 칠십 점이나 득점을 했다. 붕붕 날아다니다 착지를 잘못해 발목이 부러졌다. 의료진이 내 다리에 붕대를 감아준다. 나는 부상투혼을 보여줄 작정이다. 훌리건들은 내가 없으면 폭발할 것이다. 내 이름만 부르짖으며 광분을 한다. 그런데 붕대를 너무 많이 감는 것 같다. 미라를 만들 작정이야?

'꽉 묶어. 배추는 묶어야 속이 노랗게 익는 거야.' 엄마 목소리다. 칭칭 감기는 붕대의 압박에 발버둥을 친다. 답답해서 싫다. 엄마는 단호하다. '묶지 않으면 이파리가 퍼져서 못 써. 좋은 상품이 못 돼.' 순식간에 눈만 나온 미라가 되어버렸다. 켁, 켁 숨이 막힌다. '엄마, 나는 배추가 아냐!' 묶지 마! 금지는 딱 질색이야! 배추에게 자유를! 살려달라고 외쳐도 소용이 없다. 시퍼런 이파리들이 나를 옥죈다.

땅속에 뿌리박힌 나는 다른 배추들과 어깨를 맞대고 오종종하게 붙어 있다. 사각사각 배추벌레가 나를 갉아먹는다. 흙 속에는 지헌이 아버지가 절반은 퇴비가 된 몸으로 나를 쿡쿡 찌른다. '야 인마, 나를 먹어. 애들은 어른을 먹으면서 크는 거야.' 징그러. 저리 가! 나를 좀 풀어줘. 베컴하고 삼점슛 경기나 더 하게…… 다른 배추들은 얌전히 졸고 있다. 투명한 이슬이 맺힌 노르스름한 배추 속대가 내 속에 꽉 들어차고 있다.

아임 베리 프라우드 오브 유, 바람 스치는 소리에 섞여서 들리는 엄마의 목소리. 아임 베리 프라우드 오브 유. 누굴 염장 지르는 건가. 갑갑해서 미치겠는데. 습자지처럼 얇은 목소리가 여러 겹으로 어울리는 나른한 화음을 들으며 나는 땅속을 파고든다. 아임 베리 프라우드 오브 유, 아임 베리 프라우드 오브 유, 이런 걸 아카펠라라고 하던가.

이불 속을 파고들듯 천천히 땅으로 들어간다. 더 넓히고 확장하고. '묶여야 잘 자라는 거야. 까불지 말고 이대로 있어. 너는 아직 더 커야 해. 엄마가 지켜줄게.' 엄마의 목소리는 전과 다름없다. 다시 아기가 된 기분이다. 보살핌을 받고 있다는 건 그다지 나쁘지 않다. 엄마가 배추에 물을 뿌리며 환하게 웃는다. '올 김장 걱정 없네!' 나도 안심한다. 갑갑한 구속에 순응하며 나른함에 젖는다. 내게 일어났던 모든 일은 다 거짓이었고 지금이 진짜다. 이게 진짜.

22. 죽고 싶다

의식이 돌아와 처음으로 본 건 벽지 무늬였다. 마름모꼴의 꽃 문양이 창으로 들어온 햇살에 기괴하게 도드라져 보인다. 기분 나쁜 색감이다. 창틈으로 들어오는 바람에 얼어 죽을 것 같다. 마른침을 삼키자 격렬한 통증이 찾아온다. 목구멍으로 이끼가 자라는 것처럼 까끌까끌하다. 이불을 머리끝까지 덮는다. 집 안은 조용하다. 지금이 언제인지 모르겠다. 볼거리 때문에 고생을 했던 기억이 난다. 떡을 먹고 심하게 체했던 기억도.

숨을 쉴 때마다 늙은 호박 같은 내 골통이 깨어지고 걸쭉한 건더기가 쏟아져나온다. 골을 주워담아야 한다. 도로 담아야지. 아버지가 투덜댄다. "이 새끼 정말 속 썩이네. 조용할 날이 없어." 목소리가 점점 다가온다. 눈을 질끈 감는다. 아버지가 풍기는 술냄새가 오늘따라 몹시 역하다. 큰아버지가 큰어머니에게 역정내는 소리도 들린다. 역시 떡 때문인가. 어른들 목소리 듣기 싫다. 다시 골을 주워담는다. 다 쓸어넣고 머리뚜껑을 봉하면 또 튀어나온다. 아, 머리 아파. 몽롱한 상태에서 아버지가 나를 흔들어 깨운다.

"야, 야, 약 먹고 자라."

"응."

"눈 좀 떠봐. 이제 괜찮냐? 집에 가자, 집에 가. 에이 참."

큰어머니가 쒀준 닭죽은 도배용 풀 맛이다. 숟갈을 뜨는 둥 마는 둥 동치미국물만 들이켰다. 문간에는 내가 들고 왔던 짐 가방들이 두툼하게 부풀어 순서대로 나와 있다. 이제 돌아가는 건가. 그토록 기다렸던 순간이지만 그저 몽롱하고 아득할 뿐, 목이 마르다.

아버지는 멍하니 앉아 있는 내게 자꾸만 재촉을 한다.

"일어날 수 있냐? 형님이 태워다준대. 가자, 가."

조수석에 앉은 아버지가 창문을 열고 내뿜는 담배연기가 뒷좌석으로 날아온다. 무지하게 역하다. 또 토할 것 같다. 욱, 욱. 구역질을 하자 큰아버지는 기겁을 하며 브레이크를 밟는다. 내려서 실컷 토해. 가죽시트를 더럽힐까봐 전전긍긍이다. 그냥 가겠다니까 트렁크에서 검정색 봉지를 꺼내준다. 비닐봉지에 밴 냄새 때문에 속이 더 뒤집어진다.

앞자리의 큰아버지와 아버지는 목청을 높인다.

"형수는 정성이 뻗쳐서 그래요. 준다고 다 받아처먹은 저놈이 병신이지, 뭐."

"미련퉁이가 애 잡을 뻔했지. 하여간 미안하게 됐다, 야."

"미안하긴요, 그간 학원비만 해도 얼만데. 저놈 여덟 살 때, 가래떡 먹고 체했잖아. 그때도 형수가 징하게 많이 먹였더라고. 저놈이 떡이라면 아직도 질색을 해요, 히히히."

그게 웃을 일이냐. 웃지 좀 마, 구역질 쏠려. 그날, 엄마 따귀 때렸지. 다 기억나.

"그저 먹는 생각밖에 없다니까, 돼지처럼 살이 피둥피둥 쪄가지고. 당최 머리 쓸 줄을 몰라."

못난이 형제가 주거니 받거니 죄 없는 큰어머니를 난도질한다. 둘의 목소리 때문에 신경이 곤두선다. 낑낑낑, 젖은 손으로 유리를 문대는 것처럼 목소리 톤이 자꾸 높아진다. 아직도 의식이 분열되고 있다. 큰어머니는 잘못이 없다고 말하고 싶은데 입이 딱 붙어버렸다. 말하기 싫다. 화장실에 쓰러져 있던 나는 하루 동안 의식이 없었다고 한다. 왕진의사는 식중독이라 진단했다. 고마운 돌팔이새끼.

큰집 현관에서 인사를 하고 나올 때 큰어머니는 피식 웃으며 고개만 끄덕였다. 말짱해 보이는 얼굴에서 시큼한 눈물 냄새가 진하게 풍겼다. 그 냄새를 견딜 수 없어 얼굴을 돌려버렸다. 변치 않는 현실이 싫다. 이렇게 확고하고 건조한 현실이라니.

방문을 열고 산을 본다. 뽀얀 안개가 산봉우리를 감싸고 있다. 잿빛 하늘 위로 철새떼가 날아간다. 철새들은 시끌벅적하게 떠들며 피난을 간다. 곧 추워지겠다. 담벼락 모서리마다 치렁치렁 늘어진 거미줄이 물기를 머금어 하얀 실이 되었다. 멍석에 널어둔 붉은 고추는 반만 꼬들꼬들 검게 말랐고 나머지는 선홍빛이다. 땅주인에게 삼십 근을 보내줘야 한다니까 남는 것도 없다.

탄저병에 걸려 절반 가까이 고추를 뽑아내버렸다. 이번 농사는 빚농사를 지었다며 아버지는 분통을 터뜨렸다. 에이 씨발. 치사하고 더러워서, 빌어먹을, 퉤. 우리 집이 벼농사를 중단한 건 내가 오학년 때, 아버지가 땅주인과 '맞짱'을 떴기 때문이다. 그다음부터 아버지는 대놓고 성질을 부리지 않는다. 이번에는 땅주인보다 내 탓을 한다. 모를 심을 때 뿌리 밑에 약을 넣지 않아 농사를 망쳤다며 할머니와 아버지가 쑤군거렸다. '아, 그걸 왜 저놈한테 맡겼어요? 애가 뭘 알아?' 내가 심었으니 내 잘못이라는 말. 내가 화근이다. 모든 게 나 때문이다.

사흘 내리 결석을 하고 집구석에서 뒹굴뒹굴, 이부자리에 둥지를 틀었다. 학교는 이제 의미가 없다. 친구도, 이 집도, 내 방도 아무 의미가 없다. 할머니와 아버지가 걱정하는 대로 몸이 아픈 건 아니다. 다들 잠든 밤에 시커먼 어둠을 응시하며 좌절을 씹는다. 불면의 밤을 보내노라면 마치 깊은 우물 안에 혼자 쪼그려앉은 기분이다.

　이렇게 오랜 시간 생각이란 걸 해본 적이 있던가. 어떤 생각이든 종착역은 같았다. 너는 병신 짓을 한 거야. 넌 정말 유치한 놈이야. 전화를 해달라는 말은 무시하고 까불다가 아저씨를 그 지경으로 만들었고 아편을 처먹고 난리를 떠는 바람에 큰어머니는 오해를 받았고…… 나는 정말 더럽게 비겁하고 구린 놈이다. 환각 속에서 펄펄 뛰던 내 모습이 조금씩 기억이 난다. 그런다고 뭐가 변했나. 변한 건 아무것도 없고 나아진 것도 없고 나 자신에 대한 혐오감만 남았다. 숨을 쉬는 것조차 쪽팔리다.

　이런 비참하고 우울한 기분은 필연적인 것이다. 매일매일 섭취해야 하는 5대 영양소처럼 우리의 하루에는 미량의 슬픔과 기쁨이 뒤섞여 있다. 내게 주어진 평생의 기쁨을 하룻밤 사이에 다 소모해버렸다. 모조리 가불해서 써버렸기에 이제 슬픔만 남았다. 죽을 때까지 이런 고통을 겪어야 한다면 더는 희망이 없다.

　대들보에 목을 매고 죽으면 어떻게 될까. 의자 두 개를 겹쳐놓고 올라갔다. 끈을 매달기 좋은 위치를 발견했다. 목을 매면 혀가 쭉 나오고 똥을 싸면서 숨이 끊어진다고 들었다. 할머니는 의자에 올라가 있는 나를 보더니 천장의 거미줄을 걷어내라고 총채를 줬다. 비틀거리며 거미줄을 털어내자 이번에는 형광등을 가리켰다. "형광등 새거 사놓은 게 언젠데. 불이 깜빡깜빡해서 눈알이 빠질 것 같아." 형광등 교체 작업은 꽤 오래 걸렸다. 목을 매달기 전에 피로해서 죽을 것 같았다.

밥 생각 없다고 짜증을 냈더니 아버지와 할머니는 삼겹살을 지글지글 구워 먹었다. 신났다. 신났어. 방문 너머로 쩝쩝거리는 소리를 들으며 돼지 두 마리가 개다리소반을 마주하는 장면을 떠올렸다. 내 고통에는 누구도 관심을 갖지 않는다. 아버지는 내 방문을 벌컥 열어 이렇게 물었다. "근데 언덕집 미친놈은 어떻게 됐대? 연락 없어? 앞으로 그 동네는 얼씬도 하지 마, 걸리면 내 손에 뒈질 줄 알아!" 내 말은 듣지도 않고 문을 탁 닫아버렸다. 우두커니 있다가 새똥을 맞은 기분이었다. 동네 사람들은 굿 값이 싼 무당을 할머니에게 소개해줬다. 푸닥거리를 하지 않아 아버지에 이어 아들까지 우환이 이어진다고 구구하게 말들이 많은 모양이다.

그런 쑤군거림 때문인지 우리 집이 컴컴하고 을씨년스럽게 보인다. 시시각각 두려움이 엄습해온다. 이렇게 어둡고 축축한 감정이 드는 건 매우 불길한 조짐이다. 지금 당장 산사태가 나면? 홍수와 지진, 전쟁에 대해 골똘히 생각한다. 전쟁, 그거 좋다. 한꺼번에 싹 끝내는 게 자살보다 낫다. 남들이 내 시체를 보며 동정하는 건 싫다. 북한의 김정일에게 이메일을 보낼까? 핵을 폐기하지 마시고 한 방 쏴주시오. 한판 붙자. 핵폭발이 인류의 종말로 이어진다면 당신은 진정 능력자. 곰곰이 생각할수록 전쟁만큼 훌륭한 축복은 없다. 나이스! 다 같이 죽자. 정답은 이거다. 그런데 김정일 이메일 주소를 어디서 구하지?

전화벨이 울린다. 이불을 뒤집어쓴다. 집요하게 울리는 소리가 이불 속으로 파고든다. 절에 간 할머니가 점심 차려먹으라고 전화를 한 게지. 아, 귀찮아. 벌벌 기어가 수화기를 든다.

"여보세요?"

여자 목소리다. 대뜸 우리 집 전화번호를 확인한다.

"집 때문에 문의할 게 있어서요. 거기, 어른 없어요?"

"부동산 아닌데요."

전화를 끊어버리려는데 수화기 너머로 개 짖는 소리가 낯익다. 어디냐고 물었다.

"산중턱의 91동 890호 집 말인데요, 음. 전화번호가 적혀 있어서요."

언덕집이로구나. 말콤이 악을 쓰며 짖고 있다. 현기증이 일어 전화기 너머의 목소리가 균열을 일으키며 흐트러진다. 전화를 건 여자는 아저씨의 누나라고 한다.

23. 김미 어 리즌

은은한 사과 향이 나는 승용차 안은 넓고 푹신하다. 아줌마는
조용히 운전에 몰두한다. 클래식 음악을 듣다가 지루하지? 하면
서 라디오를 틀어줬는데 방송을 들으며 간혹 쾌활하게 웃어젖히
는 것 외에는 잠잠하다. 아저씨는 한쪽 청력을 잃었고 지금은
어느 정도 안정을 찾았다고 한다. 아저씨는 정신이 오락가락하
는 와중에 가끔 내 얘기를 물었다고 한다. 내게 무슨 짓을 했는
지 기억이 나지 않는다며 불안해했다는 것이다. 아저씨가 내 걱
정을 했다니 의외다. 아줌마가 라디오 소리를 줄인다.

"어디 외국에 가 있는 줄 알았지. 그런 시골에서 사나운 개랑
둘이서 살고 있을 줄은 꿈에도 생각 못 했어. 다들 찾느라 얼마
나 고생했는지 몰라. 여기를 언제 왔다고? 작년에?"

"작년 10월에요."

"그놈의 개는 왜 그리 사납니? 나를 물어뜯으려고 길길이 뛰더구나."

그러게 개고기는 왜 드셨어요? 이렇게 비싼 차를 타고 다니면서 먹을 게 그렇게 없었나. 구구하게 설명하기 싫어 입을 다물어버린다. 아저씨를 보러 간다는데 아직 마음의 준비가 덜 됐다. 많이 좋아졌다는 말에 왠지 김이 샌다.

"아저씨는 다시 의사가 되었나요?"

"그저 고비만 넘긴 거지. 아직도 횡설수설이야. 네 얘기 가끔 하고, 소정이 얘기 가끔 하고."

"소정이가 아저씨 딸이죠? 사진 봤어요."

"그래. 우리 소정이……"

아줌마는 한숨을 내쉰다. '얼짱포즈'로 눈을 동그랗게 뜨고 있는 내 또래 여자아이.

"소정이 때문에 힘든 건 우리 모두 마찬가지야. 다들 힘들었어. 그래도 산 사람은 살아야지. 언제까지 그애를 붙들고 있을 거야. 닥터 시절에는 죽은 환자들 때문에 자책하고, 그리고 소정이…… 소정이는 그렇다 치고 이번에는 네가 잘못되었을까봐 내내 전전긍긍하더라고."

백미러에 매달린 천사인형이 무심하게 흔들리고 있다. 전전긍긍이라니 믿을 수 없다. 내 손바닥의 생채기들을 물끄러미 본다. 새로 생긴 운명선과 태양선. 손바닥이야 아무것도 아니다. 속이

만신창이가 되어버렸지.

자동차가 속도를 내자 차멀미가 인다. 먹은 게 없어선지 속이 울렁거린다. 얼마나 지나야 기분이 좋아질까. 이런 기분이 싫어서 다시 아편을 들이켠다면 결국 중독자가 될 것이다. 몇 시간이고 멍하니 앉아 제 무릎만 바라보던 아저씨가 생각난다. 이런 무력감을 넘겨버리고 매번 다시 시작하고 또 같은 고통 속으로 들어갔겠지. 격렬한 기쁨과 고통의 교차로를 오락가락하는 건 여간내기 같으면 감당할 수가 없다. 이제 와 생각해보면 아저씨도 참 대단한 사람이다.

자동차는 좁은 국도를 지나 훤하게 트인 고속도로를 달린다. 아줌마는 내가 언덕집과 인연을 맺게 된 경위를 묻는다. 입을 쉬지 않으며 겁 없는 운전신공을 보여주고 있다. 왼쪽으로 붙어 트럭을 따돌리고 바로 속도를 올려 또 끼어든다. 이 아줌마, 세다. 섣불리 도망가다가 걸리면 뼈도 못 추릴 것 같다. 나를 의심하는 것 같아 불안하기 짝이 없다. 아줌마는 내 안색을 살피며 어디가 아프냐고 몇 번이고 물었다. 식은땀을 닦아주며 은근슬쩍 내 소매를 걷어올려 팔뚝을 살폈다. 주삿바늘 자국을 찾는 눈치였다.

"그 사람들 무서워, 그 사람들이 여기 오면 양귀비 밭이고 뭐고 다 끝장나는 거야." 오죽하면 아저씨가 그렇게 말했겠나. 나까지 걸려드는 건가. 죽은 지 백육십 년이 지난 뒤에 나폴레옹의 머리카락에서 비소가 검출되었다지. 내 머리카락을 채취했을

지 모른다. 검사를 하면 즉시 발각될 것이다. 몸에 있는 모든 털을 다 뽑아내야 하나. 얼굴이 하얗게 질린다. 이런 내 표정도 들킬 것 같다. 의심을 받는 것에 대한 두려움 못지않게 되돌아갈 수 없는 저쪽이 아쉬워 목이 멘다. 돌아갈 수 없다. 돌아갈 수 없어. 이제는 평범했던 나 자신으로 돌아갈 수 없다.

"여기야, 다 왔어."

자동차를 출입국관리소 앞에 세워놓고 출입 절차를 밟는다. 높은 담장과 철대문이 심상치 않다. 동글동글한 정원수가 가득한 넓은 뜰로 들어간다. 아줌마는 원무과에 볼일을 보러 간다며 손짓으로 저 끝의 휴지통을 가리켰다. 아저씨가 거기 있다는 뜻인가.

날은 쌀쌀한데 햇살은 봄볕처럼 온화하다. 깔끔한 잔디 위로 낙엽이 하나둘 떨어지고 하얀 가운을 입은 의사나 간호사 들이 슬슬 오간다. 깨끗하게 정돈된 마당 분위기와는 달리 환자들의 얼굴은 왠지 찌들어 보인다. 일반 병원과는 다른 분위기다. 동글동글한 정원수 아래는 희한하게 생긴 국화가 많다. 꽃 하나가 내 얼굴만하다. 흔치 않게 생긴 나무를 구경하다가 벤치에 앉아 있는 키 큰 사내를 발견했다.

역시나 멍한 표정. 머리카락은 전에 비해 단정하게 잘랐고 얼굴에 살이 올라 보기 좋다. 막장까지 갔던 거지 정크 대마왕의 모습은 아니다. 언덕집에 살 때와 달라진 점이라면 칼자국이 얼기설기 남아 있는 오른쪽 뺨, 그리고 보청기를 낀 한쪽 귀. 목을 감싸는 두꺼운 스웨터를 입은 아저씨는 나를 힐끗 보더니 아무 말이 없다. 뭐라고 말을 붙여야 할지 몰라 가만히 옆에 앉았다. 아저씨가 주머니에서 담배를 꺼내 불을 붙인다. 여름 내내 이를 갈며 미워했는데. 붕대를 칭칭 감은 손 때문에 자전거도 못 탔고, 코딱지도 못 팠고, 수음도 못 했는데. 만나기만 하면 일단 한 대 갈기려고 했는데.

"저 왔어요."

아저씨는 무표정하게 담배연기를 내뿜는다. 한참을 멀뚱하게 앉았다. 아저씨처럼 멍한 상태의 인간들이 많다. 우리 학교 못지 않게 못생긴 인간들이 여기도 많다. 다시 말을 붙였다.

"아저씨 언제 퇴원해요?"

반응 없음.

"아저씨 집에 있는 책 중에 몇 권만 빌려갈게요. 아저씨가 쓰던 정크노트도 내가 가지고 있어요."

연속 무반응.

"말콤이 새끼를 가졌어요."

잠잠하다. 지루한 시간이 막막하게 흐른다. 오늘은 내게 역할이 주어졌다. 위로를 해주라고? 위로는 내가 받고 싶다. 내 속에 고여 있는 무력한 기분을 가져가다오.

"저는 성내중학교 이학년 이호준이라고 합니다. 전부터 아저

256

씨를……"

하얀 가운을 입은 의사가 아저씨에게 다가와 말을 붙인다.
"오늘은 컨디션 좋아 보이네요. 세시에 탁구 결승전 있습니다."
아저씨는 오만한 표정으로 고개를 끄덕이며 담배연기를 풀풀 날
린다. 의사가 인사를 하고 가자 아저씨가 중얼거린다.

"쟤, 내가 가르친 애야."

아, 그렇겠구나. 머리가 긴 간호사 둘이 팔짱을 끼고 지나가자
아저씨는 말한다.

"쟤도 내가 가르친 애야."

간호사까지? 그럴 수도 있겠다. 청소부 할머니가 비질을 하며
다가온다. 아저씨 손에 쥔 꽁초에서 재가 떨어지자 재빨리 쓸고
다음 재가 떨어지기를 기다린다. 아저씨는 청소부 할머니를 턱
으로 가리킨다.

"얘도 내가 가르친 애야."

청소부까지? 청소부 할머니는 그런 얘기는 아랑곳하지 않고
아저씨의 꽁초를 노려보며 서 있다. 아저씨가 불붙은 꽁초를 내
던지자 기다렸다는 듯 발로 꾹 밟아 빗자루로 쓸고 가버린다.

다시 말을 붙여도 아저씨는 멀뚱거릴 뿐 반응이 없다. 듣거나
말거나 상관없다. 나는 나에게 고백을 한다. 환각 속에서 봤던
많은 것들, 내가 우쭐해하던 순간과 또다른 내가 튀어나오던 미
간의 감촉이 잊히지 않는다. 눈썹 사이를 손가락으로 문질러본

다. 병원에서 손바닥의 상처를 꿰맬 때 마취를 해서 아프지는 않아도 바늘이 들락날락하는 감촉은 느껴졌다. 실을 쭉 잡아당겨 매듭을 짓거나 가위로 톡 자를 때를 촉감으로 알았던 것처럼 내 눈썹과 눈썹 사이가 열리며 또다른 내가 튀어나왔던 느낌이 아직도 생생하다.

아저씨를 혹하게 하려고 정크 얘기를 꺼냈는데 왠지 속이 쓰리다. 떨어지는 낙엽처럼 우리의 발밑으로 서글픔이 툭툭 떨어진다. 그게 뭐였던가. 그게 대체 뭐기에 나는 지금 이렇게 힘들고 아저씨는 아저씨대로 여기에 갇혀 있나. 어쨌든 그 덕분에 태양선과 운명선을 새로 얻었다며 손바닥을 쫙 펼쳐 보이자 아저씨가 깜짝 놀란다.

"너, 아직도 안 갔나?"

이런 제길.

"내 손금이 운수대통이라고요. 아저씨 얼굴의 칼자국도 운수대통이겠죠. 대박치는 운수."

"안 들려. 그쪽 귀 안 들려."

맞다. 한쪽 귀의 청력을 잃었다고 했지. 자리를 바꿔 앉았지만 아저씨는 내가 하는 얘기에는 여전히 관심이 없다. 그래도 나는 떠든다. 아저씨는 전에 없이 줄담배를 피우며 꽁초를 바닥에 던져버린다. 깔끔한 바닥에 꽁초를 버릴 때마다 아저씨의 제자인 청소부 할머니가 득달같이 날아와 비질을 한다.

"강아지…… 몇마리나 싸질렀냐?"

"어, 말콤이요? 아직 안 낳았어요. 이제 곧 나오겠죠."

아저씨는 장초를 휙 던져버리고 벌떡 일어선다.

"다 끝난 줄 알았더니…… 이 얼간이새끼는 성가시게 나불거리고. 강아지 새끼가 나온다 이거지? 아, 씨발. 나가고 싶다."

"나가도 돼요?"

나도 따라 일어선다. 아저씨 어깨를 보며 내 키도 훌쩍 자랐다는 걸 확인한다.

"아니, 못 나가…… 보여줄까? 내 인기가 얼마나 좋은지?"

아저씨는 비틀비틀 걸어서 네모반듯하게 잘라놓은 회양목 울타리를 넘어간다. 저쪽 건물 앞에서 아저씨의 누나가 우리에게 손을 흔든다.

아저씨는 벌써 저만치 앞서 가 있다. 분위기가 심상치 않다. 모두가 아저씨를 주시한다. 주변에 흩어져 있던 남자들이 마구 뛰어오는 게 보인다.

"우와, 진짜 인기 좋다. 내가 막을까요?"

주성치 형님에게서 배운 무공을 발휘할 기회인가. 아저씨는 비웃듯이 고개를 내젓는다. 호루라기 소리가 높이 울린다. 굳게 닫힌 철문을 흔드는 아저씨. 서너 명의 덩치 큰 사내들이 순식간에 에워싼다. "자꾸 이러면 산책도 금지예요. 자, 들어갑시다." 아저씨는 사내를 밀쳐버린다. 반동처럼 사내들이 왁 달려든다.

"놔, 저리 꺼져. 놔! 놔! 이 개새끼들아!"

아저씨는 나갈 수 없는 걸 알면서 왜 저러나, 힘도 없으면서. 내게 보여주려고 저러는 걸까. 정키들은 우주의 이치를 꿰뚫고 있기에 박해를 받는다. 거친 몸짓들은 격렬한 음악 같다. 부딪치고, 밀어내고, 잡아당기는 힘의 충돌에서 익숙한 노래가 튀어나온다. '김미 어 리즌, 김미 어 리즌' 이유를 말해줘! 덩치 큰 사내들은 시퍼런 배춧잎처럼 아저씨를 둘러싼다. 꽁꽁 묶여진 배추가 끌려간다. 배추는, 아니 아저씨는 사내들의 완력에 저항으로 맞선다. 고래고래 소리를 질러도 불가능을 전제로 한 저항이란 시시하게 마련이다. 아저씨 뺨의 울퉁불퉁한 칼자국이 마구 구겨진다. 안 된다. 질 수 없지. 나도 뛰어들었다.

"그 손 놔! 아저씨한테서 손 떼라고!"

"이건 또 뭐야?"

퍽 걷어차여 나동그라졌다. 내 성질을 건드렸냐. 이단옆차기로 승부한다. 이런 걸 지원사격이라고 하지. 붕 날아올랐다. 성공적으로 발차기를 날리고 시멘트바닥과 화끈하게 만났다. 멱살이 잡혀 던져진다. 어디를 어떻게 맞았는지 옆구리가 조여든다. 사내들은 아저씨를 끌고 간다. 배추의 긴 다리가 바닥에 질질 끌린다. 아저씨의 입에 뭔가를 물린 듯 욱욱 신음소리만 들린다. 아, 빌어먹을. '김미 어 리즌, 김미 어 리즌' 이유를 말해줘! 요들송처럼 낭창낭창한 목소리가 내 귀에서 뱅글뱅글 돈다.

24. 생명

엄마에게

소식 들었어요. 축하드립니다. 그런데 이름은 뭐라고 지었나요? 요새 유행하는 외국식 이름으로 지었나요? 사실 이름보다는 얼굴이…… 많이 궁금하지는 않아요. 아기 얼굴이 다 거기서 거기죠. 혹시 나를 닮았나요? 꼭 알고 싶지는 않아도 엄마가 낳은 아기를 가끔, 아주 가끔씩 생각해요. 제가 돌보는 개도 새끼를 네 마리나 낳았죠.

여기까지 쓰고 말았다. 말콤 얘기는 지운다. 엄마와 개를 동격으로 만든 것 같다. 마음속으로 수십 번 정리해 멋지게 풀어나갈 자신이 있었는데 막상 쓰면 이렇다. 편지쓰기대회에서 입선한 적도 있는데 이건 왜 이리 어려울까. 그렇지, 날씨. 앞부분에는 날씨 얘기를 쓰면서 안부를 묻는 거다.

엄마에게

나날이 추워지는데 거기는 난방이 가스인가요? 아니면 기름? 우리 집 선풍기 모양 온열기 알죠? 회전을 할 때면 끽끽 소리를 내며 한참 멈췄다가

이건 더 신통치가 않다. 날씨 얘기까지는 잘 나갔는데. 종이를 구긴다.

엄마에게

나날이 추워지는데 산후조리 잘 하세요. 미역국 많이 드시고 건강하세요.

첫 줄이 곧 마지막 인사가 되었다. 이게 뭐냐. 밖이 시끄러워서 명문이 나오지 않는다. 큰어머니가 집이 떠나가라 웃어댄다. 동네 아줌마들도 왁자지껄하게 떠들어댄다. 김장을 하러 온 건지 술판을 벌인 건지. 아버지의 저질 유머에 동네 아줌마들은 지나치게 호응한다. 안 웃겨. 하나도 안 웃겨. 아버지는 김장독을 묻는다고 삽을 들고 설치다가 아예 주저앉았다.

쓰다 만 편지를 정크노트 속에 집어넣는다. 노트를 휘리릭 넘긴다. 뒤로 열 페이지 정도 남았다. 바지 뒷주머니에 넣고 다녀 반으로 접힌 자국은 두꺼운 책으로 눌러놔도 반듯하게 펴지질

262

않는다. 마지막 기록은 아편을 먹기 전까지이다. 이제부터 그것을 차분하게 정리할 생각이다.

내 노트는 너덜너덜 걸레쪽이 되었는데 아저씨의 정크노트는 말짱하다. 하얀 여백이 두툼하게 남아 새것처럼 깨끗하다. 노트 뒤편에는 알 수 없는 숫자와 전화번호 들이 가득 적혀 있다. 약을 구입할 때의 메모들이다. S의 계좌번호와 K에게 받을 돈, 영문으로 흘려 쓴 약 이름 등이 너저분하게 적혀 있다. 기껏 써놓고 죽죽 지워버리기도 했다. 아버지 수첩에 적힌 노가다 일당 계산에 비하면 훨씬 어른스럽다. 깨끗한 여백 사이에 드문드문 적혀 있는 문장이 내 눈길을 사로잡는다.

—죽는 것은 없다.

—그 조그만 씨앗에서 어떻게 이런 너른 꽃밭이 생긴 건가. 푸른 줄기는 무슨 힘으로 꽃을 피워냈나.

처음에는 내가 한 줄 알았다. 나의 노동력이 꽃을 피워내고 열매를 맺었다고 믿었다. 그런데 언덕집에는 양귀비 싹이 새로 돋고 있다. 한겨울에도 비닐하우스 안은 저 혼자 봄이라, 바닥으로 떨어진 씨앗이 스스로 뿌리를 내린 것이다. 씨앗 스스로.

엊그제 마늘을 심으면서 흙이 유리처럼 투명했으면 좋겠다는 생각을 했다. 겨울 동안 땅속에 든 마늘이 자라는 걸 지켜보고 싶었다. 우리가 모르는 비밀은 땅에 숨겨져 있다. 나는 마늘쪽을 툭툭 내던지며 붉은 땅을 한참 바라보았다.

우리 동네도 하마터면 금매처럼 시멘트로 덮일 뻔했다. 신도시가 들어선다는 소문에 토지보상금이 어쩌고, 도로가 뚫리네, 어쩌네 하며 한동안 어수선했었다. 다행히 신도시 지정은 다른 곳이 되었다고 한다. 아버지는 곧 철거반에 들어갈 거라며 족탕을 열심히 한다. 아버지가 족탕요법을 마친 물은 허연 때가 둥둥 떠서 시궁창 물보다 더 더럽다. 잠을 잘 때도 군화를 벗지 않아 지독한 발 쿠린내는 사방 이 킬로미터를 오염시킨다.

파종 작업을 마치고 삼거리 목욕탕에 갔을 때, 아버지가 신을 벗자 사람들이 코를 틀어막으며 가스가 새는 것 같다고 주인을 불러냈다. 아버지는 모른 체하고 탕 안으로 들어가며 냄새 나는 양말을 뜨거운 물에 담가버렸다. 굳은살이 붙은 발바닥은 아무리 뜨거운 물에 넣어도 끄떡없다며 아버지는 실실 웃었다. 불붙은 석탄 위를 걷는 묘기를 부리면 돈을 많이 벌 텐데. 무당처럼 작두를 타면 그럴듯하지 않을까. 아버지는 직업을 잘못 선택했다. 자신의 장점을 살려야지.

아버지의 양말은 한참을 비벼 빨아도 시커먼 때가 지워지지 않았다. 내 몸에서도 믿을 수 없이 많은 때가 나왔다. 메밀국수 가락처럼 굵고 진한 때가 죽죽 밀려나왔다. 생각해보니 대중탕에 가서 굵은 때를 민 게 구정 이후 처음. 금매 큰집에 있을 때는 사흘에 한 번 꼴로 샤워를 했기에 위생상태가 이렇게 심각한 줄 몰랐다.

때를 밀면서 내 몸에서 설핏 풍기는 아편 냄새를 맡았다. 아, 이제야 땀구멍으로 이놈들이 슬슬 기어나오는구나. 그래서 더 힘차게 때를 밀었다. 하얀 때가 나올 때까지, 연두색 때수건이 해질 때까지, 무아지경으로 때 밀기에 몰두했다. 밤나무 밑에 떨어져 있던 뱀 허물이 생각났다. 드디어 나도 허물을 벗는구나. 한동안 우울했던 기분이 때가 되어 툭툭 떨어졌고 잊고 싶었던 지난날들이 수챗구멍으로 쏘옥 빨려들어갔다.

쿵쿵. 어디선가 탄내가 난다. 바깥이 조용하다. 벌써 김장이 끝났나. 방문을 열자 파란 연기가 자욱하다. 전기프라이팬에 올려놓은 부침개가 새카맣게 타고 있다. 부리나케 전기를 끄고 마냥 물을 쏟아내고 있는 수도를 잠근다. 고요한 집 안을 둘러본다. 고무장갑을 낀 할머니와 큰어머니가 건넛방 앞에 나란히 누워 있다. 절인 배추가 담긴 고무통 앞에 식칼을 든 아줌마, 건초 더미 옆에 또 한 명. 바닥에 떨어진 우거지처럼 여기저기 쓰러져 있다.

아편을 넣은 된장찌개를 많이들 드신 모양이다. 개다리소반에 놓인 뚝배기가 깨끗이 비워져 있다. 된장이 쉬었는지 맛이 쓰다고 군소리를 하더니. 다들 횡재한 겁니다! 이번에는 용량을 정확하게 계산해서 넣었다. 언제나 용량이 중요하네, 마네 아저씨가 잔소리를 했었는데 사실 그게 제일 중요하다. 전처럼 무작정 집어 먹었다가는 죽을 수도 있다.

아편이 든 찌개는 큰어머니를 위한 것이다. 큰어머니에게 생애 최고의 희열을 선사하고 싶었다. 비릿한 눈물 냄새를 지워주고 싶었다. 다른 사람을 이렇게 챙겨보기는 처음이다. 입을 헤벌린 큰어머니의 표정이 아리송하다. 기쁨에 찬 표정은 아닌데 고통을 견디는 표정도 아니다. 묵묵한 평소의 모습 그대로이다. 할머니가 눈을 감은 채 놀란 표정을 짓는다. 사극 속에 들어가 대왕대비마마가 되었나. 평상에 멍하니 앉은 아버지에게 살금살금 다가간다. 게슴츠레하게 뜬 눈에 대고 손을 흔들어본다. 아버지는 그저 히죽히죽 웃는다. 스물다섯 살 난 베트남 색시를 스물다섯 명 만나고 있을까. 느닷없이 웅얼거리기도 한다. "아부지!" 돌아가신 할아버지를 만난 모양이다. 보고 싶은 사람은 그 안에서 만나게 마련이다.

환각에 빠져든 아버지의 얼굴은 산뜻하다. 점점 젊어진다. 보기 좋다. 아버지의 얼굴도 예전에는 저랬었구나. 큰어머니의 얼굴도 발그레하게 피어올라 아리따운 색시가 되었다. 주름이 다림질을 한 것처럼 말끔해진 할머니. 다들 원형으로 돌아갔다. 잃어버렸던 얼굴을 찾았다. 딴 세상에 가서 자신이 원하는 걸 즐기고 있다. 나 혼자 제정신으로 지켜보고 있자니 문득 미간 사이가 근질거린다.

"벌써 다 끝났어?"

지헌이 엄마가 고무장갑을 들고 마당으로 들어서다가 화들짝 놀란다. 배추는 절이다 만 채로 물 담은 고무통에 둥둥 떠 있고,

사람들은 우거지 이파리처럼 여기저기 널브러져 있으니 놀라지 않으면 정상이 아니다. 다들 막걸리를 먹고 잠들었다고 하자 지헌이 엄마는 섭섭함을 감추지 않는다.

"얼마나 재미가 좋았으면. 일찍 올 걸 그랬네. 이런 날은 김장도 성공이지. 작년에 재인이네 집도 다들 널브러지게 놀더니 김치 맛이 끝내줬잖니. 한바탕 미쳐 날뛰면 김치도 흥이 나는 거야."

"막걸리 있어요. 드릴까요?"

"그래. 나도 한 잔 먹자. 아유, 다 일어나요!"

지헌이 엄마는 뿌루퉁한 얼굴로 굵은소금이 흩어져 있는 툇마루에 걸터앉아 대충 버무린 김치를 손으로 집어 먹는다. 나는 막걸리보다 부엌에 된장찌개부터 살핀다. 아직 많이 남았다. 지헌이 엄마도 이것을 맛볼 자격이 충분하다. 가스레인지 불을 댕겨 찌개를 데운다. 올해의 아편은 이제 다 써버렸다. 그래도 씨앗은 남았다. 우리 동네 여기저기에 내 양귀비가 남긴 씨앗을 뿌릴 것이다. 정크가 주는 시련을 모르지 않지만 어차피 선택은 자유. 정크를 선택할 권리를 사방에 뿌릴 테다. 꽃들은 내가 보살피지 않아도 저절로 잘 큰다. 양귀비가 지천으로 흐드러질 날이 오겠지. 여기는 붉은 땅이 가득한 곳이니까 씨앗들은 저절로 뿌리내리고 성큼성큼 자랄 것이다. 바글바글 끓고 있는 찌개를 본다. 한 술 떠서 맛을 본다. 음, 지독한 맛, 지독한 효력. 뚜껑을 닫고 불을 줄인다. ■

작가의 말

사 년 전에 퇴고한 작품이다.

창작집을 내면서 같이 출간하려고 미루고미루다보니 세월이 이만큼 흘러버렸다.

출간을 앞두고 묵은 원고를 끄집어내 행간마다 자리잡은 축축한 이끼며 녹슨 자국을 기분좋게 닦아냈다.

이 작품을 쓸 당시는 등단도 하기 전이라 심심하면 조금씩 분량을 늘려나가며 놀듯이 등장인물들과의 만남을 즐기고 있었다.

쓰지 않는다고 뭐라 할 사람도 없었고 구색이 맞지 않는다고 트집 잡는 이도 없었다.

노트북 앞에서 끄덕끄덕 졸다가 꿈을 꾸었다. 쓰고 있던 '정크노트'를 서점에서 책으로 만났다. 꿈속의 나는 내가 쓴 책이니 그냥 가져가도 된다며 손에 잡히는 대로 내 책을 당당하게 집어들고 나갔다.

불법행위를 스스로 체험하는 순간이었다.

경찰은 양귀비 개화 시기와 대마 수확기에는 헬기를 동원해 단속을 벌인다.

도시와는 다른 풍경이다.

'테마단속'이 유행이라 농부들이 고생이다. 씨가 떨어져 저절로 자란 것이라 해도 소환을 받고 벌금을 물어야 한다. 그맘때가 되면 경찰서 한 구석에 신문지에 둘둘 말린 양귀비가 수북하게 쌓인다. 제아무리 불법이라 해도 식물은 거리낌 없이 퍼진다. 그로 인해 인간이 고통을 받든 말든. 씨앗을 퍼뜨리고 새순을 피워 올리는 건 식물의 본성이고 전부이다. 우리도 그렇게 살았으면 좋겠다. 거리낌 없이 눈치보지 말고.

소설을 완성하느라 주변에 크고 작은 빚을 졌다. 장대비 쏟아지는 날, 양귀비 밭을 향한 먼 길을 운전하느라 수고하신 분, 국제전화비 부담해가며 실제 마약 체험담을 들려주신 분들. 농사 방법을 세세하게 가르쳐주던 사슴집 어르신은 이제 치매에 걸려 나를 못 알아보신다.

모두에게 감사드린다는 인사를 이 소설로 대신하고 싶다.

2009년 6월
명지현

■ 참고 도서

• 『꽃보다 아름다운 그림 속 꽃 이야기』, 마리나 하일마이어, 박찬원 옮김, 예경, 2007

• 『욕망의 식물학』, 마이클 폴란, 이창신 옮김, 서울문화사, 2002

• 『신의 독약』, 알렉산더 쿠퍼, 박민수 옮김, 책세상, 2000

• 『아편―그 황홀한 죽음의 기록』, 마틴 부스, 오희섭 옮김, 수막새, 2004

• 『아편을 재배하는 사람들』, 임봉길, 서울대학교출판부, 2005

문학동네 장편소설

정크노트

ⓒ 명지현 2009

초판인쇄 │ 2009년 8월 19일
초판발행 │ 2009년 8월 26일

지은이 명지현
펴낸이 강병선
책임편집 조연주 최유미 이경록
마케팅 장으뜸 정민호 한민아 김정민 정소영
제작 안정숙 서동관 김애진

펴낸곳 (주)문학동네
출판등록 1993년 10월 22일 제406-2003-000045호
주소 413-756 경기도 파주시 교하읍 문발리 파주출판도시 513-8
전자우편 editor@munhak.com │ 전화번호 031)955-8888 │ 팩스 031)955-8855

ISBN 978-89-546-0869-5 03810

* 이 책의 판권은 지은이와 문학동네에 있습니다.
    이 책 내용의 전부 또는 일부를 재사용하려면 반드시 양측의 서면 동의를 받아야 합니다.
* 이 도서의 국립중앙도서관 출판시도서목록(CIP)은 e-CIP 홈페이지(http://www.nl.go.kr/cip.php)에서
    이용하실 수 있습니다.(CIP제어번호: CIP2009002326)

www.munhak.com